[美] 陈致宇 Curtis C. Chen 著
刘 壮 徐羚婷 译

WAYPOINT KANGAROO

特工袋鼠

德嘉·索雷斯号之行

中信出版集团

图书在版编目（CIP）数据

特工袋鼠．德嘉·索雷斯号之行 /（美）陈致宇著；刘壮，徐羚婷译．-- 北京：中信出版社，2017.8

书名原文：Waypoint Kangaroo

ISBN 978-7-5086-7891-7

Ⅰ．①特… Ⅱ．①陈… ②刘… ③徐… Ⅲ．①科学幻想小说－美国－现代 Ⅳ．① I712.45

中国版本图书馆 CIP 数据核字 (2017) 第 153412 号

Waypoint Kangaroo

Cover design by Lisa Pompilio

Cover illustration by David Curtis

特工袋鼠．德嘉·索雷斯号之行

著　　者：[美] 陈致宇

译　　者：刘壮 徐羚婷

出版发行：中信出版集团股份有限公司

（北京市朝阳区惠新东街甲 4 号富盛大厦 2 座　邮编　100029）

承 印 者：上海盛通时代印刷有限公司

开　　本：890 mm × 1240 mm 1/32　　印　　张：14　　字　　数：265 千字

版　　次：2017 年 8 月第 1 版　　印　　次：2017 年 8 月第 1 次印刷

京权图字：01-2017-4958　　广告经营许可证：京朝工商广字第 8087 号

书　　号：ISBN 978-7-5086-7891-7

定　　价：45.00 元

服务热线：400-600-8099

投稿邮箱：author@citicpub.com

献给 D.

我最严厉的批评家

和最热情的支持者

爱你，媳妇儿

1

地球——哈萨克斯坦——距离厄斯克门太空港 150 千米

我原定搭乘航班离开这里之后 45 分钟

我的左眼不会骗我。眼内扫描设备和平视显示器只会让我看见的确存在的东西，而此刻，这些设备让我看见一个随身携带了一大堆武器的边境警卫。他脖子上挂着一把标准突击步枪，胳肢窝下面还有一把微型冲锋枪，左脚脖子上绑着一把左轮手枪，后腰上还有一把高压电击枪，装在皮套里。

我开车朝检查站靠过去，看见他的外套下面鼓鼓囊囊的，十分可疑，而他看见我显然不太高兴，于是我启动了我的眼部扫描仪。现在，我可以读取每一件武器的厂家条形码，并且通过卫星链接查看生产商写的说明书。那把电击枪让我吃了一惊——那东西的生产地不在地球，而是小行星带上的某个地方，释放的能量在地球任何地方都足以算作违法。那些藏起来的火器都是匈牙利造的军用版本，可不是哈萨克斯坦边境警察在街角商店里就能买到的货色。

不过，真正让我确信这是一位“伪装维奇·冒牌货夫”的还不是那些枪，我还能看透他们的身体。那家伙的左肩膀内有通过外科手术植入的地面对轨道通信卫星天线。那东西形似一张蜘蛛网，不可能认错。寻常的检查点警卫可没有这种玩意儿。要是这家伙不是国家情报部门的外勤特工——跟我一样，是个间谍——那我就把我的鞋吃了。对了，鞋子可不好吃。相信我，我知道。说来话长。

不管怎样，一个匈牙利秘密特工，跑到俄罗斯与哈萨克斯坦的边境上来干啥?

我还在琢磨呢，一个正牌边境警卫一步三摇地走到我租来的悬浮车跟前，眯缝着眼睛看着我。这是个真家伙。看他走路的姿势，还有他喷出来的咖啡味儿和酒气就知道。职业军人，资历老，懂得多，不管干什么都不耐烦。

不像那边那位匈牙利朋友，站在岗亭旁边，装模作样地抽着一根电子烟。太警醒了，太当回事儿了。哦对了，他在干活儿呢。

我朝旁边的警卫笑了笑，把我那本传奇护照递给他。

“美国人?”他说，“来这儿干啥?”

“探亲，”我回答，“我表哥刚结婚，在里德。你去过里德没？特漂亮一地方——”

“等着。”警卫哼哼着说。

对了，我该记着，别那么话痨。酒气哥带着我的假冒文书走回岗亭。我继续慢慢地、平缓地吸气呼气，两只手都放在方向盘上，偷瞄那个冒牌警卫。

眼下俄罗斯跟哈萨克斯坦之间一点儿都不近乎。我本该在入境之前，在简报里了解这些的。匈牙利人可能是在关注中国的动作，不过要是这样，他应该在南部边境，而不该在北边。而距离这里最近的太空港——厄斯克门——只能支持亚轨道发射，所以他不大可能来自火星。火星人一向青睐直截了当的逃生路线。

我其实挺期待这趟任务的。难得来一趟地球。这里的地缘政治都搞好几个世纪了，而且已经被理解透了。不像我们那些遍布整个太阳系其他地方的殖民地和前哨站，所有东西都没个定性，所有人都在想方设法地把他们的老祖宗比下去。

要不然就是跑到一个不想被人发现的地方，然后搞出点儿极其危险、违法，而且（或者）没有底线的玩意儿出来。如果你在自己的母星上动手测试反物质武器，邻居们可能会表示反对，可是如果偷偷地让一支小队溜到火星和木星之间的小行星带上，那么那里有足够的地方来掩盖你那让人厌恶的勾当。

总有人在穷乡僻壤的地方尝试做许多疯狂的事情，一旦这些事情不成功，有人就要来收拾残局。而最近，这个“有人”往往就是我们局，因为美利坚合众国对外太空发生的任何事情都非常感兴趣。当年的火星独立战争，以小行星撞击地球、把地球的海洋都煮沸腾了开场，最后以火星作为主权行星赢得自由收场，从那以后，地外行星事务就成了山姆大叔的国防事务之一。

既然大家都知道情况会变得多么糟糕，就没人想要引起新一轮的星际冲突——不过关起门来，所有人都在想方设法偷偷摸摸地升级自己的太空军火库。我们不过是一群人类，或早或晚总有需要亮家伙的那一天。

所以过去五年来，局里派出特工完成过各种五花八门的任务，从清理太空垃圾到调查地外智慧生命可能存在的蛛丝马迹。目前还没有发现外星人，不过有意思的是，一旦你花钱让人们去设想最糟糕的情况，他们竟会变得如此偏执和多疑。超光速旅行也没有实现，不过我们从其他人失败的实验中收集到了一些高科技的杀人伎俩。实际上，这会儿我口袋里就藏着一些从别人那里改造过来的小玩意儿，其中包括一个非常大的——

等等，冒牌货夫会不会正在找我？

偷偷越过封锁线，永远是这一行里最难做的事情。就算别人都没有起疑心，你也还是知道自己有罪。而且只要有一丝疏忽，你就交待了。

放轻松，袋鼠。不到万不得已，千万别激动。

这趟任务原本不是这么打算的。我不应该一个人坐飞机。雷纳尔多才是执行任务的首选。他会说哈萨克语，认识我们的线人，熟悉我们奉命要回收的东西。我只是搭他便车的。

可是你知道他们怎么说：计划越好，执行越糟。

雷和我是在一家旅店里和线人梅迪特见面的。他要来这儿参加一个远房亲戚的婚礼。梅迪特把一张手绘藏宝图放在桌子上，用手指推给我们，然后坚持要他的老朋友雷和我留下来接受款待。雷起初有些犹豫，但是我说服了他。有言在先，说服他并没有花费多少口舌：我们先是在厄斯克门降落，然后风尘仆仆地开了两个小时的车，所以我们俩都准备喝点儿小酒，逗一逗喝醉酒的伴娘，再跟着巴利阿里音乐跳个小舞。

我哪儿知道当地黑帮正准备暗杀伴郎？我们并没有接到过当地有组织犯罪行动的简报。这又不是我的错。要说这是谁的错，那就是情报部门没有提供数据，“鞭笞者”也没有教我们如何处理这种紧急情况。他们又不让我临场发挥。有好几次，“鞭笞者”都因为我没有按计划行事而差点吃了我。雷才是老大，是他让我先行离开旅店。他说他就在我后面，而且并不打算逞英雄。

如今呢，他死了，我成了孤家寡人。这就是我的故事。

边境警卫仍然在他们的检查站岗亭里说着话。我可以打开我的内置远程麦克风和窃听器，可就算我听见他们说的话，我也听不懂啊。他们似乎在翻来覆去地讨论我的旅行证件。我能看出他们的动作。那个匈牙利探子在外面，所以不是他惹的麻烦——出别的岔子了。

这一回我又做错什么了？

也许是某个窃听站记录了我的求救电话，也许是某个好心的邻居看见我在树林里挖坑，也许只是租赁公司打算要回他们的悬浮车。我得再过好几天，没准儿好几个星期，才能知道自己到底是怎么把事情搞砸了的。要等局里的分析员把我行动后的总结报告仔仔细细地爬梳一遍才会有结果。我知道这个，是因为这是我以前的工作。

有时候我真怀念案头工作。有时候我真希望自己没有这个口袋。可是这样一来，我就没有机会享受那些精彩绝伦的观光旅行了——从地球上最黑暗的角落，一直到天王星最幽深的峡谷。

我昨晚差不多一晚上都坐在电量所剩无几的悬浮车里，依靠夜视导航，行驶在漆黑的群山中间。不能让任何人看见大灯灯光，太冒险了。我起码有十几次不得不停下来，原路返回，费尽力气让周遭地形跟梅迪特那张标注寥寥、比例不当的路线图匹配起来。

其实跟线人会面出状况时我就可以中止任务的。正如"鞭笞者"一直提醒我的，退出任务永远都是一个合法的选择。可一旦退出，局里不可能再有机会重新找到这东西了。再说，我可不想让雷死得毫无价值。

我找到那间小木屋，于是破门而入，在处处发霉、满地虫子、没准儿能毒死人的钢筋混凝土地下室里，挖掘了好几个钟头，才找到那东西。它比我们预想的还要大，不过还是能塞进口袋里。这都不是问题，现在我才是问题。全里德有一半人亲眼看见我逃离了大屠杀现场，所以我才要开着车翻越阿尔泰山脉，而不是坐在飞机头等舱里直接飞过去。

酒气哥回到车子旁边，把护照还给我，又针对我的行程问了几个问题。我向他抱歉说我证件放得乱糟糟的。冒牌货夫则对这一切冷眼旁观。我假装在自己的夹克里翻找几样不知所踪的文件，拿出来三张两百坚戈[①]的票子，悄悄塞进酒气哥的手心里。

“要是还有啥没找到，”我说，“我可能是把它落在工具箱里了。”

酒气哥笑了笑，把钞票塞进口袋里，从车头前面绕到另一边。我一动不动地待着，他则从副驾驶拉下来的车窗探进来，打开工具箱，取走两根小号的黑巧克力棒。小号的，因为我不想让他觉得我后备厢里还藏有巧克力。我真的不想让这些家伙打开我的行李箱，却发现里面除了床单和毛巾什么都没有。

这警卫笑得更开了，他把巧克力塞进衣袖里，不想让岗亭里的同伴看见这点儿外快。好极了。我通过扫描发现他左手手套下面有一枚结婚戒指，看见那块金属因为年深日久，已经满

① 坚戈，哈萨克斯坦货币单位。——译注（本书中注释如无特别说明，均为译注）

是划痕，猜想他一个结了婚的男人，这些巧克力棒没准儿回家能用得上，讨好老婆孩子什么的。

他喊了几句。检查站的大门打开了，他挥手让我通过。我也向他挥挥手，笑了笑，把脚从刹车上抬起来。悬浮车慢慢地向前滑动，出了哈萨克斯坦，驶向家和热水澡。

我壮着胆子向后瞥了匈牙利间谍一眼。他不再假装抽烟，正直勾勾地看着我，眼神简直跟婚礼上的一个伴娘一样意图明显。可我觉着还是不要跟这位绅士一起跳舞的好。

我冲着冒牌货夫礼貌地笑一笑，又礼貌地点点头。他脸上的表情没有一丝变化。我回过头来，看着公路，可我察觉到自己脸颊上的肌肉松弛得早了一秒钟。

提醒自己：算准时间，对着镜子什么的多加练习。

也许冒牌货夫没注意到。也许我还是能成功离开这里。我踩下油门，没有踩太狠，只是让悬浮车加速前进，又没有快到引起更多的怀疑。但愿吧。

我沿着公路走了大概半公里，这才听见了叫喊声。我头也不回，猛地把油门轰到底，朝山里冲去。

好消息是，提心吊胆的猫鼠游戏结束啦，我显然很不擅长这一套。接下来是一场简单粗暴的追逐大战，我应该会有些优势。

装备专家教过我怎样增强悬浮车主发动机的性能，而我早前加进燃料箱里的化学强化剂能额外提供百分之五十的动力。

不过你能从一台发热的老旧引擎里榨取出来的也就这么多了。

我观察后视镜，看见追我的载具正面有一个闪闪发亮的蓝色粒子护盾标志。太棒了。他们驾驶的是一架拥有电力矢量推进的低空掠地飞行器。我这辆租来的破铁桶跑不过他们。我得让他们的载具瘫痪掉——还不能搞死任何人。间谍只是不招人喜欢，杀手却要遭到士兵们的追杀。

我们沿着盘山公路忽上忽下，速度非常快。和我不同，那些哈萨克人开起火来没有丝毫保留。子弹“嗖嗖”地飞过，打到车屁股上又弹开，让人很难集中精神。不过为了防弹，我事先在车窗玻璃和底盘上喷过了聚合物溶液。我只要把心思放在开车上就行了。

我朝东一拐，向我的接头坐标驶去。追我的人紧随其后，他们知道自己早就越过两国边界了，可是他们干吗要在乎呢？在蒙古国的这一带，没人会抱怨一个哈萨克人闯进了戈壁沙漠。蒙古人更担心中国。在我抵达接头地点之前不可能得到任何帮助，而要到达那里，我得在这遍地黄沙的不毛之地中跑上三天。

仪表板上的电池灯闪烁起来。这倒没什么。我混进燃料里的强化剂能够产生电流。装备专家提醒过我。

不过这的确让我想到了一个甩掉尾巴的主意。

这主意太糟了，我提醒自己，尽管与此同时，我正在考虑战术细节。这辆租来的便宜货悬浮车没有自动驾驶系统，所以

我待会儿必须一只手扶着方向盘，同时另一只手打开口袋。这很考验技术。我平时都要把手使劲儿伸过光栅，但我不可能一边使劲俯过身子，一边还一直控制住车。

等到驶上一段相对比较直的路，我才想着我的参照物——一只乌鸫——打开口袋。环形的门洞“噗”的一下打开，凭空飘到副驾驶座的上方，和我一起前行。

我早些年从来都没想过口袋的物理原理，可是装备专家非要我学习高级数学，从而解释这些现象——参照系、动量守恒，这个那个的。我总是告诉他们，我跑外勤的时候，这些知识根本帮不上忙，可他就是不听。

我一只手穿过覆盖在门洞上的发着白光的力场。口袋里面是完全真空的，也就是说，接近绝对零度。我冻僵的手指胡乱摸索着隔热袋，想要把它从零重力的宝库里拽出来，结果让它打起了转。隔着光栅我什么也看不见，所以我还是得接着摸索。我感觉到隔热袋的绑绳碰到了我的大拇指，于是用力揪住它，然后用手摸索着这个冰冷的东西，直到我抓住这只圆柱形软盒的一头。

我必须把它整个儿拖出门洞——固体物质会阻隔事件视界，所以在悬浮车里没办法将口袋打得太开，然后不管三七二十一，把盒子一把拽出来。我快把不住车了。副驾驶那边的后视镜擦过山体，成了碎渣，不过我还是把那盒子放到了我的腿上，并且关掉口袋，然后再次控制住方向。

这是相对轻松的环节。

我从来没有在外勤任务中真正使用过电磁投枪。我继续一只手把着方向盘，另一只手则拉开盒子拉链，打开包装管的盖子，拽出发射器。这东西看起来就像一把鱼叉枪，不过它射出来的并不是刺穿濒危动物血肉的铁钩子。电磁投枪旨在刺穿大部分现代载具的装甲，并且释放强大的电磁脉冲，从而使载具内部的一切电子系统瘫痪。具体到这架飞行器上，瘫痪的应该还包括主推进器。

等我回去了肯定要写一大堆书面报告，毕竟这玩意儿只能用作最后手段。在人口密集地区发射电磁脉冲武器往往会导致电网瘫痪，惹人注意。无论间谍还是间谍的老板都不喜欢被人注意。不过这里是茫茫群山之间，应该干扰不到多少件家用电器。

当然，问题还是有的：一件高科技武器会扎进一辆外国载具的引擎组件里，而那个匈牙利间谍很有可能拥有完整权限来进行检查。他肯定拿不到任何直接证据，但是电磁投枪显然来自某个不差钱的政府的武器库。雇佣军才会储存非致命武器，更不会使用像这种专门瘫痪硬件的玩意儿。

不过还是会有很多合理的疑点，对吧？他们无法确认这件武器出自哪里，以及我为谁工作，何况眼下最重要的事情是让我安全地离开这里。

这次任务中，我们已经失去了一名特工。我仍然可以带着这件物品安然回家。如果失去这件物品，外加我身上的所有装备和我脑子里的情报，那就更糟糕了。

还有口袋。别忘了口袋，以及我藏在里面的所有玩意儿。

眼下电磁投枪是我的最佳选择。坏主意总比没主意强，我一向是这么说的。

不过这句话还没有成为局里各位同僚们的口头禅。

我一直等到我们从山里出来——我得替追我的人说一句话，他们很有毅力——开始穿越沙漠。我得尽可能地给他们修车制造障碍。我在沙漠中找到一片平整的地方，让他们紧追到我身后。

尽管有左眼的平视显示器告诉我精确的角度——而且通过计算纠正后视镜上倒影的误差——要想一边越过肩膀瞄准这件投射武器，一边让车走直线还是非常困难——车子的悬浮效应一碰上沙子，那感觉就像地面消失了一样，简直就像是在碎石路上开船。哈萨克人又冲我开枪了，净添乱。他们到底带了多少弹药？

我花了宝贵的几秒钟找到放稳电磁投枪的最佳位置，最后把它放在左胳膊的臂弯上，同时左手一直抓着方向盘。我的右手食指扣着扳机，让投枪枪口朝上，同时观察平视显示器，看投枪弹道与后视镜里的警卫飞行器是否保持一致。这可不容易做到。

一片子弹飞来，打掉了驾驶座这一侧的后视镜，这下我就看不见身后的情形了。

“见鬼。”我咕哝着，猛一回头。他们不想杀我，只想把我的车逼停。但愿吧。

平视显示器闪动起来，红色的十字准星套住了飞行器的引擎盖，我扣动扳机。

我手中的发射器往后一顿，投枪划过一道抛物线，命中那辆载具，并且发出巨大的声响。我可没有等着去看接下来会发生什么，反正我也看不见电磁脉冲。还有警卫脸上的表情，这我倒还挺想看的。

我回过身，把发射器扔在地板上，两只手都抓着方向盘，一脚踩下油门。

我身后响起一阵“咔嚓咔嚓”，然后是一声“砰”，一阵“嘎吱嘎吱”，还有很多人的叫喊声。不过我再也听不到掠地飞行器主推进器的嗡嗡声。他娘的，这招真奏效了！

我做好承受下一轮射击的准备，可我一路开上下一座沙丘，什么事儿都没有。悬浮车“吭哧吭哧”地爬到沙丘顶上，我忍不住从车窗探出脑袋看向后方。

那飞行器大头朝下半埋在沙里，有四个警卫跪在地上，围着一个仰面躺着的警卫。其中一个跪着的正手忙脚乱打开一只印着白十字的红色小背包。

在悬浮车跑到沙丘的另一坡之前，我有足够时间眨眼，把眼睛调至望远模式，好看清那个受伤的警卫。是酒气哥，我拿现金和巧克力贿赂过的家伙。出什么事了？我一点血迹也没看见……

这并不重要。我得走了。赶快滚蛋吧，袋鼠。

可我真是个油盐不进的家伙，谁都得承认这一点：我不光听不进别人的劝，连自己的建议也不听。

我一打方向盘，悬浮车并没有停下，只是一直在沙丘顶上行进，从而让我能一直看见那辆瘫痪了的飞行器。拿急救包的警卫撕开急救包，心急火燎地取出一只亮橙色的盒子。他打开盒盖，取出两只分别连着螺旋电线的白色圆片。我在第一次接受急救训练时见过那玩意儿。是一台体外自动除颤器，用来电击人的心脏，使之恢复正常心率。可是他们干吗会用到——

哦，玩笑开大了。

我调整左眼显示器，将任务实时记录倒回到我过边境的时候。我让记录在我对酒气哥做身体扫描的地方停住。这一次，我没有看他的手，而是观察他的躯干。找到了。我原本以为他胸前那个发亮的轮廓是一台肩挂电话，可是电话的线路不会直接通进他的心脏。

酒气哥身上有一台人造心脏起搏器，而我刚刚用电磁脉冲把它给报销了。

还有什么报销了呢？他朋友用来救活他的体外自动除颤器。

这纯属意外，可是没人关心这个。报纸头条才不会写“老酒鬼死于心脏病”，而是会说“丑陋的美国杀人犯谋杀了一位丈夫和父亲”。更别说家里的所有不实情报都会指向我，而且只会指向我。

见鬼。一分钟。就一分钟，然后我就滚蛋。

我想象出一头身穿白色实验室大褂的灰熊形象，再次打开口袋。我拖出自己的急救除颤器，把它擎在窗外，然后掉转车头冲下山丘，朝飞行器驶去。

在距他们五十米开外，枪声就重新响了起来。事后想来，冲着警卫大喊大叫，告诉他们我过来了，可能并不是个好主意，毕竟我又不会说哈萨克语，而且装着除颤器的隔热包装看起来像极了炸药包。

我把手缩回车里，再开近点儿，直到一片弹雨打烂了挡风玻璃。好吧，看来这就是聚合防弹喷剂的真实极限了。我猛打方向盘，把除颤器从窗户丢向警卫。有两个人赶紧躲到飞行器后面。

“不是炸弹！”我一边开车离开，一边回头喊道，“快救你朋友！救人！救银！急救！鸡酒！”[①] 我十分肯定，这几个词说得没毛病。

---

① “Help your friend! Aide! Medico! Medicina! Dottore!”后四个词为法语的“帮助”、意大利语的“医生”、西班牙语的“药”和意大利语的“大夫”。

只给我留下一样东西：一间拥有海量藏品的档案室，里面装的是足有二百年历史的娱乐视频。每一部视频我都看了一遍又一遍，想要通过屏幕上时不时跳出来的标注来了解父亲和母亲。

此外我没有别的亲戚在世，所以伟大的加利福尼亚州把我在孤儿院和寄养家庭之间踢来踢去足足有十年多，直到保罗在我这辈子最糟糕的那个夜里找到我，把我从我当时以为能惹上的最大麻烦中解救出来。

如今我对麻烦有了更广阔的了解。你得有最高机密授权，才能真正搞出一点乱子来。

我通过安检门时，前台的保安奇怪地打量着我。他们认得我的脸，但我知道他们在想，这家伙从来都不穿西装呀，今天有什么特别的事吗？我们又要拍摄全息身份照片制作工牌吗？我一会儿是不是要衣冠楚楚地游街示众？

我走开后，兀自笑了笑。我心里暗爽，因为我把所有人都搞糊涂了。我拐个弯，乘货运电梯来到地下室。再走几步路，就到迷宫了。

我们部门另外两人之一是奥利弗·格雷夫斯。他的工作头衔是“装备研发与获取专家”，迷宫就是他的主意。

我走进一间黑暗的屋子，里面只有头顶的荧光灯管照明，塞满了钢铁柜、纸盒子和塑料板条箱。这些柜子和箱子里面装的是真正的纸质文件。门外的牌子上写的是“档案储藏室”。倒没有瞎编乱造，只是这间屋子并非仅仅如此。

我眨一眨左眼，调到频谱分析模式。这里的荧光灯管以极高的频率闪动着，未经增强的人类视觉无法察觉，各个照明嵌板之间的频谱变化指示着穿过迷宫的道路。迷宫有许多个出口，每个出口都是一堵白墙，但是只有一堵白墙后面藏着一扇门。要到达那扇门有许多条潜在的路线，但真正能走通的永远只有一条，而且这条路每天都在变。地面上的压力感受板和天花板上的运动传感器能够探测到你是否走在正确的道路上，万一走错，就有得瞧了。

我走了一圈又一圈，一直走到出口，然后把手按到墙上。这堵看似水泥材质的墙内隐藏着传感器，传感器读取我的指纹、脉搏和皮下发报机应答器，然后墙壁像摩西面前的红海一样向两边分开，纳米机器人收缩起它们只有几个分子厚的外壳，急匆匆地让开道，露出一扇人力开启的门——那种需要你拧把手的门。我推开门，走进楼梯井，又把门从身后关上。

走下一段楼梯，拧开另一扇门出去，我准时回来了。

我们部门现在办公的地方过去是个什么军用防空洞，差不多在太空时代刚开始时建造的，供大人物们躲避包括热核炸弹在内的一切地表轰炸。这里经过翻新，安装了自动门、现代能源系统和更舒适的厕所，不过仍然是一副冷冰冰、灰扑扑，沉重压抑，充满直线条的样子。

我很高兴自己用不着一直待在这下面，不过我觉得保罗其实挺喜欢与现代世界保持隔绝的。他一直十分着迷于二十世纪末——他称之为“千禧年的拐点”——与他打过交道的，往往会受到感染。

“真是放肆。”我一进奥利弗的工作室，他就这么说。他正在摆弄一个碟形的配件，也许是个能飞的东西——我看见有四个暴露在外的旋翼。他看都没看我一眼。他那双深色的眼睛一直盯着那个不知是在组装还是拆开的机器。

“说这话是想打架呀，牛仔。”我回呛道。奥利弗一向喜欢说很多技术名词，可一旦他冒出了口语词汇，那我就知道他是想吵架了。

“电磁投枪是一种十分昂贵的装备，”他说，“更重要的是，它是一种非常有针对性的工具，只有少数制造商才能造得出来，并且只有少数人才能弄到。”

“私人安保公司就有。”我说。我早料到他会批评我在行动中的表现，所以我事先花了好几个小时，准备了一些理由来反驳他最简而易见的批评。

“那又有几家私人安保公司会接哈萨克斯坦的合同?”

我耸耸肩。我没做这方面的调查——也许该做的。

“电磁投枪不到最后关头不能使用，”奥利弗说，“对私人安保武装来说，这种武器太尖端了。但凡是被电磁投枪命中的人，都会知道这东西来自第一世界政府的情报部门。”

“不是你告诉我电磁脉冲也会烧毁包装的吗?序列码、指纹，所有这些宝贝东西都会被烧个精光?”

奥利弗叹了口气，揉一揉鼻梁，从乱蓬蓬的黑头发下面恶狠狠地剜了我一眼。“他们能不能追踪这件武器并不重要，凯。他们用不着知道这东西究竟从哪儿来。光是怀疑武器的源头就足以引起麻烦了。”

现在我有点儿火大了。“我在这次任务中只发射了这一件武器，”我说，“我可不觉得这叫‘放肆’。”他用不着知道除颤器的事，那东西在杰西卡的物品清单上。

“再说吧，”奥利弗说，“先给你办登记。”

我跟着他走出工作室，走过一道走廊，来到武器库。他把那个飞碟一样的东西放到一张平整的空桌子上，然后敲击墙上的显示器，调出我上周出发时签过的装备清单。我戴上一副隔热手套。从极寒的口袋里抓出一件物品不算什么，可我马上要把里面的一大堆东西都取出来。

“发射了一枚电磁投枪，”奥利弗一边说，一边一脸苦相地看着我的物品清单，“是啥来着？”

“乌鸫。”

他操作屏幕，更新清单上的条目。“对，那就是知更鸟。”

我在头脑中想象出参照物——一只棕色小鸟，长着橙色的胸脯——然后打开口袋。

我的代号，也是我在局里仅有的名字，是袋鼠。并不是因为我老家在澳大利亚，或是因为我跳得非常高，也不是因为我是经过基因工程制造出来的人类—有袋目动物杂交种。这些说法都是错的，而且我说，最后一个说法太荒唐了。

我叫袋鼠，是因为我有一只足有一个宇宙那么大的秘密袋子。

我管它叫“口袋”。没错，这名字真无聊。不过先让我歇口气；这种能力在我十岁时第一次出现。谁也不知道这是什么原理——反正现在还不知道。科学部一有机会就会对我进行测试。他们说我能够打开一个“超空间分路”：一个可大可小的通路，通往“口袋宇宙”，一片空旷的、似乎无穷无尽的真空，看起来跟太空深处十分相似。这个本领挺有用的，你可以把东西悄悄送到不该送去的地方，或者把东西带出我们不想让它们待着的地方。

参照物——科学部称之为“指示物”——能够帮助我追踪口袋里每一件物品的位置。我打开口袋时，脑子里想象出不同的画面，就能让门洞出现在另一边那个空旷宇宙中的不同位置。可是如果口袋里有不止一把手枪，或者许多个弹夹，那么光是想象手枪或是弹夹就没有用了。每一个位置我都需要一个独一无二的指示物。

打开和关上口袋是纯粹的脑力活动。我必须保持清醒，并且集中精力，不过这跟我活动身体的其他部位并没有任何不同。就像是握紧拳头，或者伸出舌头。我的大脑就是知道该怎么做。科学部讨厌这个答案，可是我能说的也只有这些。

奥利弗看着我把没用过的电磁投枪拖出口袋，然后是我为这次任务领取的其他特种装备。我们当时并不确定那东西在地下埋得有多深，所以我带的装备可不少：铁锹、鹤嘴锄、凿子、电动和手动钻孔机、深层雷达和激光扫描仪、次声波回声探测器、激光切割机、一把便携式等离子体喷枪、微波激射炮、一大堆电池组、好几块砖头大小的塑性炸药和配套的遥控起爆器、成捆的哈萨克斯坦钞票，还有三块野战口粮棒。

像这样对账是我们任务结束后的众多老规矩之一。我总是在口袋里装很多东西——那口袋足有一个宇宙那么大呢，所以干吗不多装点儿，但是局里要求有些装备必须要定期清点。还有一些，比方说容易变质的东西，或者精密的机械设备，飘在深空里坚持不了几天。

装进口袋里的大部分装备必须套进保温袋里，以免被冻坏。每一样装备奥利弗都要花好几分钟打开包装，再把东西取出来，放到桌子上。有一回我想帮忙，把一组样子差不多的电池摆成一排，结果他因为我摆错了顺序，差点儿拧下我的头。所以现在我就干等着，由着他自己做清点。

“看样子，你在沙漠里饿坏了，”他一边说，一边把口粮棒按照口味名称的字母顺序排列好，“水壶哪儿去了?”

“抱歉，”我说，“突击队烧掉悬浮车时，落在车上了。”

用飞机来接我离开沙漠的士兵还用喷火枪销毁了我们去过那里的全部痕迹。我本来想把悬浮车装进口袋，但就纪念品而言，它的个头稍稍大了点。

奥利弗怒气冲冲地瞪了我一眼。“那是一个隔热水壶，堪称艺术品。你知道我们费了多大劲才把它开发出来吗？就连宇航员都用不着专门的容器来让他们的水保持液体状态！”

“你饶了我吧，行吗？”我说，“我花了整整三天时间穿过沙漠，差不多所有冰都化掉了。用完口袋后我需要补充水分，我还服用兴奋剂来保持清醒。当时情况非常紧急。”

奥利弗怒视着我。这是任务结束后的另一个老规矩。“我等着看你的完整报告。”

“完事儿了吗？”我问，“要是你还想吼我，我可以等会儿再过来。”

“多等会儿吧，”他一边说，一边回身去拿他的飞碟。他那张臭脸上挂的是一副傻笑吗？“对了，科学部想让你过去一趟，为后门工程测试几个新的方案。”

“我刚回来。”我哼哼道，“还有，咱们能不能换一个工程名字？换成啥都行。”

奥利弗耸耸肩。“这个名字很精当。非常优雅，真的。”他伸出一只手，手掌竖起来正对着我，“前门。”他把手翻转180度，让手掌对着他自己，“后门。而且我没记错的话，这名字是你起的。”

他转过头去，继续捣鼓他的飞碟。我想象自己一巴掌扇到他那张咧嘴傻笑的脸上。这个混蛋早就知道，在我十几岁的时候由着我选中这个愚蠢的工程代号，会让我在后半辈子寝食难安。科学部里压根儿没有人说“后门工程”——他们会说“翻转难题”，免得自己偷笑。而且他们说得可不少，因为口袋翻转确实算是个大难题。

我把东西放进口袋里之后，如果想把它重新取出来，我会在这个物体的另一边打开门洞——这个门洞会绕着它翻转180度。由于门洞锁定了口袋宇宙里的物体和我在我们宇宙中的位置，根据牛顿运动定律，如果我从“前门”把物体丢进去，那它会以相同的速度从“后门”飞出来。我只需要确保，这个物体关联着一个有着截然分开的两面的参照物——比方说有两个门的房间——就可以了。

问题是，我只能以这一种形式——在物体原本所在位置的正对面——重新打开门洞。如果我能随意调整门洞与物体之间的角度，那我就能给我的全部本领再增加一整套新把戏。我甚至用不着带枪。我们只消往口袋里开上几枪，回头我只要调转门洞方向，正对着我的目标打开口袋就行了。砰、砰，谢谢你，物理学。

不幸的是，能够训练我做到这一点的也只有我自己。而我压根儿不知道口袋的工作原理究竟是怎样的。我只是能做成这件事，就像勾勾手指头一样；而且就像我不能把手指头往后弯，我也没办法随意翻转口袋。要么180度，要么啥都别干。

然而，科学部的人坚信他们能帮助我克服这一局限，而且他们热衷于想出越来越疯狂的办法来开拓我的大脑。

“新‘方案’里，我要不要吃神经药剂，或者往身上扎电极?”我问。

奥利弗头也不抬地说：“听天由命吧。”

“天哪，回家真好。”

在从奥利弗的工作室去保罗办公室的路上，我遇见了杰西卡。我们站在走廊里，面对着面，她上下打量着我。

杰西卡·朱——博士，医学博士——是我们三人部门里的第三个人，非常可怕。好吧，反正我怕她。她根本不用整天皱着眉头或者一脸严肃，光是她瘦削而且棱角分明的五官，组合起来就是一副看谁都不爽的样子。而且她又细又长的手指看着就像个爪子，尤其是她还拿着尖锐的医用器具时。她的工作头衔是“执业外科与医学干预医师”，这个头衔也不让人好受。我可不想让任何人“干预”我的身体机能。

“怎么这身打扮?”她问。

“来述职。”我说。

她的脸就像个面具。“我需要下载你的医学日志。”

“不评价一下我的领带吗?”我一边问，一边跟着她走进检查室，“上面画的是一个古老的俄罗斯民间故事，很有文化底蕴的。”

“脱衣服。”

“啥？你是说我这件前扣式牛津纺西装?”我跟那个黏人的

私人代购磨叽了两个钟头，可不是为了让谁都不注意我这身行头的。

“要不然我就用剪子了。”她拿着一把纱布绷带剪说。

“好吧，好吧。”

我把夹克挂到墙上的挂钩上，然后坐到蒙着塑料布的长椅上，摘下领带。我小心翼翼地把领带窄的那一头往回扯，不想把领带结整个解开。今天早上，我花了十五分钟，对着一本指导手册，才把这该死的玩意儿系上，我想一直留着它，直到我见过保罗。

我连衬衣扣子都还没完全解开，杰西卡就把我的左胳膊往上一甩，把一个电极扎进我的腋窝。

“咱们赶时间吗？嘿，小心我的衣服！”他把另一个电极刺进我的下巴底下，又把一个接口贴片扣到我的左眼上。电脑开始从我身上的各种植入设备下载传感器日志，我的半边视野消失了。

“你脱水了。”她一边说，一边仔细看着显示屏。

“我要用口袋呀。”从生理学角度来看，打开口袋就像灌了一晚上的酒，会把水分从我身体中抽出，并且抑制某些神经递质。基本上使用过口袋之后都会有一种宿醉感。“而且我一直没能睡觉。”

“你有多余的水分补给啊。冰哪儿去了？”

“大部分都洒了，”我回答，“你得一边通过超空间分路拖出一整块冰砖来，一边还要开着悬浮车在沙漠上飞奔。”

我看着她的侧脸。从她开始做检查时起一眼都没看过我。这可不太正常。平常我一完成任务回来，她都会对我百般照顾，就像火星尘埃扑在……好吧，火星上的一切东西上。他们管火星叫“红色行星”是有原因的，那些含铁的细沙能钻进每一个犄角旮旯和缝隙里。

同样地，每当我回来报到，杰西卡都会把我从头到脚检查一遍，从后槽牙到肠胃运动，一样不落。我是唯一一个已知的、始终拥有超能力的人，局里可不想让他们的宝贝袋鼠生病了。医生的工作就是确保我能一直下金蛋——可以这么说吧。

她今天明显心不在焉的。是办公室里出别的事了？还是她不想告诉我的事情？我有麻烦了？

你当然有麻烦了，袋鼠。你什么时候没有麻烦？

“接下来几天别碰咖啡因。”杰西卡一边说，一边从显示器那儿转过身来，拔掉我身上的电极和眼睛上的贴片。

“你想要我命吗？”我说着，夸张地往前一倾。

“多喝水，还有不要逃健身课。”

“我不逃。”我撒谎道。

“不许撒谎。”她说。她怎么知道的？“每次出完任务，你都懒塌塌的。”

我觉得现在可不是反驳她的好时机。“好吧。我就一边追肥皂剧，一边在动感单车上浑身冒汗好了。咱们完事儿了吗？”

我可以等会儿再跟她要一个新的急救除颤器。

“暂时完事了，”她说，“科学部想再对你做些有关翻转难题的测试。”

“是啊，装备专家刚跟我说了。你就不能给我写个条子什么的吗，外生？”

“我又不是你妈。”她说，“还有，不许再起愚蠢的外号。”

“没有，你瞧，‘外生’是‘外科医生’的简称，这就是你的工作头衔——”

“多——喝——水——”杰西卡拖着长腔说，就像我听力有问题一样，“这儿没事了。”

她拿起自己的平板电脑，一边走出屋子，一边在上面敲击着。我默默地穿上衣服，心想自己待会儿会不会挨一顿胖揍。

我走进保罗办公室时，他正在打可视电话。我刚才该先敲门，不过既然已经进来了，比起来，待在这儿还是没有出去尴尬。他的办公桌前有两张椅子，我坐在其中一张上。

保罗眼睛和嘴巴周围的皱纹，与其说让他更显老，倒不如说让他看起来更高贵。他一头灰发，亮得出奇，简直跟银子一样。如果他再长点肉，留个胡子，那他看起来就像个圣诞老人；要是留胡子戴尖帽，就像梅林[①]；要是两边留大鬓角，那

① 梅林：中世纪亚瑟王传说中的魔法师。——编者注

就是十八世纪的强盗资本家，要不就是十九世纪的？反正是还在修铁路的时候。

他还是我第一次见他那天夜里的模样。也不知是好是坏，他是我近十年来的生活中一样一成不变的东西。不同的任务，不同的搭档，不同的目标，但管事的一直都是保罗。

他的台式机上是一块有机玻璃显示屏，我看着投在屏幕上的左右颠倒的视频画面。似乎是国务卿。

“这是你的责任，保罗。”国务卿说。这个声音错不了。“你说你的小子能搞定。”

保罗眼睛一直盯着屏幕——摄像头就安在上面——右手指着靠墙书架旁的托盘。我起身给自己倒了一杯水。显然，他已经收到了杰西卡的医学报告。

“他的确搞定了，”保罗说，“我们成功取出了那个物品。”

“你我似乎对‘成功’有不同的标准。”

“这次任务需要袋鼠，”保罗说，“那东西比我们线人说的还要大。没有谁能像他一样如此高效地把这东西从哈萨克斯坦带出来。”

“我们似乎对‘高效’的定义也有分歧。他把一个美国人的尸体留在了那里，还把一个哈萨克斯坦公民送进了该死的医院。”

医院。这么说酒气老哥没有死，这就放心了。

“已经有三个大使冲着我的手下大呼小叫，”国务卿说，

“一旦总统听说——”

“让我来应付总统吧。”保罗说。

“哦，会让你应付的。”屏幕里的国务卿瞪着眼睛，“可是这项核查正在进行，保罗。哈萨克斯坦就是压垮骆驼的最后一根稻草。国家安全委员会正在巨细无遗地调查每一项贴着‘内地’标签的事务。”

“我没时间处理这个。”

“那就挤时间吧。”国务卿喝道，“说真的，保罗，你以为我们会任由你运营你这个小小的私人特务中心，而没有任何监管吗?”

“我以为小组委员会宁愿对我们视而不见。”

“今天不行，保罗。我没那个心情。”国务卿说，“你会有几个从兰利①来的客人，你要全力配合他们，明白了吗?”

“我明白。”保罗的声音冷冰冰的。

国务卿叹了口气。“把屋子收拾整齐。这是我作为朋友的建议。”

屏幕上的图像一闪，消失了，有机玻璃屏收进平整而又闪闪发亮的桌面电脑。保罗看着我，没有笑。我一口吞掉剩下的水，把水杯放到桌子上。

“你知道为什么会有一队匈牙利特工监视着俄国与哈萨克

① 兰利，美国中央情报局所在地。

斯坦的边境吗?”他问。

我噘着嘴说:“因为他们在抓小鸡?”

“因为国务院叫他们去抓捕黑市武器走私犯。”保罗说。

“哈萨克斯坦还需要核弹?不可能吧?”

“情况很严重,”他喝道,“恐怕你收到的简报没有写清楚。”

我盯着我的空杯子。“写清楚了。”

“接下来要做很多的外交工作才能把这件事摆平。你要坐一段时间的冷板凳了。”

我点点头。“给你带了个礼物。”

保罗盯了我一会儿,然后说:“好吧。”

我在他桌子上方打开口袋,让光栅就位。从保罗那边看过来,他应该只看见一片起起伏伏、部分反光的表面——这也是科学部在实验室条件下的发现。从我这边看过来,门洞就像一个悬在半空、烟雾笼罩的白色盘子,一个似有似无、通向黑暗的门洞。

我伸手进去,把水壶拖了出来,关上口袋,动手打开水壶盖子。

“你不是告诉奥利弗说你把它弄丢了吗?”保罗问。

“我昏头了。”随着“噗”的一声轻响,密封盖子打开了,我取出一个玻璃罐子。罐子冷冰冰的,不过并没有冻住。我把它的标签冲着保罗放到桌子上。

我发现他的脸色好看了一瞬间。当然他不能赞同这种行为，“你从哪儿弄来的?”

“阿特劳，在里海边上。”

“你懂我的意思。”

“为什么人们在送出礼物之前都要把价格标签撕掉?”我问。

保罗皱着眉头，把鱼子酱放进抽屉里，盯着它看了一会儿，然后合上抽屉。

出事了。杰西卡今天也这么心不在焉的，不可能是巧合。

“谢谢。”老罗说。

“不客气。”

他打开另一个抽屉。“你去休几周的假吧。”

我点点头，“猜到了。我在家时要做什么调查吗?”

他抽出一个小文件夹。“你要去别的星球。”

我伸手去接文件夹，“去做什么?”

保罗并没有把文件夹递给我。他把它平放在办公桌上，一只手扣着文件夹，等着我重新看向他。

“没有任务，”他说，“你要去休假。”

我觉得我这辈子都没听他说过“休假”这个词。“我要去哪儿?”

他隔着办公桌，把水壶推向我这边。“我要你把这个还给奥利弗，并且向他道歉。”

我拿起水壶。“这个，呃，‘假期’并不在北方的漂亮农场，对吧?”

他把文件夹递给我，我小心翼翼地打开，里面有一张票，一摞伪造的身份证件，还有一本介绍火星漫游的小册子。

火星，距离地球好几亿公里，从战前至今一直不被允许踏足。我不确定自己是不是真的想回去。不过我十分肯定，保罗并不打算让我选择。

“部门正在接受调查，”保罗说，“国务院和中情局正在跟KNB发展关系，你偷越国境给这项工作亮了好几个红灯。”

KNB就是哈萨克斯坦国家安全局。如果中情局也牵涉进来了——还有匈牙利特勤局——我的胃开始打卷了。

“我被要求开放档案，接受内部审阅，”保罗接着说，“那些头头脑脑肯定不喜欢他们的发现，我也不想你留在这里受折腾。”

这事不应该让我这么紧张。保罗过去曾把我一路派到冥王星去执行任务。可是这次不一样，他只想让我不要添乱，就像家长赶走吵闹的孩子，因为他不肯让大人干活儿。

也许我仍是一个总爱惹麻烦的孩子。

“装家和外生怎么办?”我问。和保罗说话时，我不喜欢叫奥利弗和杰西卡的名字，我也不喜欢感到无助。

“我们没事的。你的电梯今晚出发，赶紧收拾东西吧。”

他的眼神告诉我：不要再争辩了。我站起身来。

“谢谢你送我票。”这话真没劲，可我也没其他可说的。我的脑子里一片空白。

“不客气，”保罗说，“别忘了奥利弗。水壶失而复得，他会很高兴的。”

保罗办公室的门在我身后关上了，我想起来他对我的西装没有半句点评。都没有问我为什么穿戴得这么齐整，而我平时来办公室都是穿着短袖衬衣、牛仔裤和帆布鞋。我低头看看自己的尖头正装皮鞋，天哪，这鞋还是我花钱找人擦的呢。

我没法确定，保罗的心不在焉和我得为水壶的事向奥利弗道歉，哪个更让我心烦——至少前者能让我少去理会后者。

我返回工作室时，奥利弗和那个飞碟都不见了。我把水壶放到桌角，找来一个看起来没有运行什么特别程序的平板电脑，打开一个空白便签，在触摸屏上胡乱写了一句“找到了抱歉拜拜”。

我把平板电脑放在水壶旁边，然后走出工作室，心里感觉空荡荡的。平常时候，我离开这个房间时，都会在口袋里装满各种工具和武器，做好准备，拯救世界。我突然想起来，尽管我非常尊重奥利弗，但我从来都没想过和他做朋友，也从没约他出去喝一杯，或者问他的家庭状况。我总是觉得自己是想把工作和个人生活分开，可是直到现在我才认识到，我其实压根儿没有多少个人生活。

整整一个月不在岗位上，而且不在这颗星球上，我到底该拿这一个月来干什么呢？

杰西卡走进走廊时，我差点跟她撞了个满怀。我下意识地举起双手，手掌冲天，以示自己没有碰到哪个不该碰的部位。

“抱歉。”我说。

“没事儿。”她一边说，一边继续向楼梯井走去，“旅途愉快。”

我盯着她穿着白大褂的背影，停了一会儿，追上去，抢到她身前，站稳脚跟，挡住她的路。她一脸不悦地抬起头来。

“出什么事儿了？”我问。

她眯缝起眼睛，“我以为你要走了。”

“你给我做检查时一直心不在焉的，”我说，“你都没有采集血样和组织样本。”

“你想让我给你扎针吗？”

“不是，”我说，“这不是重点。”

“那你说吧。”

这会儿她可吓着我了。“我本来以为你走神是因为要为我的下一项任务做准备，可是现在保罗要放我假，所以不是这个原因。”我眯起眼睛，“他终于同意把你借调到别的部门了？是因为这个？你在接私活还是怎么着？”

她盯了我一小会儿，嘴角一扯，像是要往上一弯，露出微笑，可是并没有。

“袋鼠，幸亏你是跑外勤的，”她说，“不然你肯定会是个讨厌的审讯员。”

我抬起手来，用一根手指指着她的嘴，得理不饶人地说：“瞧见没？你都快笑了。这可不寻常。快告诉我，出什么事了?”

“又不是大事。”她说。

“快告诉我!”

“又不是大事。”她重复道，并且真的笑了。

我不得不先搞清楚杰西卡面部的表情与情感之间何以存在认知错位，然后才听懂了她这句笑话。

“纳米机器人?”

她点点头。“科学部通过我的提案了。”

纳米机器人是最新的生物技术，作为一件间谍工具，被永久植入我的体内。它们跟迷宫里隐藏入口的微观机器，还有变成保罗那个有机玻璃桌面显示器的机器人是一样的，只不过为了医疗用途而做过改制。此刻，几十亿个纳米机器人正流淌在我的血液里，或是驻扎在我的软组织中，维护着我浑身上下错综复杂、链接着其他高科技植入物的无线网络。

这是局里第一次真正地将纳米机器人植入人体——多谢了，伙计们，根本没什么可担心！——在用它们做更复杂的尝试之前，他们想要先确保不会出现任何天打雷劈的状况。所有人都记得，上一次有人把未经测试的生物技术产品投放到地球的大气层里，结果出了怎样的乱子。那场农业灾难之后，人们花了十年时间才完成环境清理工作，没人想来第二次了。

足够数量的纳米机器人通力合作，几乎可以在原子层面上组装和拆毁任何东西，十分了不起——前提是你能控制住它们；如果控制不住，那就天崩地裂了。经历过“绝收之年”以后，所有政府都不愿意公开支持纳米技术的发展——不过私底下，所有军事组织都想获得他们自己的小小锡兵。

幸运的是，我有这颗星球上最厉害的医生看护我，而且局里制造的纳米机器人跟干掉了全世界苹果树的杂交种虫群完全不一样。我体内的纳米机器人是纯机械的，完全没有可能变异失控的生物因素。它们的确可以跟我的身体发生互动，但这些纳米机器人利用一点点血糖作为燃料来实现最基础的无线电功能。体内植入物之间的有线连接越少，破坏网络的办法也就越少。

自从去年上头批准将纳米机器人用于外勤任务，杰西卡就一直想要写出她自己的纳米机器人软件，而且她都快被缓慢的官僚程序逼疯了。

虽然我们是在一个超最高机密的地下情报机构里工作，但我们还是在为政府工作。

“我昨天测试了远程编码设置，”杰西卡说，“还有些版本控制问题，不过都能解决。我已经能在实验室里让一小群纳米机器人闪光了。”

"慢着，已经能工作了?"我兴奋起来，"那我什么时候才能千杯不醉?"

她又皱起了眉头。"什么意思?"

"我们聊过的。那个消化乙醇的项目？我随便怎么喝都不会醉，而纳米机器人利用酒精来做燃料?"

杰西卡摇摇头。"我才刚让整个系统运转起来，离准备人体实验还远着呢。"

"得了吧，这是个多好的机会啊。"我说，"我要出门旅行了，这是最理想的环境，用来评估——"

"这可不是寻常的植入物，"杰西卡说，"这里面既包含了能够运动的单个部件，又包含了集群控制算法，要把两者结合起来十分复杂。"

"你是说虫群?"

"不要用那个字眼，"杰西卡喝道，"我们从来都不用这个词。明白了吗？要让将来的那个工程得到批准，同时避免人们想起过去出过什么样的岔子，这项工作会十分棘手。"

"好吧。"我说。"绝收之年"那会儿我还太小，什么都不懂，不过我还记得我身旁的大人有多么惶恐不安，还有好吃的苹果派忽然不见了。"我不说那个虫什么了。不过说真的，我要离开好几个星期，而且我打算喝他个——"

"闭嘴。"杰西卡指着电梯，"走开。"

"真不敢相信，眼看着一个有可能实现颠覆性科学突破的机会，而你居然视而不见。”

“我们两人中间，一个人拥有两个高级医学学位，另一个则被要求离开这颗星球。”他推开楼梯间的门，“等你回来，我会对项目的可行性有更好的了解的。再见。”

门关上了。我盯着门。纳米机器人，谁知道呢？

如果我们部门能熬过这次调查，等我从火星回来，情况肯定会十分有趣。

3

地球——大西洋——“魔豆”锚地平台
保罗叫我滚蛋后 10 小时

皮尔逊的“魔豆”是一座建在佛罗里达州东海岸外的商业太空电梯。电梯的碳纳米管缆绳向上延伸 4 万公里，一直到达并越过地球同步轨道，并且用一颗小行星来配重。“魔豆”由埃里斯—贝克全球娱乐合伙商行共同投资建设，他们拥有资源，能够建造合适的锚地平台，然后把平台从工作效率最高的赤道附近地区拖到最有利可图的近海位置——从奥兰多出发，驱车过来不到一个小时，而奥兰多正是他们的“传奇故事乐园”主题公园所在地。

两个足有村镇那么大的“载人舱”，每个星期顺着豆蔓，一个爬上，一个爬下。载人舱的外观做成了巨大的绿色藤蔓和叶子的样子，我所在的载人舱内部呈现了古老民间传说和童话故事里的种种神奇设定，绝对配得上埃里斯—贝克公司的名声。

从海平面到天空 5 号轨道站需要整整一个星期的时间，然后我将在天空 5 号登上游船，前往火星。埃里斯—贝克公司在载人舱内打造了各种各样吸引眼球的设施来取悦小孩并分散他们的精力，另一些设施则用来在向上攀升期间安抚孩子家长的情绪。有些埃里斯—贝克主题公园曾经是“禁酒”区域，完全不提供酒精饮料，但你不可能把这么多家庭塞进一个密闭空间里长达一个星期，还不许大人们喝点儿小酒乐和乐和。

也有比太空电梯更快抵达同步轨道的办法，但是并不提供给平民，尤其是这个平民的老板还希望他在未来一个月内不会被任何人接近。没人想要尝试拦截一个以二百公里时速沿着缆绳爬升的载具。游船就更加与世隔绝了。光是跟地球上的人说两句话就贵得让人望而却步，而信号光速传输时延也让实时对话变得不切实际。

没错，我需要泡在酒精里，才能熬过这趟旅程。

我一登上载人舱，就开始寻找离我最近的酒吧。那酒吧叫“希望与锚”，一个英国酒吧的全尺寸复制品，藏在“独角兽空地”后面的“闹鬼树林”里，就在“姜饼屋”过去一点点。载人舱里空间有限，不过埃里斯—贝克知道怎样最大限度地利用空间。

我来到这个赝品林中酒吧，点了实打实的一皇家品脱[①]啤

① 皇家品脱是英国和爱尔兰使用的容量或体积单位。1 皇家品脱约等于 568 毫升。

酒。周围嘈杂的声音让人舒坦，是成人的嘈杂声，声音低沉，持续不断，不像外面奇幻森林里不时传来的一惊一乍的尖叫声。视频墙上播放着最近的板球和英式橄榄球比赛录像，我简直要相信自己就在“老家英国”[①] 了。

酒吧里挤满了体育爱好者，于是我朝着一个隐藏得很巧妙的楼梯间走去。酒吧一共有四层，每一层都以大英帝国的不同历史时期为主题。我径直走向一个伊丽莎白时期的空卡座，差点撞上另一个朝这边走来的人。

“哦，对不起。”他说。

“没事儿。”我说。

“我真的需要歇歇脚了，”他说，“介意拼桌吗?”

“我没意见。”

我们隔着餐桌面对面坐下。那人岁数很大——估计退休了。他的皮肤是棕色的，颜色比我深。一头卷发剪得很短，紧贴头皮，零星夹杂着一些灰色和白色的头发，越到头顶，头发越稀疏。他用两只手握着桌子上的一杯威士忌。

“哎，挺不错的，对吧?”他说。我还在试图辨别他的口音，肯定是东海岸的什么地方。他端起酒杯，“敬远离孩子的时光。”

---

① 老家英国，即 Ol' Blighty，一战时期，战壕里的英国士兵们普遍使用的一种富有情感的对英国故乡的称呼。

我端起啤酒杯，碰了碰他的酒杯，“太同意了，干杯。”

他抿了一口酒。我心想他究竟是只想喝慢点儿，还是说他从不放纵自己。我一口气喝下足足四分之一杯啤酒。

“和家人一块旅游?”那人问。

“哦，没有，”我说，“没有孩子。只是从来都没乘坐过太空电梯，也没去过大乐园。”传奇故事乐园是游客们心中向往的圣地，是埃里斯—贝克众多大型旅游名胜中最大的一处。“算是一石二鸟吧。”

这感觉很奇怪，把自己的情况如实相告，而没有编造故事掩饰身份。这感觉不错，又或者，这不过是酒后胡言。我又猛灌了一口。

“重温童年岁月，”那人大笑道，“我喜欢。”

“你呢?”我问。我仍处于间谍模式，努力想要故作轻松地套取情报。在谈话的过程中找准时机，轻松自然地插入一个问题，运用恰当的称赞或点评来引导别人，这就像跳舞，只不过结局有可能比你踩别人脚上还要糟糕。

“我和我妻子一起来的，还有几个外孙，”那人说，“他们可能还在那个‘闹鬼树林’周围跑来跑去，傻乎乎地吓唬自己。我只想休息一会儿。不比过去年轻啦。”

我想不出什么合适的话跟上，于是只是抿了一口啤酒。

“我叫唐纳德。”那人一边说，一边伸出一只手。

我跟他握了握手，“伊万。”这趟旅行保密程度很低，不过我还是得用假身份。

我猛地意识到，我其实挺想找乐子的。我十分不爽保罗把我扫地出门，不过，既然我已经向命运低头了，就要看看生活的种种可能。不用干活儿，不用担心撤出行动搞砸了。

作为联邦政府雇员，我好奇局里到底欠我多少假期。到现在为止，我积累的休假时间起码有三四个月了，也许这趟旅行我可以走得比火星还远。如果我打定主意一路跑去小行星带躲起来，保罗似乎不大可能派人来追我。

他没准还会对我的谍报技术刮目相看。一个想法冒了出来。

“那么我猜，这趟旅行不是你的主意。”我说。

唐纳德大笑道：“你为什么会这么想呢？”

我耸耸肩。“比起花整整两个星期来带孩子，感觉你和你妻子可以有更好的办法来打发时间。”

“哦，我爱我的外孙们，”唐纳德说，“你还年轻，不过相信我，等你岁数大了，你会明白的。等你再也做不了某些事情了，有能办事的人在身边是好事。”

“有意思。”我说。我不太相信他，而且他说话的语调让我觉得有些古怪。我又喝了些啤酒，想要关掉我脑子里过于擅长分析的那个部分。只工作不玩耍，聪明的袋鼠也变傻。

“本来应该是我女儿和她丈夫带孩子们出来的，”唐纳德接着说，“大家庭嘛。不过你知道是怎么搞的：工作上的紧急项目，最后一分钟的会议，然后突然间他们就走不成了，还有好几张没法退掉的票。”

“你运气不错。”

唐纳德又大笑起来。他的笑声拉响了我脑后一个小小的警铃。

我在局里学到的第一件事就是怎样玩牌，倒不是因为保罗觉得我将来会到许多赌场里去刺探情报，或者想让我多去社交和认识朋友——局里没有人会真的为了找乐子而玩扑克，骗子太他娘的多了。

扑克和其他需要虚张声势的游戏是一种学习如何分辨谎言的系统性方法。我们必须具备一种本能，一旦周围情况不对劲就要及时察觉。这类游戏就是形成这种本能的第一步，哪怕你并没有意识到对方脸上的表情在哪一瞬间暴露了他的伪装，或者是哪一个不协调的细节暴露了房间里的埋伏，但你的下意识已经在高喊“危险，威尔·罗宾森！”[①] 而这正是我此刻的感受。

不过我早就深刻地了解到，谎言未必总是意味着危险。每个人都有秘密。唐纳德也许有家庭问题，父女关系不算融洽，虽然没有告诉我，脑子里这会儿却正想着这些事情。这并不重

① 这句话出自二十世纪六十年代科幻电视连续剧《迷失太空》，是剧中的经典台词。

要。我又喝了口啤酒。

“我听说这儿有九洞高尔夫球场，”唐纳德说，“你玩高尔夫吗?”

我后脑勺的那个东西亮起了红色警报。太友善了，它说，太热情了，太过分了，太快了。不对劲。

我笑了笑，摇摇头。“从来都打不好。”我打算设个套儿，“我情愿游泳。”

“是吗？我听说最顶层有一个低重力泳池。”

他想让我聊天。这家伙究竟是谁？有谁会知道我在这儿?

好吧，唐尼。瞧瞧你都隐瞒了什么。

我胡说八道地点评说游泳是一项很好的运动，与此同时，我左手无名指抬到啤酒杯的杯壁上。这个小动作是在酒杯最靠近我的这一侧完成的，所以酒杯里剩下的棕色啤酒挡在前面，不让唐纳德发现我的动作。我的小指往里按，把无名指挤得紧紧的。挤压，稳住，放开。重复了三遍，感受到皮下接触器一阵刺痛。我左眼的平视显示器亮了起来，给我的视野添加了一层假彩色图层。

唐纳德体内有许多种植入物，差不多是如今每个人身上都有的那些：右肩膀上的移动电话，双眼里的视觉矫正器，左腋窝里的个人数据记录仪，没有异常的东西。我用力扯左手的一根手指，我的眼睛放大他腋窝里的数据块，并切换成像模式。磁力线从数据块的各个面泄露出来，从中可以看出那东西有多大的功率、多强的屏蔽——

我把剩下的啤酒一口气喝光，同时尽量表现得不要太吃惊和匆忙。

“再帮你拿一杯?”我问。唐纳德摇摇头。“马上回来。”

我端着空啤酒杯站起身来，返回吧台。我放下酒杯，头也不回地离开了酒吧。

如果这个“唐纳德”真的如我所料，那办公室里要有麻烦了。

和我的旅行文书装在一起的埃里斯—贝克冒险家联盟金质会员卡确实非常有用。之前在“传奇故事乐园”里面和“魔豆”站台上，它帮我省去了各种排队的麻烦。现在它又让我可以使用载人舱商务中心的一间私人办公室。

接待员刷卡的时候眼睛都圆了——也许是看见了我那高得吓人的信用额度——不过她的脸上一直带着愉悦的神情。这些人都训练有素，如果用不着杀人，埃里斯—贝克主题公园的员工个个都能成为十分优秀的间谍。

我租用的办公室有一扇透明的有机玻璃门，靠墙有一张办公桌，墙的对面放着一把椅子，一台显示器对着后墙。接待员温迪抽出控制面板，让我在这儿做我自己的事情。

我坐到办公桌旁，把会员卡插进读卡槽。屏幕亮了，显示出一个动画人物和一片说明文字。我四下打量着办公室，没看见摄像头，不过我已经看见两个人路过这间房间了。

我脱下夹克，用它蒙住显示器和我的头。我知道这样子十分滑稽，但如果有人问起的话，我可以说是屏幕有反光，我看不清字。他们以为我在干什么呢?

我在屏幕的正前方打开口袋，大小刚刚够我把手伸进去。光栅泛着柔和的白光，没人知道它是怎么发光的，毕竟口袋宇宙里不应该有任何能量泄漏出来。科学部有一卡车的理论解释它的原理，而且时不时地，奥利弗还会尝试解释虚粒子和量子泡沫之类的事情，直到我听不下去，溜达出去找零食。当白大褂们不研究口袋的时候，他们就想尝试通过逆向工程研究光栅。到目前为止，这两个项目都毫无进展。

口袋宇宙里是强真空的。如果没有光栅，我们宇宙里的空气就会通过开口被吸走，而且我不关上门洞就不会停止。我第一次打开口袋时，不小心把一袋花生都吸进了虚空，还差点儿把我正在喂的一只松鼠给丢进太空里。我最好的朋友都快吓疯了，他足有一个星期不肯跟我说话，直到我发现，口袋是用来去商店偷冰淇淋的理想工具。之后我们不得不想办法把冷冰冰的战利品重新取出来。

在第一次让光栅出现之前，我就已经能够翻转口袋了。凡事有先后，你懂的。光栅又不能帮助我们取出冰淇淋。可是把口袋绕着掉进里面的东西翻转 180 度，也会让这个东西重新掉出来。后来我意识到，比起单纯利用真空把它们吸进去，把东西放进口袋里的能力能派上更多用场。

我练习了好几个月，才弄明白如何让光栅具有半渗透特性：足够单薄，好让物体穿过去；又不能太单薄，以至于太多的空气泄漏进口袋里。我需要比平常更加集中精力，才能让力场的强度刚好合适。

我感到口干，同时费力地透过光栅，取出笔记本。真不该喝啤酒喝得那么快。酒精加上使用口袋，待会儿准能来一场巅峰级的口袋宿醉体验。

屏幕投射的光芒勉强够我看清局里通信中继卫星的载波电码。我默读这组数字，一遍一遍地重复，直到确信自己能够记住几分钟，然后把笔记本放回口袋。

暴露局里的接入电码后果会很严重，于是我继续蒙着夹克，通过一颗军用通信卫星打出电话。从通信卫星到“魔豆”的最后一英里通信还是会被转成明码，不过这段距离非常短，风险很低。

屏幕闪了一闪，保罗的脸出现了。他没在办公室，看他身后的背景，似乎是在奥利弗的工作室里。

“袋鼠呼叫鞭笞者。”我用各自的代号呼叫道。我不想让他以为这是一通私人电话。

保罗不等我说下去就打断道：“你没去遛狗吗?”

他是说我在用明码传送信息，提醒我对话有可能被人听到。这话有道理，不过我也没打算讨论任何机密内容。

“菲多在打盹儿，”我说，“不过另有一条杂种狗正跟着我。”

保罗身子前倾。“你带它去看兽医了吗？”

“给它拍了X光片。”我描述了唐纳德的体貌特征和体内植入物，“数据块是新的；手术伤疤也是最近留下的。商用设备，平民就能买到，但是用一个军用级硬加密单元做过改造。我能确认这个——你干吗这么看着我？”

保罗皱着的眉头已经从担心变成了惊慌，“你问过他名字吗？”

“唐纳德，”我说，“等等，你认识这家伙？”

“认识。”

“那你就能查出来他还有哪些同伙。”现在我有些兴奋了，“那些调查员想要诈。他们没准儿还打算跟你和外生还有装备专家也来个街头偶遇呢。可是如果你能确认这些演员的身份——”

“退后，袋鼠，”保罗说，他又变成了一副无动于衷的样子，“没人盯着我们。是我派唐纳德去跟你聊天的。”

我的兴奋之情消失了，“什么？”

“我很抱歉对你耍花招，”他说，“我们在办公室的朋友想要一份你目前的心理曲线图，而你一向都不喜欢做那些评估。”

“于是你决定忽悠我接受心理分析？”

“我本来没打算让你发现的。”

现在我觉得被冒犯了。“你就不能找个比唐纳德强点的人吗？就那个二流骗子？还是说你觉得我是个傻瓜？”

“这一点我们以后再谈，等你假期结束后。”

我感觉怒火烧着我的脸，可是我身上专业的那一部分知道，提高声音会引来不必要的注意，而且我正躲在夹克下面打可视电话，样子已经够蠢的了。

“你真的想让我就这样再待上四个星期？”我说，“也许我该回酒吧去，真的喝个酩酊大醉，然后抓着每一个人，告诉他们我的老板有多可怕。”

他的脸上没有一丝变化，当然没有。这套把戏保罗玩的时间可比我长多了，他才不会因为我而变得不冷静。

“我不该匆忙做出这种安排，我道歉。等你回来，我们会让你下来做一次正常的评估。唐纳德不会跟你上游船，在你去火星的路上不会再有人来烦你了。”

如果有人已经指出了你所有的关注点，并且提出了合理的解决方案，那你就很难再生他的气了。我拼命憋出几丝愤怒，结果说出口的只有一堆陈词滥调。

“每时每刻都有人骗我，”我说，“我不想你也是他们中的一个。”

“我犯了一个错误，我希望你能原谅我。”

那就这样。局面变成这样，我本该感到欣慰才对：把事情搞砸的是保罗，不是我，可我就是感到一阵泄气。他不应该搞砸事情。他应该保护我，应该保护所有人。

我们的沉默不仅仅尴尬，而且压抑。我放弃了，于是换了个话题。

“局里现在怎么样?”我问。

“精彩得很，”保罗嘴角一撇，说，“你看见了，我正躲在装备专家的工作室里呢。”

“我以为你只是重新装修了办公室。”

保罗的眼神略一闪烁。“我恐怕又得去回答一些让人不舒服的问题了，”他说，“再打电话来，我希望是出人命了，或者是星际大战一触即发。”

“也就是说，别打电话。”

“努力享受你的假期吧。”

屏幕黑了。我在原处坐了一会儿，直到那个动画人物——小狗？猫？鼬？到底是个什么玩意儿？——跳回到屏幕上，告诉我刚才这段小小的对话花了多少钱。我很高兴这个假期不用我自己花钱。

4

地球轨道——天空 5 号对接空间站
美食街停止供应早午餐前 1 小时

火星公主[①]游船公司的客运航班旗舰德嘉·索雷斯号比“魔豆”的载人舱还要大，但是飞船内部用来搭载乘客的区域反倒要小一些。飞船其他部分包括燃料供应、能源堆、主引擎，以及货舱。这是有史以来最大的民用太空飞船之一，足以说明人类文明的很大一部分成就：我们已经摆脱了地球那无处逃遁的束缚，现在我们开始寻开心吧！

我在天空 5 号的主景观大厅里看着小拖船和身穿太空服的工人们往德嘉·索雷斯号上装载补给品和货物。这艘船的造型就像一颗鸡蛋，船身中部的一侧被切掉了一个矩形。集装箱就是在那个位置由脚手架、双索和缆绳固定好。鸡蛋的尖头是指

① 《火星公主》是美国小说家埃德加·赖斯·巴勒斯于 1917 年发表的科幻小说。后文的“德嘉·索雷斯”正是小说里的火星公主。

挥控制区域。钝头则装着主驱动反应堆，可以透过推进器喷管组成的蜂巢看到它的身影。

这里就是我接下来一个星期的家了。我想我从来没有在一艘民用飞船里待过这么长时间。假期。人们究竟会在假期里干什么呢?

我想我会先喝个酩酊大醉吧。也许我可以把这当成一趟探索之旅：练习怎样混进人堆里。

午餐时间刚过，我们这组人就该登船了。一个服务员——穿着一身可笑的行头，显然是想做成没有特定工种区分的海军军服——带着我前往我的特等客舱。我们从飘在零重力环境里的其他旅客和走廊里来来回回运送行李的服务机器人身边穿过。那服务员脑袋上歪戴着一顶贝雷帽，我没有笑出声来。我也没有嘲笑遍布飞船内部的假模假样的奢华装饰：体态丰腴的天使、拉丝金属制成的抽象派雕塑，满眼都是的天文学照片。我正在假装是一个对这里满心期待的眼花缭乱的观光客。

我给了服务员一大笔小费，用的是现金，因为不论是谁整天干他这些活儿，我都会感到为难，尤其是还要在零重力环境下穿过这些闪瞎眼睛的走廊。飞船将在晚餐前出发，而在这之前都不会有重力。

我的特等客舱一个人住过于宽敞了。我想这就是每个船员看见我住在行政套房里都会挑眉毛的原因。套房里有四个设备完善的房间，每个房间里都有一面假扮成窗户的屏幕墙。墙上显示的是天空5号的景象。我正位于舰桥下方十层甲板处，距飞船中轴线还有半程，如果从我这里看出去，天空5号根本不是那个样子。

我找到屏幕墙的控制开关，把画面切换成午夜档的“拉斯维加斯脱衣舞”。既然要看并非真实的景观，那就不妨看点儿壮丽的不真实景观。

在正屋，挨着通往卧室的走廊，有一张办公桌和一个小吧台。吧台上固定着一个大篮子，里面装着新鲜水果、糖块，还有酒。我抽出篮子里的卡片，打开来。

袋鼠：

欢迎来到你外面的家。祝你旅途愉快。别忘了锻炼。

——克里斯托弗·罗宾

又及：我帮你在船长餐桌上安排了一个晚餐座位，请你尽量别让你的国家丢脸。

保罗的幽默感就像是一个幽默奇点，任何好笑的事情都不可能从那儿逃出来。不过礼品篮里的这瓶酒真是不错。

我带着一小瓶朗姆酒走到办公桌的内置电脑旁。既然知道今晚要去哪儿了，我就忍不住要做一点侦察工作了。

德嘉·索雷斯号的船长爱德华·加布里尔·桑塔马利亚，站起来有将近两米。他大步流星地走到餐桌旁，把餐厅里的每一个人都压下去一头，今晚我要在这餐桌上跟八个完全陌生的人共进晚餐。即便是在这个分成好多层的巨大空间里，他仍然十分出挑。当然也有那个悬停在他肩头、负责给游客拍照的摄像机器人的缘故。

我看过这位船长的资料，但不太深入——没有保密通信线路，我没有办法访问局里的完整数据库——不过放在我房间里的宣传材料里就有介绍。此外我还在公开的互联网上作了全面搜索，这也提供了额外的背景信息。

我这样做可能看起来挺蠢的，毕竟待会儿我还要假装自己对这些事情一无所知。我每天晚餐都要坐在船长餐桌旁。比起暗中调查，直接问他的生平故事岂不是更轻松更明白吗？尤其是，我压根没在工作，我也压根用不着干这些跑腿的活儿。

我是说，我又用不着在这儿证明什么。我又用不着演示给保罗和唐纳德，还有国务卿，以及任何可能——不论是现在还是以后——监视我的人看，告诉他们我能放单飞，我不用后援也能完成一项任务。我又用不着给自己增加戏码，炫耀自己的专业技能，好让每个人都明白，我其实并不是整个链条上最薄弱的那一环。

我这样做也肯定不是因为用“袋鼠在度假”来掩护身份，比没有命令和说明，也没有任何指示的情况下，搞明白自己想做什么更容易。

天哪，等我回去，局里某个倒霉的精神医师可要开心上好一阵子了。至少他们怎么问也问不出我妈的事来。我猜这可算是成为孤儿的好处之一。

“晚上好，各位。”船长走到巨大的圆桌旁说道。走近了看，他那身白色礼服并不像那个服务员那样无厘头，不过巨大的肩章和胳膊下面晃来晃去的金色粗织带看起来像是它们自己就能搞一场大阅兵了。

我们走到餐桌旁，再次互相介绍自己。我是最先来到这儿的，有些夸夸其谈的内容我都听过三四回了。看这些人在船长面前自吹自擂真有意思。坐在我正对面的那个人，杰瑞·巴特尔特，刚落座时说自己是个销售员，这会儿却成了“地区销售主管”。哇哦，悠着点儿，大人物。待会儿他要是掏出一盒彩妆样品，或者拿出一套牛排餐刀来做演示，我可一点儿也不吃惊。

船长礼貌地给了每一个人十五秒钟万众瞩目的时间，握手或者拥抱，好让摄像机器人记录下全息影像作为纪念。他带着极大的真诚微笑点头，仿佛脸上戴着一副不错的面具。从他的眼睛里看得出来，这活儿他干太多了，并且早就干够了，但他一直全神贯注，既没有走神，也没有心不在焉。他的确在倾听每个人的话，无论他们是声称自己足够大牌，还是足够有趣，足以在船长餐桌旁赢得一席之地，船长都默默地认可他们的这番自我标榜。我心想自己在这儿的座位会花掉部门多少钱。

我坐在船长的右手边，故意的，这样我要轮到最后才做自我介绍。

“伊万·罗杰斯。”我伸出手说道。我平常并不喜欢过多的身体接触，不过这正是我所扮演的角色的一个组成部分。

船长同我握了握手。我察觉到他手掌和拇指上有老茧。“很高兴见到你，罗杰斯先生。旅途怎样?”

“哦，妙不可言，”我稍显热情地说，同时不想过于卖弄，“这是我第一次搭乘太空游船。我迫不及待地想要尝试各种不同的活动。”

“那么您是做什么的呢?”船长问。

“哦，我为美国国务院做事。”我一边说，一边挥挥手，既帮自己引来别人的注目，又假装对此不屑一顾，“我是个贸易调查员。”

“哪一类贸易呢?”船长问。这问题接得有点儿太快了。他不光是表现得礼貌，他真的对这个问题感兴趣。

“星际贸易，”我说，“进口，出口，关税，进出口税，各种税。大部分人都不曾意识到所有内行星与咱们的小行星带殖民地之间有多大的贸易量。当然，战后贸易规则已经有了很大的改变。”

我都用不着说出那场冲突的名字。每个人都知道我说的是火星独立战争。自从火星从一颗殖民星球彻底成长为一个与地球平起平坐的世界，许多事情都发生了改变，而且大部分改变都不会让任何人开心。

在座的其他八位乘客都来自地球，其中六位是美国人，这里面又有四人尤其爱国，而且十分健谈。船长的眼神这会儿活络些了，正带着极大的热情看着大家。他不再需要推动谈话了。我很好奇，船长的这些客人里面，有多少人期待他在晚餐过程中从头到尾一直都当主持人。

餐厅里的背景音乐消失了一会儿，一个男性播音员的声音告诉我们，德嘉·索雷斯号已经越过月球轨道，进入星际空间了。于是一阵稀稀拉拉的掌声传来，音乐随后也重新响起。

我这一桌上有一个女人问船长我们飞得有多快。船长用他腕带上的显示器查询，回答了她，精确到公里每小时，然后补充说这艘飞船仍然在加速——这就是我们仍然能感觉到重力的原因。

“略微低于九米每二次方秒，”桑塔马利亚说，“这大约是一般地球重力的百分之九十。”

他解释说，德嘉·索雷斯号还将继续加速，直到第四天，我们到达“中点”——我们旅程中途的停车点，地球与火星之间路途的一半。这时引擎会慢慢关闭，直到飞船重新变成零加速度，仅仅依靠惯性推动着前进，然后所有人都处于自由落体状态。这种状态将持续整整一天，在这期间若干个舱段将会转变成失重的开放空间。旅客们可以登记，体验各种失重活动，到时还会有陪同船员提供帮助，并且有会飞的摄像机器人录像，就像此刻跟在团长身边的机器人一样。

餐桌上其他人个个看起来非常兴奋——“失重日”是这趟旅行的一大卖点——而我也装成一副热情满满的样子。这帮人从来没有经历过几百个小时的军事太空行走训练。好吧，桑塔马利亚船长也许经历过。他的胡子把大部分脸都遮住了，不过他的皮肤看起来有些苍老，并且因为辐射而变得斑斑点点。我很好奇他是不是在外太空部队服过役，退役以后才干起这份轻松的工作。

桑塔马利亚继续分段讲解我们的航程。在航程中点，德嘉·索雷斯号将缓缓转动，直到船头朝后，引擎冲着我们航行的方向。这时所有人都将睡去，然后又会在九成重力条件下醒来，只是这一回，我们将一直减速，直到抵达火星轨道。

这一切的目的，他解释说，就是缩短完成这趟旅程的时间。我们在前一段路程中积累的很高的速度，就要在第二段旅程中把速度抵消掉，不然我们就会以每小时几千公里的速度与我们的目的地擦肩而过。一旦我们抵达火星，就会与那里的太空电梯对接，旅客们就可以离开飞船，在那颗红色行星上继续度过假期。

这其中也包括我。我会搭乘火星电梯下去，跟我在首都的接头人碰面，他则会告诉我返回地球安不安全。安全的话，我会搭乘一艘高重力加速度军用运输船，并且忍受一段飞快的回乡旅程——只要若干小时，而不是好几天。如果不安全，我也已经定好日程，到火星极地冰盖附近观光游览。

我最后一次看到那些冰盖是在火星独立战争爆发的那一天，隔着一架私人航天飞机的舷窗看见的。那是地球战舰完成封锁前最后一批脱离火星轨道的飞船之一。战争刚一爆发，保罗就给我打来电话。我当时已经做好撤离准备——作为加勒撞击坑情报站资历最浅的特工，我平常只能做些最无聊的监视和维护任务——但是我从没想过自己会是那架返航班机上的唯一一个乘客。

我从没问过保罗，那天把我弄出火星究竟有多困难、多昂贵。我真的不想知道。

我们的船长餐桌晚餐到了。这是一次十分奢华的纵情享乐，菜肴上了一轮又一轮，有牛肉、海鲜、别的肉、热芝士火锅、塞进另一种肉里的肉，以及用来装样子的各类面包和蔬菜。我倒不是在抱怨——我跟旁边那个热情高涨的杂食动物一样喜欢动物蛋白——不过我的确认真观察了同桌食客们的反应，注意到谁喜欢哪些食物，他们又是怎样对付每一道菜的。

侍者们端上来仿佛无穷无尽的各种肉食，船长每一样都吃了一点——但也只有那一丁点。他没有蘸芝士，却往他的蔬菜上撒了许多盐。我很好奇他以前有没有得过心脏病，他的医生有没有给过他严厉的警告。

我努力抑制着自己想要打开眼睛、透视他的胸腔的冲动。

那植入物是用来工作的。我自己的，生物属性的，功能有限的眼睛才是用来玩儿的。而我正仅凭人们的外貌和举止猜测他们是什么人，并且玩得正开心呢。

我在船长餐桌上的座位旁边还有一瓶很不错的葡萄酒，而我还没等意识到它对我有多大影响，就已经喝了一半。我正在大声讲话，没准还在跟我右边那位一直碰我胳膊肘的女士调情。我想不起她的名字。这样似乎不太好。我的医学传感器说我的体温比正常值高出几度。我转而开始喝水——我可不想第二天早上为任何事感到后悔。

晚餐过后，楼下的舞厅里有一支现场乐队，还可以跳舞，不过我溜走了，找到路来到了散步区。

这里的商店里和桌子上有从奢华到寻常的各种物件，只要按一下大拇指，就都能轻松地记到乘客的账户上。珠宝、酒水、衣服、玩具、平板阅读器、针线盒，还有被低调谨慎地标为“私人物品”的东西。有道理。接下来的六天里哪儿也去不了，所以船上必须提供旅客可能想要或者需要的一切东西。

这个舱段紧挨着外层船壳，头顶上有一长溜透明的舷窗。外面没什么可看的，只有一片漆黑和远处偶尔一闪而过的小行星或者太空飞船。通常太空载具就算开有舷窗，也不会太多——太空辐射的危险十分严峻。不过太阳系这一区域的离子辐射大部分来自太阳，而飞船的整个身躯和所有集装箱都在为旅客舱段提供屏蔽。

我沿着散步区一边走，一边伸伸胳膊腿儿，同时抬头望向那片空虚，但其实我来这儿是为了看人。大部分人都或多或少喝醉了，清醒的人则更加有趣。我偷偷摸摸地仔细观察着一个四口之家，根据小儿子的头发颜色和耳郭形状，猜想孩子他妈肯定出过轨。不过爸爸对两个孩子的态度——眼神交流、说话语气、身体接触的习惯——暗示他其实知道，而且他不介意。有意思。

我突然意识到我彻底迷茫了。真该更加仔细地研究一下船上的活动安排来着。我在一座信息亭前站住，有点儿醉醺醺的脑子一时间被屏幕上循环播放的广告迷住了：一个身穿紧身裙装的女人正举着一个装甜点的盘子。那是附近的深夜自助餐的广告，就好像晚餐九种款式不同的蛋糕还不够似的。

有人走了过来，在我身边停住脚步。看见是桑塔马利亚船长，我一点儿也不吃惊。那个摄像机器人不见了。我猜今晚的表演散场了。

“船长。”我一边说，一边点点头。

“罗杰斯先生。”船长说。

我们俩都看着那位甜点女士。

过了一会儿，桑塔马利亚船长说：“这不是你真正的名字，对吧?”

“我是被领养的。”我说。

他笑了笑，然后盯着我的眼睛说：“挺好。”

我们互相看着对方。我感觉他好像知道一些我不知道的事，而我使劲儿盯着他的脸，拼命想要从他脸上多看出点儿啥来。我能从他的脸上、从他布满脸颊的痤疮中多了解一些他的过往吗？我有一种强烈的冲动，想要打开我的眼内扫描仪，看看他身上植入了哪些技术装备。

“这会儿这附近孩子不多。”桑塔马利亚说。

我点点头，“太晚了。”

“这里也不是儿童乐园。”

我那被酒精泡坏了的脑子花了好几秒钟才明白他在说什么。我还是无法相信。可我还没意识到自己在干什么，我所受过的训练——局里曾经让我反复练习的，往往十分荒谬可笑的行为——就做出了反应。

“儿童健身于我是极大的兴趣。”我说。

“爷爷决不会说出这种话。”

他看向别处。这几句暗语已经过期好几个月了，不过这都是局里拟定的内容。这三句古怪的对话，正是我们外勤特工在别无他法时，或是有可能遭到敌人窃听时，用来确认彼此身份的手段。

桑塔马利亚为局里工作。他想让我知道这一点。

“祝你今晚过得愉快。”他说着，又看起信息亭来，“如果你要来这个地方，”他指着这个饭馆广告，“尝尝他们的草莓芝士蛋糕。特别棒。”

保罗有意挑中这艘飞船。保罗有意挑中这艘飞船。他肯定知道这艘船的船长是谁。

“谢谢，”我说，“没准儿我会去的。”

这是什么意思？保罗为什么要把我安排到船长餐桌上去用餐？他想让我注意什么？他想让我干什么？

“晚安，罗杰斯先生。”桑塔马利亚说。

我目送着他背着手离开。他走路时有一点跛——因为慢性病？打仗受伤？在德嘉·索雷斯号之前，他在战舰上当过船长吗？局里是在他成为这艘民船船长之前还是之后招募的他？爱德华·桑塔马利亚对保罗·塔金顿有多少了解？

你他娘的到底想告诉我什么呀，鞭笞者？

我对芝士蛋糕不在行，不过我肯定需要再喝一杯。

5

德嘉·索雷斯号——第10层甲板，散步区
上床时间过后起码2个小时

“头一次？”

杰瑞·巴特尔特，晚宴上那个销售员，正站在我身旁。我溜达进了主散步区旁边的凹室，一个半圆形的区域，里面是色彩斑斓的关于火星的交互式大屏幕。你知道，小孩玩意儿。控制面板上有四个巨大的红色按钮，弄得我有些不知所措。

“不是，只是刚才喝得有点多。”我说。那个“草莓奶酪蛋糕”原来是一种很好喝的鸡尾酒，到了深夜，自助餐厅的吧台小哥倒起酒来也非常奔放。我都有些期待他也是一名特工，正带领我执行一项秘密的寻宝任务，结果我喝了好几杯才搞清楚，没有的事儿，他只想多赚点小费。

你真的应该多出门，袋鼠。

我按下另一个按钮，又错过了，“我早晚会抓住它。”

杰瑞笑了，“我是说去火星。”

“哦，说这个呀。”我终于按对了一个按钮，傲视中央的大屏幕上亮起了一个不停转动的红色行星的图像，“是啊，第一次离开地球。你呢?”

“我去过好几回了，都是为公事。这次是自己出来。”

“度假。”我说。

杰瑞点点头。他正十分认真地看着屏幕。太认真了吧？地图上各处的指示标签不停地淡入淡出，告诉我们各个城市和主要的地质地貌景观在哪里，而杰瑞的眼睛则忽左忽右地紧盯着那些标签。他在找什么东西吗?

“没带妻子和孩子?”我问。

“离婚了，”他说，“没孩子。狗归她了。我克隆了一条狗，不过跟原来的还是不一样。”

我花了一小会儿时间来理解这几句话，“你克隆了你的狗?”

“唉，严格而言，那时，它已经是我前妻的狗了。”杰瑞说，“不过这都写在婚前协定里了。如果我们养了一只宠物，又离婚了，如果离婚时宠物还活着，我们两人中间就得有一个人去克隆一只。”

“这可有点不同寻常呀。”我说。

“这是她的主意。”杰瑞说，“她有时候，可能有点儿，你知道，太黏人了。”

“那你们是怎么决定谁去克隆呢?”

“丢硬币。”

“我猜这也是婚前协定的一部分。”

杰瑞一歪嘴，似笑非笑地嘿嘿几声，像是自己也不知道该不该被这句话逗乐。“你知道律师的，他们恨不得你把所有事情都掰扯清楚。”

我点点头，又成功按下另一个按钮。一个硕大的标题告诉我们，火星图像即将变成一幅高地景观，锈红色的星球融入一片过于饱满的蓝色、黄色、绿色和红色，彩色的条带随着动画的转动闪闪发光。地图上有些部分比其他地方稍微模糊一点。平民观众可能不会注意到这点分别，但是我认出来了，那些地区正是火星独立战争的战场。

起初，战争仅局限于希腊平原附近的地区。地球联盟不想与火星非正规军在他们的地盘上发生冲突，尤其不想在山里和两极附近。可是火星是一颗小小的行星，连可供呼吸的大气层都没有。唯一可以躲藏的地方就是地下，而地下根本承受不起轨道轰炸。

随着这颗星球一起转动的黑色圆圈全都是撞击坑，这些撞击坑大多是人为制造的。受辐射影响，有些地方未来十年甚至更久，都无法供人居住。

我看见，在阿尔及尔平原东部边缘，有一块蓝色污迹横穿一个绿色弹坑，就在两个黄点下方。我认出来了，并感到一阵心痛。加勒撞击坑。我们以前称之为“笑脸撞击坑”，这是在地球联盟轰下那里的一架火星飞行器之前，从轨道上看过去时，沙丘的形态。如今那里只是一个没有脸面的坠机现场。

火星非正规军一直在挑衅地球联盟军降落在阿尔及尔的侦察部队，却没有料到他们竟带着强大的对空武器一同降落。不过火星飞行员在坠毁前设置好了自毁系统，一旦坠地，就会触发。爆炸抹平了那一弯“微笑”沙丘，以及上下左右半径五十米内的一切东西。

局里的加勒撞击坑情报站就在地下三十米处。那是我获得外勤合格证后的第一个岗位，而我离开那天，正是后来愈演愈烈的火星独立战争打响的第一天。当时我虽不想留下来，但离开时，我还是感觉很糟糕，因为我抛弃了情报站里身处危机之中的同伴们。

我再也没能见到他们。

“要待在都城吗?”杰瑞问。

我摇摇头。“去参观极地冰盖，是行程里面的。你呢?”

“我……还没决定。”杰瑞说。

他仔细看着火星的热成像图，一副若有所思的表情，这突然让我起了疑心。什么样的离婚中年销售员会心血来潮地来一场毫无计划，连个旅伴都没有的假期?没有女朋友、没有酒友，连个从小就一直想去的目的地都没有?

突然间，我一下子想起来，我可以随意编造自己的故事——至少，我的假背景故事。可是我在扮演一名观光客呀。我有地方去，也有事情做。杰瑞脑子里似乎这两样都没有。

“你在逃避什么呢，杰瑞?”我问。

他垂下脑袋，“这么明显吗?”

“我该事先说清楚，我可不打算跟你上床。”我说。

我们两人大眼瞪小眼，然后一起大笑起来。

“抱歉，”杰瑞一直等喘过气来才说，“我可没打算让你会错意。”

“没事，”我说，“你现在这样子跟我差不多，可以理解。”

我连一句完整的话都说不出来。杰瑞笑得越发厉害，而我则紧抓着控制面板旁边的栏杆，以免摔倒。能大笑，感觉真好，哪怕先要灌一肚子酒。

一对老年夫妇从旁经过，看着我们俩，仿佛我俩发疯了。我指着屏幕，冲他们喊道：“火星！真他妈好笑。”

我感觉胳膊肘上有什么东西，于是转过头来，看见一个身穿制服的船员正恶狠狠地瞪着我。这人很年轻，大概二十出头，手上的力气跟他的小身板毫不相称。他牢牢地抓着我的胳膊，扶我站直身子。

“我能送你们二位找到回住处的路吗?”他说。

我起初以为他说的是“出处”，心想他为什么要用这么深邃和婉转的方式说话。我那泡在酒精里的脑子冒出一堆含混不清的话来，从脑袋流到嘴边，直接冲口而出。

“我从来都不知道我来自哪儿，”我说，“不是确切地知道。我是说，我可能是个孤儿，也可能不是。谁说得准呢？没人知道。你是谁来着？”

船员面无表情地瞪着我，我脑子里某个小小的、安静的角落好奇他是不是经常要干这类活计。他用一只手敲了敲自己闪闪发光的蓝色耳麦，说：“散步区四区客服请回话。”

又有两个船员从他身后冒出来。其中一个家伙个子更高，块头更大，另一个是个女人，个头跟蓝耳朵差不多，却更强壮。新来的两人佩戴着同样的耳麦，于是我认为我得给他们另起两个外号。

“我要叫你‘大个子’，”我对那个壮汉说，手指却指着他身后的走廊。我又转过身，冲那女人微微一笑。“你是‘黛西’。”

黛西冲蓝耳朵皱着眉头，“我今晚是不是在船长餐桌上见过这两个人？”

蓝耳朵点点头，“是啊。船长准时敞开供应酒水来着。”

身后传来“咣当”一声。我回头去看，正好蓝耳朵也拎着我们俩转过身去，晃得我不光是有点儿头晕。我喝多了？喝过了？“多了”还是“过了”？真见鬼。

我忽然盯着散步区高高的天花板，产生了一种非常强烈的眩晕感。太空里不分上下，对吧？但我能感受到重力。那个天花板非常遥远。这一切都让人十分困惑。

我没被蓝耳朵抓着的那条胳膊往外一挥，想要夹住某个坚实的东西。我的手抓住一个肩膀，把自己往上拉，原来是黛西，看样子她对这样的交流并不感到高兴。

“抱歉，”我说，“好像有点儿站不稳了——”

她把我的手扒开，我的手却重新向她挥过去——这条胳膊像是比我烂泥一样的其他身体部件更加困惑迷茫。黛西再次挡开我的手，这一次她抓着我的小臂，就着我的劲儿，让我转了个圈，再次面对蓝耳朵。蓝耳朵抓着我的衣领，把我往前一推，让我离黛西远点儿。

“太棒了，”黛西说，“我还在想今天晚上会不会被人吃豆腐呢。”

“想开点儿，”蓝耳朵说，“再来两下，你的自卫术就能升段了。”

“真好笑。”

“是个意外，”我扭过头去说。眩晕的感觉越发强烈，我的脸撞上了大个子的手掌。他推着我重新站直，抓住我那条不听指挥的胳膊。“哦，嘿，谢谢。”

“我们离开大路吧，先生。”蓝耳朵说。

黛西眼看着我在蓝耳朵和大个子的手里挣扎，“需要帮忙吗，马克?”

“这人我们拿下了，”大个子说，“你可能得抓住另一个家伙了，免得他把脑袋伸进屏幕里，或者更糟。”

“真倒霉。”黛西咕哝着，追上杰瑞——他正要翻过栏杆，溜进大屏幕所在的凹室。

黛西身子前倾，把杰瑞从凹室边缘拖了回来，而我那失去束缚的雄性大脑则忍不住欣赏起黛西的屁股来，一时间还嫉妒起了杰瑞。被那位身材壮硕的女武神施暴的凭什么不是我？

“嘿。”我对大个子和蓝耳朵说，他们正拽着我离开这里。我的腿好像不会动了，两只脚就拖在地板上，时不时发出刺耳的声音。“我没喝多，你们知道的。”

“随你怎么说吧，先生。”蓝耳朵说。

“我可是千杯不醉！”这会儿我好像唱起歌来了。杰瑞似乎正在跟黛西跳舞，要不也可能在摔跤——从我这里很难分辨出来。

“不过是另一个星期天的晚上，嗯，格雷格？”大个子对蓝耳朵说。

蓝耳朵摇摇头，“幸亏我参加过海军。”

这艘船上一座钟都没有。好吧，不是真的一座钟都没有，而是说，在绝大部分地方都没有报时装置，而这些地方旅客都要用时钟。我的客舱里没有钟，电梯里没有钟，吃饭的地方也没有钟。考虑到船上所有活动的时间都安排得多么紧密，这个样子多少有些反常。举个例子，早餐服务在上午十一点整结束——我说“整”是认真的，而且还真有一块金属罩板盖住整个自助餐区——而午餐要一直等到十一点半才开始供应，所以有整整半个小时，现成的食物似乎只有鸡尾酒吧台上的植物。

好吧，也许并没有那么糟糕，不过，这的确是我在十一点零五分一边挣扎着起床，一边心想昨晚到底喝了多少酒时的感受。我拖着步子从一个就餐区走到另一个就餐区，看着其他乘客吃完自己的东西，又眼巴巴地望着已然关闭的食品供应区——而那里仅仅几分钟前还有成堆热气腾腾、美味鲜香，没准还炸得通透的食物，等着盛到我面前。

我花了足足有一分钟的时间，盯着别人餐盘里吃剩下的半条培根，内心纠结着要不要如此没有尊严，直到一个长得方方正正的清洁机器人过来收拾桌子。我的肚子咕咕直叫，我的头疼得厉害。

我有很多重要问题需要考虑。保罗为什么要把我安排在这条船上？船长也是同行，这到底意味着什么？而最重要的是，我他娘的这会儿要到哪儿找口吃的？

如果这是一次安排周详的任务，那我口袋里肯定有应急口粮。可我没有出任务，所以我没有口粮。而我早些时候翻出来的止疼片，早在两年前就已过期并且冻成了疙瘩。不过我还是把药吃了，屁用没有。

我脑袋里迸出一个词来，“头痛”，跟着又是“药”。不单纯是作为抽象概念的两个词，而是一笔一画，清清楚楚，还是一种十分特别的字体，而且出现在我记忆里，而非平视显示器上。我干吗会想起这个？我在哪儿看见的？

随后整幅图景在我脑海里徐徐展开，似乎还伴随着天籁般的《哈利路亚》大合唱：是索拉小卖部，散步区全年无休的礼品店。我想起来橱窗上的动画广告在叫卖着各种个人用品，其中就包括头痛药。见鬼，他们没准儿还卖零食呢。好吃的含钠零食。

现在我只需要找到路离开自助餐厅，直奔散步区。

有人或许会猜想，一艘供人玩乐的游船，往来于不同行星之间运送游客，其中大部分人还上了年纪，那么飞船内部应该很容易找到路。可是就德嘉·索雷斯号来说，这样想可就大错特错了。反正旅客们都要在这艘技术上令人赞叹的飞船里被一下子关上一个星期甚至更久，而且就算他们走丢了，嗯，附近也随时都有乐于助人的船员引导他们回到距离最近的酒吧。

我都不知道自己绕着自助餐区转了多少圈，给清洁机器人让过多少回路，才终于找到一个愿意停下来告诉我电梯在哪儿的人类船员。电梯按钮很体贴地标有符号以及字母和数字，于是我按下了看起来最像购物袋的那个按钮。

过了一会儿，电梯“叮”的一声，门开了，外面站着一个瘦瘦的年轻人，正端着一台平板电脑。

“上午好！”我确信他并不是真的想大喊大叫，可是我的耳鼓感觉像要炸了一样。散步区明亮的灯光洒在他身上，晃得我眼泪直流，我只能勉强辨认出他的名牌：沃德。“今天过得怎么样，先生？下午有什么刺激的活动安排吗？”

我张嘴想要说话，喉咙里却先是发出了一阵古怪的隆隆声。“其实，眼下我倒希望少来点儿刺激。”

“我懂了，先生。您听说过我们各种各样的船上游览活动吗?”沃德一边说，一边把平板电脑凑到我脸前。上面正在显示一本动画小册子，那动画晃得我直犯恶心。“我们提供天文秀和太空行走，如果您想看星星——”

“我觉得我宁愿待在船里，谢谢。”我踉踉跄跄地走出电梯，从沃德身旁经过。他跟着我一直来到散步区。

“没关系。”沃德敲两下平板电脑，又把它举起来。画面还是运动得太激烈，我把目光转向一边。“我们还提供好几种德嘉·索雷斯号幕后之旅。您知不知道这是有史以来最大的民用太空飞行器?”

“地球制造的而已。”我想都没想就说道。

“您说什么，先生?”

我及时制止住自己，免得将一大堆情报一口气吐完：

火星轨道当局在高轨道上有一座四百万立方米的干船坞。刘乌江有一台环形的采矿机器在小行星带游荡，直径能够扩张到一千公里。波塔·科林纳星际公司正在建造一艘太阳帆船，尺寸足有他娘的月亮那么大——要不是局里派了一队人去搞破坏，他们早在一年前就该完工了。

于是，我只说了一句："别的行星上已经造出了更大的太空飞船。"

"一点儿没错，先生。您是干这一行的吗?"沃德问。他的脸上仍旧挂着假笑，不过我看得出来，他的眼睛里少了一丝笑意。整天都被心情郁闷、只想再灌他娘的一杯的旅客断然回绝，这滋味肯定不好受。

"只是做些研究。"

"案头工作，嗯?"沃德又把平板电脑凑到我鼻子底下，"那您有没有近距离见识过一座真正的、正在运转的离子井驱动器?"

平板电脑上显示着一幅动态画面，一个身穿制服的船员正站在一个巨大的环形玩意儿上方的人行通道上。那个环形结构的周围泛着白光，我开始感到一阵恶心，于是把平板电脑推到一旁。"我真的没兴趣——"

"只要象征性地支付一点费用，"沃德说，"您就能在我们的工程舱段待上整整一个小时，我们船上的专家将会为您讲解德嘉·索雷斯号的离子井反应堆如何产生电浆能，驱动——"

"听我说，朋友，"我指着礼品店，在那小店的最深处或许封印着能够让我免受头痛之苦的魔药，"我只想弄点儿东西来缓解宿醉。"

他再次冲我举起了平板电脑。这一回屏幕上是个收费页面，并且有一个闪闪发光的签名框。"只要一点象征性的费用，先生。”

我斜眼看着他，“你靠提成赚钱的，对吧?”

沃德耸耸肩，“这个星期你会看到很多我这路人的，先生。”

活见鬼。既然保罗把我困在这儿，那他也可以花钱让我少遭点儿罪。我把大拇指按在签名框里，直到签名框变成绿色。

“谢谢您，先生!”沃德咧着嘴笑道，同时把平板电脑甩到一旁，“我们的随船导游将会在两点钟去您的客舱，沃德带您到观光团出发的地方。如果您不在房间，随便找一位船员，告诉他您参加了下午两点钟轮机舱的观光项目，他会告诉您怎么过去的。”

“好极了，”我把自己从墙上推开，终于能自己站直身子了，“那我就先走了。”

“您有没有来点儿‘狗毛’[①]?”一直到我转过身去，沃德仍然在喋喋不休，“我听说‘血腥玛丽’是解除宿醉的妙方。你可以去红天酒吧喝上一杯，就在散步区的另一头!”

“谢啦。”我咕哝着，重新踏上前往索拉小卖部的朝圣之旅。

① 指为了减轻或延缓毒品的戒断反应而服用的毒品。

6

德嘉·索雷斯号——第 6 层甲板，6573 号特等客舱
怎么就他娘的到下午了

差五分钟两点，有人来砸我房门时，我的头痛已经好点儿了。不幸的是，为恢复精力，我打了个盹儿，结果又跟午饭时间撞上了，于是除了我在礼品店里找到的一包盐焗腰果外，我还是啥都没吃着。我打开门，却只看见另一个满脸微笑的船员，名牌上写着“帕维特”。

“游船上难道不该供人随时想吃就吃吗?”我问。

帕维特脸上的笑容闪过一丝尴尬，“我是来带您去参加两点钟的轮机舱观光的，先生。”

“对了，我回头会填一张意见卡的。”

“很抱歉，先生，我并不——”

“没关系，”我迈进走廊，把舱门拉上，“带路吧，麦克德夫。[①]”

---

① 原文“Lead on, MacDuff.”，语出莎士比亚悲剧《麦克白》，是对原文“Lay on, Macduff.”的误用。这句短语现在多作为一种幽默表达，表示请别人带路。

“我的名字叫帕维特，先生。”

前往轮机舱的路上，我再也没开一句玩笑。帕维特有一句没一句地跟我闲聊，问我在船上过得怎样，我则努力避免在回答中表现出太多的优越感。就像沃德早先说的那样，接下来一个多星期里，我会遇见很多跟他一样的船员。这些人每天都要帮我准备吃的，替我打扫厕所，我最好还是不要惹他们吧。

且慢。沃德对我强行推销这条旅游线路，有没有可能并非偶然？我是说，这显然不是偶然，但他会不会也是同行——局里的一名特工——就像桑塔马利亚船长？

保罗并不是第一次在我的路上悄悄安插帮手了。他总是告诉我们，为了保密，切分情报有多么重要。我觉得他只是喜欢当唯一的全知者——蹲在网中间的蜘蛛。不过他同样不喜欢平白无故地派遣人手。

派出去的人越多就意味着越有可能危及我们的行动安全。除非认为有特别的必要，他不会安排多余的特工，而我想象不出这里怎么可能是那种局势。我被困在这艘游船上，可能遭遇的麻烦也就这么多了。保罗眼下有更加重要的事去头疼——比方说挽救我们部门，避免因为审查而被撤销。

我是不是太多疑了？我是不是不会放松，也不知道怎么放假？

“我们到了，先生。”帕维特说。我猛地回过神来，四下打量。

我们来到了第十五层甲板，这里有登船与出舱远足的气闸舱。另外三名游客已经等在这儿了：两个中年男人和一位白发妇人，看样子像是早就当上奶奶了。我们做了一番自我介绍。瘦高个的男人叫阿诺德，嘴唇上方有一道灰色的小胡子。另一个人脑袋快秃了，穿着一件短袖衬衣，上面印着一些决不会在自然界出现的颜色，他叫杰森。那位老太太叫杰玛，手上力气出奇地大，肯定是织毛衣练出来的。

“我们准备好出发了吗?”帕维特兴奋地问。我咕哝了一声，算是同意，声音被阿诺德和杰森的大呼小叫淹没了，杰玛则点点头。“好极了！这边请。”

我们先是穿过一扇安全门，从游客区来到仅限船员入内的下层甲板，然后又穿过一道安全门，进入轮机舱。一旦进入船员区，周围环境就有了明显的变化。这里没有任何装饰，空白的墙壁上只有零星的剐蹭痕迹，有可能是服务机器人拖着给养和行李绕到游客视线以外时留下的。这里没有一刻不停的、微弱的背景音乐；就连气味都不一样：没有为了吸引游客购买零食或酒水而故意添加的食物香气，只有循环空气中抗菌剂的香味。

身处船员区给人一种奇怪的舒适感。简朴的灰色墙面让我想起了我们在华盛顿地下室的办公室。家。不管鞭笞者、装备专家和外科医生这会儿正在做什么，他们肯定不会像我这样有这么多所谓的乐子。

过了第二道安全门，帕维特领着我们走下一段楼梯，进入一道非常窄的走廊。我让同队的旅伴走到前面。杰森和阿诺德一路都在互相推搡。杰玛姿态优雅地走过去，举着两只手，像是害怕碰到任何东西。我毫无怨言地跟在后面。跟军用太空飞船相比，这里简直太豪华了。

那三位平民走出狭窄的走廊，进入一片宽敞开放的区域，我听见他们倒抽几口气，继而低声交谈起来。我敢说帕维特一定是故意带我们走这条路的，就是为了这种戏剧效果。我看见有一条更加宽敞、从左边一部电梯通到这里的走廊。我们站在一间巨大舱室的中间，挨着地板上一条黄黑相间的安全线。一扇厚实的大门，两侧边缘从遥遥相对的两面墙上凸出来。

在我们正前方有一道环形的围栏，下面是一块蝶形的透明有机玻璃，嵌在甲板的正中央。在大门的两侧，沿着环绕这里的三面墙，身穿制服的船员们站在各种各样的控制台旁，与此同时，服务机器人在匆忙地四处赶路。我很好奇，这样忙碌的景象究竟是日常状态，还是仅仅是在观光期间所做的表演。

“欢迎来到主轮机室。”帕维特一边说，一边展开双臂，摆出一副气势恢宏的架势，“朋友们，如果你们愿意走到栏杆这里，就可以朝下看到驱动整艘飞船的离子井。”

他领着我们来到地板上的圆形观景窗旁。反应堆的外观不过是一个带几条凸起的巨大金属球，没什么可看的，不过它非常大。

“天哪，它可真大。”阿诺德说。

“说得没错，”杰森同意道，“比咱们在梅特兰号上的还要大。”

“我不知道你们还当过兵。”杰玛说。她听起来有些吃惊，我却没有。我以前跟那种热情过度的太空军校生打过交道，这两人的举止就跟那些家伙一个样，尽管他俩看起来年纪不小，应该更懂事才对。

“哦，是的，”杰森说，“参加过两次巡逻，在‘红石头’的这一面搜查‘掉队的石子’。阿尼走得还要近一些。对吧，阿恩？”

“近到能吐他们一脸唾沫。”阿诺德说。

“一点儿没错。你们本来都能打赢这场战争了，要不是因为——”

杰玛打断他的话，这让我吃了一惊。“先生们，如果你们同意的话，我想继续这一趟观光旅行。”

“我同意。”我说，然后随手指着一块屏幕问，“那是干吗的？”

“哦，”帕维特朝一边挥挥手说，“请跟我来，不要掉队。请不要碰任何东西，我会向大家介绍我们的离子井引擎的一些主要部件……”

“你没事儿吧，太太？”我轻声问杰玛。

杰玛点点头，“我真是听够那场战争的事了。”

她说话的语气让我觉得她在战争中失去了一位家人。是她的配偶吗？还是一个孩子？我不想瞎打听，但我还是很好奇。帕维特让大家停下来时，我还在想怎样才能套出她的话来。

“可惜我们不被允许靠近任何操纵设备，不过大家可以看到主反应球，船上四分之三的动力都是在这里产生的。”他身边操作台的另一头发出“咣啷”一声响，“接下来，有请德嘉·索雷斯号的轮机长向我们讲解离子井是怎样工作的！”

我知道这是一出表演。整艘船就是一出大戏，华而不实的幕布蒙在外太空广漠暗淡的空虚之上，费尽心机地让人们不去注意太空旅行的乏味无聊。从一颗行星到另一颗行星要花上很长时间，而在两颗行星之间，基本上什么都没有。所以，嘿，那就瞧瞧这些亮闪闪的玩意儿吧！

不过，尽管我知道我们来到引擎室是经过刻意安排的，但眼前的景象还是给我留下了深刻的印象。哪怕我知道这位正绕过拐角朝这边走来的高级船员一定像这样出场过无数次了——作为一项日常工作——但是在听过帕维特充满激情的介绍之后，我还是忍不住有一些激动。

这艘船的轮机长！而且……是一位漂亮的女士？

我从来都没想过会有人把一件蓝色的连体工作服和一双黑色的绝缘靴子穿得这么性感，可是这个女人做到了。她一头又长又直的棕发，在脑后扎成一条马尾辫，一直垂到她的肩膀。她那双又大又亮的眼睛和灿烂的微笑明白无误地告诉我们，她很高兴见到又有一群游客直愣愣地盯着她的引擎。

“大家好呀，”她说，“我是埃莉诺·加维兰，德嘉·索雷斯号的轮机长。你们可以叫我埃莉。”

我们也各自做了一番自我介绍，她同我们挨个握手。我排在最后，她同我握手的时间十分短暂，我却用尽了全部毅力，让自己的眼睛一直盯着她的脸，而不是她的身材。

“伊万。”我说。

“很高兴见到你，伊万。”她说着，朝后迈了两步，“那么，各位有谁曾经近距离观察过离子井？”

杰森一下子举起手来。“我看过，小姐。”

“好的，杰森，”埃莉说，“你可以叫我埃莉，或者轮机长，或者长官。你从事航天行业吗？”

*哦，我喜欢她。*她当过兵？看她年纪也许参加过那场战争，或者有不少了解。

“呃，没有，”杰森回答，“我在外太空预备役。战争期间跟着‘梅特兰号’巡逻过。电子技术员，动力系统——”

不等杰森说完他的全名、军衔和身份证号，我们头顶就传来响亮刺耳的噪声，淹没了他的声音。警报声伴随着橙色的灯光，在每一座控制台上方闪烁着，照亮了整个引擎室。

“抱歉，各位，”埃莉用冷静而平缓的语气说，“请待在原地。没什么好担心的，只要给我们片刻时间，解决状况。”

埃莉转过身去和另一名工程师交谈起来。帕维特则上前一步，也给大家做了一番担保。我对德嘉·索雷斯号的警报规则并不了解，但我猜想橙色警报——介于“你看看哪儿出毛病了”的黄色和“我们全都死定了”的红色之间——还是挺严重的。

我目光扫过那几位同伴，看看有没有人迈过了安全线什么的。杰玛的眼睛紧张兮兮地四处乱看，两只手绞在身前。阿诺德和杰森则注视着工程师们，似乎没有太多担心。阿诺德正挠着胳膊，甚至像是有一点兴奋。他是真不懂事呢，还是故意来惹麻烦？

我眨眨眼睛，启动我的眼内扫描仪，切换到医疗视野——阿诺德的体表温度有点偏热，但除此之外不像是过于激动的样子——接着开始观察电磁光谱，整个舱室都蒙上了一层假彩图层，显示出周遭的无线电波和能量场，然后我发现它了。

“问题不在离子井。”我提高声音，压过警报声，朝埃莉喊道。

她在一个操作台旁停下动作，皱着眉头冲我转过身来，“你说什么？”

“你在查看能量峰值，对吧？看是不是哪里出现泄漏？不在离子井。”我一指阿诺德，“问题在他身上。”

阿诺德的体表温度蹿升好几度。“什么？我啥都没干呀。”

埃莉叫来另一名工程师，那人递过来一台便携扫描仪。她又来到离子井围栏这里，将那台设备对准阿诺德。

“狗娘养的，”她说，随后又一脸尴尬，“不好意思。阿诺德，你身上有个电池功能的植入物。”

“哦，是的。”阿诺德局促地揉了揉左肩，“战争期间手臂神经受过伤。医生们不得不重新接上些什么东西。这有什么问题吗?”

埃莉指了指大门前黄黑两色的安全线，“我要你们大家都到安全线的另一边去，谢谢配合。”

帕维特赶着我们往后退，埃莉则跟她的同事交谈起来。过了一会儿，警报声停了下来，灯光也恢复了正常。埃莉交还了扫描仪，回到观光团这边。她的脸上看不出表情，但她的生命体征表明她对此大为光火。我突然觉得自己像是侵犯了她的隐私，于是关掉了我的眼内扫描仪。

“刚才的那一幕，实在抱歉，各位。”她说。阿诺德则看向一旁，躲开她的怒视。“你们报名参加观光团时，我们的确问过你们身上有没有植入物。”

杰森咕哝一声。“那张报名表上有好多小字。”

“肩部电话的信号有可能干扰我们的设备，”埃莉接着说，“军用电池有可能触发主轮机舱的安全警报器。”她恶狠狠地瞪着杰森，又朝我转过头来，“你们互相认识吗?”

“以前从没见过，”我说，有点儿太快了。见鬼。这样一来，我得编个谎话，来解释我是怎么知道阿诺德胳膊上有块电池了。“我只是刚才听见他们俩说起参战的事，于是根据我学过的知识，做了个猜测。”

“你在军队里待过？”

“哦，没有。我在国务院工作，担任星际贸易调查员，对太空飞船有一点了解，刚好够得上当个危险人物。”我冲她露出一个最纯真无邪的笑容。

她点点头。“好吧，各位。我没办法陪你们参观舱室了，不过你们已经看过离子井了，其他的部分，从这条线后面也能看得很清楚。”

“这可算不上观光呀。”杰森咕哝道。

“你随时都可以离开，”埃莉说，“我们会给你全额退款。”

阿诺德用胳膊肘拐了一下杰森的肋骨，于是他摇摇头，“不用了，这样挺好。”

埃莉转过身来，面对我和杰玛。“火星独立战争爆发之初，地球联盟扣押了火星护卫舰‘勇气号’。如今地球上的大部分战舰都应用了第二代离子井推进系统，它所吸收的设计改进和安全手段，最初都是从‘勇气号’上抄来的。”

“他娘的，没错，”杰森说，“那会儿我们跟小红人玩捉迷藏，狠狠教训了他们一顿。”

“是什么样的安全手段？”杰玛问。

“你们可以看见引擎周围有多么严密的物理屏蔽，”埃莉说，“离子井本身并不存在辐射危险，但是反应堆产生的超高温电浆非常不稳定。受到屏蔽的导管不仅引导电浆从我们的主推进火箭喷射出去，还会让它流进发动机里，为整艘飞船提供动力。”

“这听起来确实危险。”杰玛似乎非常担心。不知道这是不是她第一次太空旅行。

“所有动力系统都位于工程舱段，”埃莉说，“正如你们所看到的，我们十分密切地监视着下面发生的每一件事。除了电流，我们不会把任何东西送到上面的游客甲板。”

“连饭菜也不送吗?”我试着开个玩笑。

埃莉挑起一道眉毛。“你绝不会想用这玩意儿做饭的，除非你喜欢把肉烤成焦炭。”

“那场面可不好看。”杰森补充道，“当初我们在‘梅特兰号’上发生过一次电浆导管破裂，把两个宇航员给蒸发了——”

“万一这里发生泄漏，会怎么样?”杰玛问埃莉。

“根据整个系统的设计，一旦发生故障就会自动关停，”埃莉说，“任何导管外部温度哪怕超标几度都会关闭，并且要求检查。如果离子井受损——哪怕屏蔽层仅仅发生了一厘米的形变——反应堆都会自动紧急关闭。

“离子井反应本身就要求非常精细的平衡环境。我们一天二十四小时都有人值班，时刻保持监视，确保不会出现任何差错。即便万一出现紧急状况，我们的备用电源和太阳能电池板仍然能够为整艘船提供三十六小时的全额动力。”

埃莉说话时，阿诺德和杰森一直在交头接耳。我也并不关心他们在说什么。

“如果这仅仅是离子井最上面的部分，”杰玛指着地板上的金属球说，“而它又是球形……那它究竟有多大？”

“包括屏蔽层在内，反应球的周长与飞船主干的宽度一样。”埃莉说，“如果你看过德嘉·索雷斯号的结构图，离子井的直径全长相当于整整二十五层甲板。”

“这样似乎非常暴露呀。”杰玛皱着眉头说，“如果一丁点小问题就会引起反应堆关停，那它是不是应该受到更多保护？放在飞船更里面一点？”

她真的很担忧。我能从她脸上看出来。那么究竟是怎样天大的事情，会让这位可爱的老太太登上这艘她觉得会要她命的飞船呢？

埃莉点点头，“的确是这样，杰玛，确实值得担心。尽管外太空基本上空空荡荡，但我们有时确实会在航路上碰到太空垃圾。而且由于飞行速度非常快，即便是一个微小的物体，撞上船壳都会造成严重的损伤。”

“就像小鸟撞上飞机。”我说，希望用一个熟悉的类比帮助杰玛放松一点。她的表情却告诉我，这个类比或许并不高明。

“没错。”埃莉冲我笑了笑。*这只是演出的一部分，*我提醒自己。“不过在这里，在外太空，撞上的更可能是其他太空飞船丢出来的人类粪便。”

所有人都大笑起来，包括杰玛。*救得漂亮，轮机长。*

“幸运的是，”埃莉继续说道，“德嘉·索雷斯号的航行偏转防护系统降低了发生撞击的潜在风险。任何靠近飞船的物体，只要它的大小和速度有可能给飞船外壳造成损伤，都会被雷达探测器发现，然后就会有激光束轰击这些物体，直到它们不再构成威胁。”

“你以前就是操作航行偏转系统的，对吧，阿尼?”杰森大声说道。

“是呀，没错。”阿诺德说，“呃，轮机长，索雷斯号是用电浆充能发射激光的吗?”

“德嘉·索雷斯号。”埃莉一边纠正，一边凶巴巴地瞪了他一眼，“是的，我们直接将电浆输送到飞船外面的激光发射舱。不过那些激光舱都安装在飞船前端，或者围绕在底层的工程甲板周围，”她朝杰玛点一点头，“都离游客舱段远着呢。”

“可这样一来，你们就得把电浆从这下面一路输送到船首位置，”杰森说，“这就不得不让电浆经过乘客甲板。”

埃莉朝我转过头来。“那些能量管线走的是货舱。如果你在天空5号上，在登船之前观察过德嘉·索雷斯号，那你可能会发现，这艘飞船的一侧装有大量集装箱。”

“是的，”我说，“就像煮过头的鸡蛋冒出来的蛋清。”

“这个类比很形象，我要把它记下来。”埃莉敲了敲自己的脑袋，冲我挤挤眼睛，又转回头去看着杰玛，“除了旅客之外，德嘉·索雷斯号每次航行还要装运好几吨货物。其中有一些是航行途中所需要的给养——食物、酒水以及其他消耗品——但是大部分货物属于商业物流。被货运占据的舱段覆盖着太阳能电池板，在飞行过程中，飞船的那一侧会一直朝向太阳，来收集额外的能量。”

“用其他方式来运送货物，不会更加经济实惠吗?”杰玛问道。

“没有必要。”埃莉说，“我不想拿算术题让你觉得无聊，不过离子井反应的本质决定了推动这么大的飞船需要多大的反应球。而且，尽管在太空的真空环境里，我们不需要担心空气动力学问题，但我们还是想要一个对称的船壳构造，方便引擎推动。火星公主游船公司的会计师们同样做过数学计算，他们认为同时运载货物和游客十分划算。”

“这只是一方面。”杰森嘲笑道。阿诺德用胳膊肘拐了他一下。“怎么了? 我才刚说话呢。小红人会毫不犹豫地把一架货运无人机从天上轰下来。但要是击落好几千个平民，那他们可要三思了。”

“放轻松，伙计，”阿诺德说着，冲我们和其他人抱歉地耸一耸肩，“战争结束了。”

“是呀，你一直这么告诉自己的，伙计。”杰森说。

杰玛猛地转过头，死死盯着那两个人，“既然你们这么恨火星人，那你们干吗还要去火星?”

那两人冲她眨眨眼，愣了一会儿。然后杰森说：“是我太太的主意。”

“我也一样，”阿诺德说，“下周是我们的结婚周年纪念日。”

“周年快乐。”杰玛说。她的声音在发抖。她又回过头来，看向埃莉和不知怎的脸色煞白的帕维特。“很抱歉，我家人在火星上。战争结束时，我很高兴。当时我真的压根儿不在乎是谁打赢了。”她又看看我，“你大概太年轻了，都不记得这些。”

“不，我记得。”*我敢说我知道的比你还多。*我刚进局里时，局里拒绝派我出外勤，而保罗在跟官僚主义做斗争的同时，他派我去删除军事纪录片里的侵略内容。我看过太多任何年轻人——其实是任何人类——都不应该看的东西。“我为你失去的一切感到难过，杰玛。”

她赶紧挤出一丝微笑，却让整张脸变成一副不知如何是好的样子，“我并没有说有人死去。”

“你没必要说。”

她眨眨眼睛，忍住泪水，然后深吸一口气，“哦，我很抱歉。我没打算把我们的参观活动弄成这样。”

“没关系。”埃莉说，“战争对我们所有人来说都是煎熬。这也是冲突结束后，火星公主游船公司这么快就造出德嘉·索雷斯号的原因。”我敢说她其实有点照本宣科，“我们认为有必要保持两个世界之间的贸易关系，彼此分享我们最优秀的文化，并且牢记彼此之间有多少共通之处。”

“比方说，一参观完就要去大醉一场？”我说。这话起码让每个人都呵呵笑了几声。帕维特抓住机会，夺回自己对观光团的控制权。

“好啦，谢谢你，加维兰轮机长!”他一边说一边鼓起掌来。我们也跟着给了埃莉虽然短暂却至少有五成热情的掌声。“接下来请大家跟着我，我们的下一站是船上的一个发电机组，电浆能量就是在那里转化成电流的……”

我让杰森和阿诺德在前面带路，又挥手让杰玛走到我前头，重新占据了队尾的位置。我可不喜欢让陌生人走在我身后。我们正要顺着主门廊离开，前往电梯，我感到一只手搭在了我肩膀上。

我转过身。是埃莉。

“嘿，谢谢你刚才帮忙，伊万。”她说，“我很擅长摆弄机械，却不怎么会跟人打交道。”

“没有，你做得挺好的。”我说，“谢谢你带我们参观，长官。”

她微微一笑。“对了，你是怎么知道杰玛的事的?”

“碰巧猜对了。”我说，“就像你说的，战争对每一个人都是煎熬。”

埃莉点点头。“你可真会猜。”

我再次做出一脸无辜的表情。“谢谢。做我这一行，时常要对付一些难缠的家伙。”这倒没有撒谎，“就像人们说的那样，我很会‘察言观色’。”

“好吧，谢谢你帮忙。”她说，“祝你玩得开心，也祝你旅途愉快。”

她和我握了握手，走开了。我一动不动，被她马尾辫甩来甩去的样子迷住了。

我不是说惹她注意不好，可是她没有理由对我产生个人兴趣呀。有理由吗？除此之外，一个太空航班的轮机长干吗要对一个自称是守着办公桌的研究员，却对星际太空飞船推进系统和军用人体内置电源了如指掌的家伙感兴趣？

她回过身，冲我挥挥手，脸上仍然挂着微笑。

老天哪，我真希望她不是同行。

7

德嘉·索雷斯号——第 6 层甲板，6573 号特等客舱

我开始惹麻烦前 7 小时

我的工作是收集信息。没有忙着跑外勤收集信息时，我就会坐在电脑旁，查阅连接各国与各行星的电子通信网路，从各种噪声中提取出各种含义与意图。哪怕并没有什么特别的问题需要回答——比方说，嘿，为什么那颗卫星在中美洲丛林深处一座拥有三千年历史的建筑里发现了核裂变产生的大量中微子泄漏特征？——局里一直都在密切观察着那些打破日常规律的事情。

不平常并不总是坏事，但有意思就值得多看一眼了。而我在这艘船上肯定已经发现两个有意思的人了。

首先是桑塔马利亚船长。显然他以前是军人，没准儿是在OSS——外太空部队——服役。甚至有可能是个情报特工。他后来怎么会为局里工作？他在一艘民用油船上当船长，又能为局里做什么呢？还有，保罗为什么要把我安排在这儿，在桑塔

马利亚的船上？

还有埃莉·加维兰，她也有可能曾经是个军人，不然她在德嘉·索雷斯号之前上哪儿去接触离子井呢？这项技术一直到战后才在地球上解密，而且地球的公司绝不可能让一个火星公民当他们最新旗舰上的轮机长。

我对这两个人的兴趣纯粹是出于专业精神。绝对的专业精神。我在这里显然是遇上事了，就算到最后发现只是保罗搞恶作剧，作弄他的酒搭子，我也一定要把这件事查到底。这跟埃莉那包裹在合身的连体服里的曼妙身材完全没有关系，跟她闪闪发光的个人魅力没有关系，也跟她轻轻捏过我的肩膀没有关系。

这是公事。我是个间谍。我就是干这个的。好奇心虽然能杀死猫，但是袋鼠喜欢跑腿的活儿。

就我所知，要想获取最佳信息，最有效的方式就是接入局里的数据库。在太阳系内的任何地方，只要你在公共场合里经过一个安全摄像头，我们都能知道，而且我能查到，并且告诉你是何时经过的，时间能一直精确到毫秒。

不幸的是，登上德嘉·索雷斯号时，大部分外勤任务需要携带的特殊装备我都没带。我没有远程天线中继器，我的肩部电话需要用它来让军用导航中继设备发射一个安全信号，而侵入这艘游船的电信系统肯定会引来不必要的注意。

幸运的是，我口袋里的确有几样东西，这些东西我一向都带在身边，以备不时之需。

我用接下来的几个钟头制订自己的小小行动计划。我需要时间，是因为这次没有往常由装备专家和外科医生组成的战术支援小队，耳边听不到他们告诉我该做什么，以及怎么去做。我可不想把这趟活儿搞砸。

我先搞清楚船上警卫的换班制度，并且找到了船上摄像头覆盖范围内的盲点，然后报名参加了一次早有安排的晚餐后的太空远足。船员帮我穿太空服时，我假装紧张兮兮、慌里慌张的。我问他这件太空服的各个部分，以及所有那些“看着真有意思的设备”都是什么，好让自己可以偷偷摸摸地扫描每一样东西，找到隐藏在无线电里的定位信标，并且测量它的发射频率。出舱时，我还注意观察安全绳的长度，并且在避免让监护人员起疑心的同时，绕着飞船外壳尽可能地往远处走。

理论上讲，德嘉·索雷斯号随时都可以让游客进行太空行走。在太空中高速飞行时并不存在白天或者黑夜，但是人的身体已经进化出了每天的活动规律。如果长时间干扰它自然的生活节奏，那身体会首先困惑，继而生病。所以所有载人飞船都以 24 小时为一天来运行，德嘉·索雷斯号的用餐时间和活动时间表都反映了这一规则。

夜里最后一次太空行走在 21 点钟结束。两个小时后，我溜到远足区，绕过门禁，走了进去。

里面一片漆黑。我没有开灯，而是眨了一下眼睛，然后看右边，看左边，右边，再眨三下眼睛。我左眼里的内置夜视仪启动了，放大了从门缝和墙缝里透进来的暗淡灯光，显示出太空服储藏柜的位置。

我设置好肩部电话，干扰太空服的定位信标。通过之前的扫描可知，没有启动太空服之前，信标不会发送信号，所以用不着担心会干扰到可能存在的其他无线电通信。就算有船员在外面，他们也在不同的频率上。

我花了将近十五分钟才把太空服穿上。与此同时，我再次扫描气闸舱，确认它没有连接到任何外部监控系统上。

我感觉自己心跳加速了。我胆怯了，同时也兴奋起来。我感觉就像一个小孩儿头一次不用辅助轮骑自行车，还准备骑着车冲下一道滑板斜坡，从悬崖边飞出去，掉进大海里。这或许并不是个好主意，但肯定很有意思。

气闸舱门打开了。我希望外面没有人经过这条走廊，不过更衣室、休息室和办公室应该都有不错的隔音效果。我走进气闸舱，关上内侧舱门。等待空气被抽空，指示灯变绿仿佛花掉了无限长的时间。通往无限黑暗的外侧舱门打开了。我迈出舱门，踏上远足平台，走到向阳面的栏杆旁，开始寻找船壳上的把手。这样大的太空飞船需要大量的维修用握把和抓握坑，好在飞行途中进行维修。

德嘉·索雷斯号始终保持着加速状态，可以模拟重力。我要爬上十五层甲板，一直爬过货运舱段，这就像是沿着外墙爬上移动摩天大楼。只不过一旦掉下去了，我连地面都不会撞上——要么安全绳经受住考验，我被甩回来，撞上飞船侧面；要么安全绳断了，那我就要飘荡在星际太空中，直到我靠近一个中继信标，用我那可怜的肩部电话发出求救信号。前提是，我跌跌撞撞地经过飞船底部时没有被主引擎烧成灰。

我刚才是不是说有意思来着？*是呀。真有意思。*

我把好几根安全绳接在一起，好让绳子长度足够让我通过货运舱段。我把超长安全绳一端的扣环固定在气闸舱上方的一排环扣上，安全起见，缠了两道绳子。然后我启动靴子里的磁铁，开始攀爬。

我爬得很慢，因为我要避开窗户。顺着建筑物外墙往上爬原来这么容易，的确有意思。我尝试着蹦了几下，只想看看我能从船壳上往外蹦多远。重力让这些动作变得十分别扭，只要我没有扒在船上，飞船就会加速从我身旁经过，而我就会往回坠落。不过如果我能操控绳索……

我爬过地平线，终于看见太阳了，头盔上的面罩自动变暗。我位于货运舱段的边缘，矩形的集装箱被固定在飞船外面，上面还蒙着太阳能电池板，就像埃莉说的那样。我欣赏了一会儿这番景象——闪闪发光的蓝色镜子下面笼罩着五颜六色的砖块。

然后我把左眼切换到望远模式，找到了地球：方位角－40度，高度＋5。飞船的这一面一直朝向太阳，好让德嘉·索雷斯号一直与地球保持通信，这也能让我的装备获得一样的便利。

我想象着一个铺满鱼肉的比萨，打开口袋——我本来就在真空环境里，所以没有光栅，而且抽出回波三角也轻松得多。

这东西的全称叫“紧急联络碟形天线”，不过我觉得“回波三角”念起来更上口。巨大的军用箱子掉出口袋，害得我差点脱手。我把这个20公斤重的家伙固定到一个维修架上，然后打开箱子，开始进行组装。展开锅盖天线，用螺丝把它拧到三脚架上，检查各个线路，再用螺栓固定到船壳上。连接电源、加密模块、微电池收发机。

我将天线调到一个公共新闻电视频道，看到左眼平视显示器上微小的视频画面，微微一笑。现在我可以把我的肩部电话与天线通话，而天线可以让我跟地球保持联系。

我把空箱子丢回口袋，欣赏了一会儿我的大作。虽然不算有史以来做得最周全的组装工作，但它能用。而且我全靠自己一个人搞定的，全凭我的应急外勤装备和我自己的智慧。要是我告诉保罗，保罗也会感到骄傲的。不过我不打算告诉他。

回去的路上，我做了几个高难度动作，算作庆祝。我把安全绳系在一个握把上，跳离船壳，一路自由坠落，直到安全绳绷紧，就跟跳崖一样！不过更安全。多少算吧。我想知道在荡回来之前，自己可以离开飞船多远。

蹦了三次，我就不玩了。因为我手套打滑，多飞出去十米。飞船在无垠的空虚之海上变得十分渺小。我慢慢地贴着船壳爬回气闸舱。

我心里美滋滋地吹着口哨，脱下太空服，检查我的注意事项表：太空服电源关闭，确认；停止干扰定位信标，确认；把太空服原样放回柜子，确认；继续为胜利欢呼吧，确认。

我走出更衣室时才刚过凌晨两点，距离下次换班还早着呢，也许还可以去游乐中心玩一趟。达成了刚才那番成就，那个叫《登月飞行器》的游戏似乎也没那么难了。

我迈步走进休息室，眼前一黑。

我觉得我闭上眼睛时似乎喊了一声，然后我注意到平视显示器一角的过载提示标志。我眼睛四处乱转，直到关掉夜视强化功能。这些动作完全是直觉反应，所以我都没有感到紧张，直到我睁开双眼，看见三个警卫站在我面前，手里端着电击枪。

站在中间，离我最近的是个女人，高个子，黑皮肤，一头棕色短发，两眼颜色淡得像冰。我不知道她瞪人时总是这样冷冰冰的，还是只有抓到非法闯入者时才这样。站在他左右两边的壮汉似乎跟她一样，不乐意看见我。

“举起手来。”那女人说，她的手指虚扣着扳机。她是真的想找个理由给我一枪。

我慢慢地举起双手，眼睛一直盯着她。显然她是头儿。我忽然意识到，他们这样紧张，不像是仅仅针对一个非法闯入者。他们在找什么人，某个危险的家伙。那女人的电击枪握得太紧了，两条胳膊时刻准备抵消并不存在的后坐力。她正想着自己要是有一把真枪该多好，这样只要我一动，她就能把我撂倒。

“麦克，给他搜身。”她说。

她右边的那个人把枪放回枪套，朝我走来，一路都低头盯着我。他把我仔仔细细地摸了一遍。

“干净。”麦克说。他后退一步，站到我身后，再次掏出电击枪。我想是时候说两句了。

“听我说，我很抱歉，”我用最可怜巴巴的平民语气说，“我……我没想到有人会——”

“闭嘴。”那女人说。

我闭上嘴。

她真的在考虑是不是应该先开枪再提问。我看得出，她正在对我进行评估。我放松身体，塌下肩膀。我要尽量做出一副人畜无害的样子。

“丹尼，”她对另一个警卫说，“查他的身份。”

丹尼抓起我的右手，把拇指按到一台手持扫描仪上。过了一秒钟，他的腕带—— 一个带触摸屏的护腕，能控制他的工作装备——亮了，显示出我的乘客记录。“伊万·罗杰斯。6573 号特等客舱。”

那女人似乎失望了，不过她并没有放下电击枪。

“你在飞船外面干什么，罗杰斯先生？”她问。

“我只想再出去走走，就我一个人。”我说，“我晚饭后就参加了一次太空行走，真是太棒了。我只是想去享受那种……那种没有一大堆人在我身边吵吵嚷嚷的自由感觉。我很抱歉，给你们添麻烦了。”

她想了一会儿，像是要弄清楚我是不是在撒谎。我很确认，她分辨不出来。我干这一行可厉害了。

她上前一步，用电击枪口抵着我的下巴。

看来我也没那么厉害。

“你究竟在飞船外面干什么，罗杰斯先生？”那女人重复道。这一次，她这语气像是压根儿不信那是我的真名。

我假装喘不过气来。她并没有真的伤到我，不过我想让她获得一点满足感。我还在评估自己能不能一下子把他们三个人都干掉，而如果我真的要动手，那我就要尽可能地让他们自信心膨胀。

我的心跳得厉害。我从来都没想到会在这里被抓住，我也从没想到一艘破游船上的警卫居然这么一本正经。如果这是一次真正的行动，我会准备三层掩饰身份的说辞，还会通过体内植入的通信器获得远程支援，或者干脆援引《宪法第五修正案》[①]，等着保罗把我捞出来。

---

① 指“不得强迫犯人自证其罪”。

可是这并不是真正的行动。我没有后援，也不能保证局里会来救我。

眼下我没有太多选择。可是，我的确想要结束此刻的紧张局面。

我左手抓住那女人的手腕往外一推，让电击枪指向天花板，同时往后一踢，蹬在麦克的肚子上，把他蹬倒在地。我向前一扑，推得那女人撞上丹尼，把他顶到墙上，同时想着一头羊毛做的小猛犸象，在身后打开口袋。

我朝后一伸手，穿过光栅，抓住手枪，把它抽了出来。我关上口袋，以免被人看见（但愿吧），然后背靠着墙，一条胳膊箍住那个女人，用手枪的枪口抵着她的下巴。这样她的身体就帮我挡住了麦克和丹尼的电击枪，而这三个人都知道，我是动真格的。

“我以为你搜过他的身了！”那女人咬着牙对麦克说。麦克说不出话来。

我大声清楚地说：“我不是你们要找的人。我也不是你们要找的人的同伙。你们明白了吗？”

“哦，明白了，”那女人说，“这回我彻底相信了。你就去忙你的事吧。”

我叹了口气，对丹尼和麦克说：“我要你们去把桑塔马利亚船长找来。”

“没门儿！”那女人喝道。至少她没有挣扎，也没有咬我。

我讨厌别人咬我。

“我要你们去叫桑塔马利亚船长，”我说，“告诉他我是木材的朋友，但我不是柱子。”

那女人一拧身体，用尽全力转过头来看着我。“你认识保罗·塔金顿?”

这回轮到我说不出话了。

“你想让我们怎么办，队长?”丹尼问。

“照他说的做，”女人命令道，“去叫船长。”

8

德嘉·索雷斯号——第 15 层甲板，远足区休息室

警卫决定不朝我开枪后 20 分钟

桑塔马利亚船长来到远足区休息室，丹尼和麦克就离开了。屋子里只有我、那位女安保队长，还有船长。我坐在一个沙发上，那女人则背靠着墙，手里依然拿着电击枪，不过没有用枪口指着我，而是垂在身体一侧。我早就把手枪交给她了，作为一种信任的姿态。她虽然没有说话，但只要我敢乱动，她肯定不要半秒钟就会把我放倒。我猜，这算是她在回应我的信任吧。

船长在门口站了一会儿，与其说是恼火，他倒更像是感到好奇。他跟那女人递了个眼神，那眼神十分值得玩味。看起来他真的被她恼怒的样子逗乐了。他俩之间比纯粹的同事关系要亲密一些，却又太随意了，不像是情人。亲戚？父女？都不太像。

“他带了这件随身武器，”女人一边说，一边把我的手枪递

过去，“我们也不知道他把它藏哪儿了。麦克把他全身都搜了一遍，而且这东西冷得跟冰一样。”

船长把手枪拿在手里来回把玩。他取出弹夹，检查里面的子弹，又把弹夹装回去，查看保险，然后把枪递还给那个女人。

“这把枪有年头了。”他说。我不确定他是在跟我说还是在跟那个女人说。

“我们在他穿过的那件宇航服里没有任何发现，”女人说道，“他当时一定在干扰定位信标。”

船长点点头，坐到我对面的椅子上，问道：“罗杰斯先生，你在哪个部门工作？”

我瞧了瞧那个女人，然后一本正经地对船长说：“你的安保队长让我处在了一个不利的位置。”

“在你下船之前休想拿回武器。”那女人喝道。

“队长，”船长说，“他的意思是说他还不知道你的名字。”

那女人皱起眉头，“谁他娘的这么说话呀？”

我看见船长的胡子下面露出一丝淡淡的微笑。这两人之间肯定有事，感觉像是家人，但我不太能确定他俩的关系。

“这位是安德莉亚·杰米森军士长。”船长说，“德嘉·索雷斯号船上安保部门的头儿，你猜对了。她曾在奥林匹斯基地服役六年，一直到战争结束。你可以自行查看她的完整档案，对吧？”

船长一说出她的名字，我就一直在动下巴，通过我跟局里之间的保密信道发出问询。任何人都能看到我的动作，但是对于并不了解我的体内植入控制器的平民来说，这动作看起来就像是我在因为紧张而磨牙。

“我相信你也能够查看我的档案，”船长接着说。我磕了磕臼齿，发送出搜寻条件，左眼的平视显示器闪动着等待回复。要是在地球上，数据一下子就返回来了，可是这里存在着信息时延。

那女人——杰米森——早就紧张起来了，非常紧张。“船长，这究竟是怎么回事?”

桑塔马利亚没有看她，只是说道：“罗杰斯先生溜到船外，建起了一条与地球之间的安全通信链接。此刻，他正在用他的肩部电话搜索我们的服役记录。一旦他看到我们有多高的保密级别，他就知道该给我们编个什么故事了。”

“他是个外勤特工?”杰米森说，仿佛这让她难以置信似的。

“唉，不可能人人都像我这么帅气吧。”桑塔马利亚说。

杰米森嫌弃地哼了一声。“我既没有看见交互界面，他也没有自言自语。他是怎么操作电话的?”

“我猜他一只眼睛里装有平视显示器，”桑塔马利亚说，“而且全身都植入了生物识别传感器。动动眼睛，或者绷紧特定的肌肉，就能控制电话，还有其他藏在他皮肤下面的装置。”

搜索结果在我的视野中亮了起来。阅读这些信息时，我并没有特意去隐藏我的眼睛或手指上的动作。信息不算多，许多相关记录仍然受到封存。不过我明白了，在战争期间，杰米森和桑塔马利亚曾经一同在奥林匹斯服役了八个月。而在这之前，杰米森是地球联盟护卫舰“辛辛那提号”上的军需官。而桑塔马利亚在这之前指挥过……第一火星营？*天哪，他是先头部队？*

而如今他俩都为保罗·塔金顿工作。

埃莉·加维兰在战前服役结束后就彻底跟军队没关系了。退役后，她连老兵医院都没去几次，肯定不是同行。这算个好消息吗？这是不是说她真的对“伊万·罗杰斯”感兴趣？

这会儿可别想这些，袋鼠。你还有麻烦呢。要专心！

我眨眨眼，关掉平视显示器，重新看向桑塔马利亚。我仔细观察了一会儿他的脸，然后看向杰米森。两人都在战争中赢得了一摞自己永远都不可能戴上的奖章。他们的服役记录只有等到他们死去很久以后才会解密，到时他俩都会有以他们的名字命名的现役军舰。

我刚才还拿枪对准了杰米森的头，我感觉糟透了。

“船长，队长，”我说，“给你们惹麻烦了，我很抱歉。我在这里没有任务。我正在放假。我只是——有点儿无聊，想跟我在地球上的部门安全地说说话。我不习惯这种与世隔绝的处境。希望你们理解。”这话从我嘴里说出来，比想象中蠢多了。

“我们接受你的道歉，”桑塔马利亚说，“是吧，队长?”

“是的，”杰米森说，“现在回答船长的问题。你在哪个部门工作?”

我在这些人面前没什么好隐瞒的。“我直接向塔金顿主管报告。我的代号是袋鼠。”

杰米森倒抽一口气，“原来你把枪藏在那儿了。”

就连船长似乎也颇为吃惊，“我这下明白‘鞭笞者’为什么会给你放假了。老家这会儿好像正各种鸡飞狗跳。”

我的脑袋一阵眩晕。我的整个世界都里外颠倒了——这不是一个超级厉害的大间谍趾高气扬地走在一艘满载平民的飞船里，正相反，我成了一个站在巨人面前的小学生。桑塔马利亚甚至知道此时办公室里正在发生什么。他显然知道保罗明摆着不肯告诉我的事情。

那么还有什么新发现呢，袋鼠?

就算我是从华盛顿来的，也于事无补，对吧?

“我不得不问一句，船长。你最近跟局里联络有多紧密?知道我是谁以及我能做什么的人没有几个。”

杰米森没来得及捂住嘴，就大声笑了起来。“抱歉，”她说，“你刚才没有查看我们目前的服役记录吗?”

我感觉自己的脸越来越烫。我得努力让自己不要一直像个说话磕磕绊绊的傻瓜。

桑塔马利亚说：“那些记录有更高的保密级别。可能无法在地球以外查阅，或者至少不能在别的区域申请查看。”

“我这会儿已经关掉天线了，”我说，“你干吗不直接告诉我呢，船长？”

船长微微一笑。“尽管有你的特殊能力，局里还是要进行许多传统的走私活动。我们在行星间拥有一条常规的供应渠道，通常占我们货运集装箱的百分之五。”

我在沙发上坐下来。现在我知道我为什么会在这艘游船上了。对于桑塔马利亚和杰米森来说，这都是轻车熟路了，不过保罗相信他们能够把我从我惹上的任何麻烦中解救出来。

他们就是我的保姆。

“船长，”杰米森说，“也许罗杰斯先生能帮我们处理眼下的情况。”

等等。什么情况？

桑塔马利亚停顿片刻，然后问我：“罗杰斯，你那只眼睛里装了些什么扫描仪？”他指着我的左半边脸。

“什么都有，”我说，“能够看到整个电磁频谱的被动传感器。既然我已经搞定了通信链路，就能够下载所有我需要的分析软件。我还能隔墙视物，如果墙对面有一个基准粒子发射源，我可以看得更清楚；不过仅靠屏蔽掉周围的辐射源，我就能够发现很多信息了。”

“这比我们现有的装备要强。”桑塔马利亚说。

“我们现在什么都没有。”杰米森说。

“你们为什么需要扫描?”我问。游船上的旅客能惹出什么事来，竟然需要高科技的扫描仪来解决?

桑塔马利亚站了起来。“我们还是直接带你去看吧。”

我看见杰米森把我的枪递了过来，枪柄冲着我。她的电击枪装在枪套里。

“你的随身武器，罗杰斯先生。”她说。

“抱歉”这个词我有些说不出口。回头再试试吧。我还得向丹尼和麦克道歉。跟他们道歉肯定更难。我在杰米森的眼睛里可以看出她并没有怨恨——如果你把足够多的秘密放进戏里，这些秘密就会开始互相抵牾。

再者说，我很确信，只要她真的愿意，她随时都能放倒我。

“谢谢。”我一边说，一边站起身来接过手枪。

我打算炫耀一把。我转向右侧——不去看船长和队长——然后想着一只小小的羊毛猛犸象，打开了没有加光栅的口袋。口袋像一只黑色的碟子悬在半空，周围是一圈不规则、亮闪闪的白色光晕，空气嘶鸣着冲进门洞。我松开手枪，手枪飞进了口袋。我关上口袋，屋子里重新变得安静了。

“哇哦。”杰米森赞叹。

我敢说我正咧着嘴，露出大大的傻笑。我通常可不会用自己的超能力来给别人留下印象。

9

德嘉·索雷斯号——第5层甲板，旅客舱段

午夜时分，我该睡觉了，不过这件事情可能更有意思

桑塔马利亚和杰米森陪着我一起进入一部客梯，杰米森向我介绍了大致情况。

“我们一直没有声张，以免在船上引起恐慌。”她说，“你在飞船外面找乐子时，一间特等客舱里响起了火警。船员做出响应，然后发现了两具尸体。”

“尸体？”我重复道，“有人在火灾中死掉了？”

“还不清楚是怎么回事。”桑塔马利亚说，“警报响起前，附近区域的人没有听到任何异常声音。不过客舱之间的隔音效果确实很好。”

“两具尸体，”杰米森接着说，“可是那间客房登记入住的是三个人。有一名乘客失踪了。我们发现你时正在找的人就是他。”

“说起来，你们究竟是怎么找到我的？”我问，“我以为我

已经非常小心地隐藏自己的踪迹了。”

“你是个马大哈杂技演员。”

我总是过早地为胜利而手舞足蹈。“有人看见了，嗯?”

“你触发了我们的一个舱外物体接近传感器，”她说，“算你走运，你的速度没有再快一点儿。我们的航行偏转防护系统差一点就把你炸了。”

我忽然感到一阵口干。“嗯……”以后记住：去轮机舱观光时多问些问题。

我们在5028号特等客舱门前站住了。杰米森给我们分发了塑料鞋套和乳胶手套，然后按上拇指，打开门。

我一进门就用一只手捂住嘴和鼻子。里面烤肉的臭味太重了。我四下打量，寻找厕所的位置，以防我要吐出来。

“很抱歉，这个味道那么冲，”杰米森说，“通风系统一直开着的，不过这毕竟是个犯罪现场，在真正的法医小队过来检查之前，我们不能打扫这里。”

这个套房肯定有我那房间四倍大。卧室虽然小了点儿，但是从中央区域出来有三间卧室，左边一间，右边两间。左边那间最大的卧室还有自己的卫生间，厨房区旁边还有一间厕所。

起居室里乱糟糟的。灯碎了，咖啡桌砸烂了，沙发和地板上全是玻璃和塑料碎片。所有能起火的东西都或多或少有烧焦的痕迹。所有东西都湿透了，我猜是自动喷淋系统灭火时浇湿的。

“当时有谁在这儿?”我一边用手捂着嘴，一边问。

“沃奇林一家。”桑塔马利亚说，“他们中了彩票，抽中了一次免费旅行。”

“这家子真走运。”

“走好运，也走霉运。”

杰米森领着我走进主卧，床上有一具尸体，到处都是血。那尸体是个女人，皮肤苍白，一头灰发，差不多有八十多岁了。看样子，被人割开喉咙时，她正在睡觉。她肯定醒了过来，奋力挣扎，却被人按在床上。她的两个手腕上都有暗红色的瘀青。

“这位是艾米丽·沃奇林。”杰米森说，“她跟着两个成年的儿子旅行。那两个儿子叫阿兰和大卫。大卫目前失踪了，阿兰在另一间卧室里。”

我们穿过起居室，来到厨房正对面的卧室。里面黑乎乎的一团糟，床上躺着一具人类焦尸。

我一阵干呕，赶紧转过身去，拼尽全力不让几个小时前刚刚享用过的美味晚餐泛上来，但没能成功。我跑进厕所，在水池子里一阵狂吐。我可没料到自己第一次坐游轮就会撞见这么重口味的场面。

“慢慢吐，”我一边漱口，桑塔马利亚一边说，“大卫哪儿都去不了。他不可能离开这艘船，而我们此刻正在广播他的相貌。船上每个人都会知道他很危险。”

“我以为你们不想声张这件事呢。”

“等你准备好了，就来下一间卧室。”

杰米森正在最后一间卧室里等着我们。那间卧室挨着一个敞开的衣橱，地板上有一个塑料盆。

“我们给每一样东西都拍了照，把一些东西装了起来。”她说。她把手伸进盆里，递给我一个透明的塑料口袋，里面装着几个橙色的圆柱体。

“斯提洛梅因，”我念着一个标签，“还有达拉辛。”

“一种抗精神病药和一种镇静剂。”

“这是大卫·沃奇林的?”

“还有这个。”杰米森举起一个大一些的袋子，里面装着一个金属圈，一侧有一个楔形的切口，顶上连着一个控制器，“我们飞船上的医生说这东西是一个阿尔法脑波发生器，用来稳定使用者的脑波模式的，帮助他放松。”

“也就是说，有个精神分裂症患者跑掉了。”我说。我从杰西卡那里学过足够多的医学知识，能明白大概的情况，“也许有很长的精神病史。你可以告诉大家这人很危险，又用不着告诉他们他究竟做了什么。”

“我可不想在我的船上引起恐慌。”桑塔马利亚说。

“他失踪多久了?”我问。

“最多三个小时，”杰米森说，“医生估计艾米丽和阿兰在午夜时分遇害。”

“介意我四处看看吗?”

杰米森点点头。“这就是带你过来的原因，罗杰斯。”

我启动我的左眼。“有什么东西需要我格外注意的吗？我的眼睛不太擅长识别有机复合物，不过我应该可以辨别金属、陶瓷、大部分经过热加工的聚合物——”

“先查看金属吧，”她说，“我们至今都还没找到凶器。”

“我猜你们船上不会有合成费米子发生器吧?”我说。

杰米森“噗”的一声吐了口气。“今天没有。你那个口袋里没装你自己的吗?”

我摇摇头，“我只是需要一个能够稳定发射某个已知频率的电磁波的东西，波长越短越好。一个无线电发射机就可以。”

杰米森和我互相瞪着对方。过了一会儿，她眼睛一亮，说：“厨房。”

起初我没明白这话什么意思。她走出卧室，我跟着她进入厨房区。

“维修部，这里是安保队长杰米森，”她对着制服领子上的一颗无线电纽扣说，“我需要一个电工工具箱，还有两副绝缘手套，送到5028客舱。”

我在她身后的门口停下脚步。桑塔马利亚站在厨房操作台的另一边，饶有兴致地默默看着我们。我很好奇他怎么还在这儿。大概是想确保我没有惹杰米森太甚，以至于她终于决定胖揍我一顿。

有个厨房吊柜下面挂着一个盒子，她敲了敲那盒子上的玻璃门，我明白她在想什么了。

我笑了笑，“现在我们要用天然气做饭啦。”

她皱起眉头，“什么？这是一个微波炉。”

“当我没说。”

趁我们等维修部送东西的当口，我启动微波炉，把我的眼睛调到微波炉的工作频率。我能看到，微波炉里的金属部件在遭受辐射轰炸时发出了明亮的蓝绿色光芒。

门铃响了。杰米森打开门，外面是一个立方体形状的服务机器人。这个立方体的顶盖翻开，露出里面装东西的箱子。杰米森蹲下，抓着里面的东西提了出来，然后用她的腕带碰了碰机器人正脸的控制面板。立方体机器人离开了，杰米森站起身来，关上了门。

她返回厨房，拆开微波炉，动作娴熟，就像她每天都要拆个炉子似的，取下一个粗短的灰色圆柱体。这东西顶上有一个凸起，底部有两根接线柱——磁控管，一个小型微波发射器。我戴上绝缘手套，拿着磁控管，与此同时，她则把磁控管的接线柱连到一个移动电源上。她一接上电线，整个屋子都亮了。

我四下张望，看着每一件金属物品都因为电磁波的反射而闪着蓝绿色的光芒，一时间竟忘了呼吸。微波遇上杰米森控制腕带发出的无线电波，让她的小臂笼罩上一层橙黄色光的涟漪。我几乎忘记自己身在何处，又要做什么了。

“可以用，”我说，“想让我告诉你你牙齿里有多少填充物吗，队长？”

“以后再说吧。”杰米森说。我在脑子里提醒自己：杰米森工作时不喜欢开玩笑。

杰米森断开电源，我们把这玩意儿搬进已故的艾米丽·沃奇林的卧室。我伸直两条胳膊，把磁控管举在身前，绕着房间慢慢走动。杰米森跟在后面，确保我没有把电线拽出电源。桑塔马利亚坐在门口看着。

我们过了好一阵子才搜查完整个卧室，不得不查看每一个金属痕迹，来确认它属于哪里。我检查了每一道栏杆、每一根支柱、每一件家具上的金属管。那具尸体被我眼睛上的平视显示器图层屏蔽掉了，所以待在这里稍微轻松了些。

我们一无所获。我和杰米森又搜查了另外两间卧室，还是没有发现异常，既没多什么东西，也没有任何物件失踪。

船上时间六点钟了，桑塔马利亚叫我们休息一会儿。

“三小时后，我们要开个员工会议。”他对杰米森说，“队长，你能准备一份简报吗？”

“可以。不过也没多少可说的。”杰米森看看我，“罗杰斯，你要不要跟我们一起开会？”

我等着船长发话，可他什么也没说。当然什么也没说。要是队长不知道他会同意，就不会提这个建议了。这两人彼此认识很久了，互相早有默契。

“你想让我说什么?”我问。

“就是告诉他们你在这儿有哪些发现。”她说，“不要担心会拆穿你的伪装。如今的标准伪装故事是什么？政府部门的研究员?”

“星际贸易调查员。经典款。”足够含糊，可以解释我体内的植入物；又足够无聊，所以没人愿意过问。

她点点头，“那只眼睛不太寻常，但还不至于让人无法相信。要是有人问起你把枪藏哪儿了，我们就随便应付两句。”

“行啊。我就说我是个忍者。”

“别忘了你白天的工作。”杰米森紧接着我的话说，“去打个盹儿，吃个早餐，或者干点别的。九点钟我会派个警卫去找你。”

10

德嘉·索雷斯号——B层甲板，高级船员的简报室
客房服务送来一个难吃的蛋卷后30分钟

我很高兴，过来护送我去员工会议的不是丹尼和麦克，用不着进行让人尴尬的对话。警卫们领我走进一部船员电梯，电梯把我们送到了一间靠近飞船顶部的会议室。

这个椭圆形的房间位于飞船主指令控制中心——通常被称作“舰桥”——正后方，有一扇门通往舰桥，另一扇门外面是一条通往船员电梯的走廊。一张巨大的圆桌占据了房间的大部分面积，墙上布满了显示器和控制面板，这里没有椅子。

桑塔马利亚和杰米森已经在简报室里了，他们站在一个女人身后，那女人身材瘦削，一头红发，满脸雀斑。红发女人的另一边有一个方下巴的男人，正在一个平板电脑上敲敲打打。

桑塔马利亚介绍说那个女人是副舰长艾瑞卡·加尔布雷斯指挥官。我们握手时，她的微笑既友善又开朗，而我十分确定她制服上的那几道条纹纯粹是些装饰。一艘游船上的指挥官用

不着全都采用退役军人，不过旅客们大概都喜欢军衔高低所带来的错觉，以及它所暗示的权威。

拿着平板电脑的是杰弗森·罗根，这艘船的游船总监。我每天都有好几次通过喇叭听见他用欢快的声音发布消息。我注意到，罗根的动作有着某种精确而非军人的素质。像杂技？也许吧。肯定是某种失重环境动作的训练成就。根据游船手册的介绍，他负责一路上的所有活动和游览项目。

通往走廊的门开了，一个黑皮肤的光头男人走了进来。他穿着一身白色的实验室大褂，口袋里装着设备，鼓鼓囊囊的。船长介绍这人是拉胡尔·索尼医生。我同医生握过手，然后努力做出一副漠不关心的样子，耐心地等着船长介绍我是谁，以及我为什么会参加他们的简报会。

"我们已经把大卫·沃奇林的照片放到了整艘船的所有广告亭上。"桑塔马利亚说，"杰夫，有人来报过信了吗？"

"没有能确认的消息。"罗根说，"有十二个人向警卫报告说，他们看见了像是大卫·沃奇林的人，但是我们没办法用摄像头或者船内传感器日志来辨别。"

"医生，"桑塔马利亚说，"你能与沃奇林在地球上的医生取得联系吗？"

"可以，"索尼说，"是乔治·拉莫瑞医生。他说大卫曾经发生过几次精神错乱，但是都看不出他有暴力倾向，更别说谋杀。是拉莫瑞医生开的斯提洛梅因和达拉辛——以及，再后来应他家人的要求，给他开的阿尔法脑波发生仪。”

“会不会是这个阿尔法脑波发生仪导致他精神病发作?”加尔布雷斯问。

“不可能，”索尼几乎叹了口气，说，“阿尔法脑波发生仪从来都没有明确地表现出制造商所声称的那种镇定作用。这东西不过是一种顺势疗法，一种安慰剂。更可能是这次太空旅行让大卫的身体感到困惑，而这种陌生的不舒适感侵害了他的精神状况。”

“从太空晕船到连杀两人，这中间可差得远呢。”杰米森说。

索尼举起两只手，一耸肩，“人们对精神分裂症仍然知之甚少。我们能治好某些症状，但是不可能知道大卫脑袋里在想什么。”

桑塔马利亚点点头，“队长，你何不告诉大家，你和罗杰斯先生在特等客舱有什么发现?”

杰米森描述了沃奇林一家所住套房的现场状况。我看着圆桌周围每个人的反应。罗根以前从来没有听说过这类事情；他吓坏了；加尔布雷斯头一次听说某些细节；医生则像是早就知道了。

“仍然没有发现谋杀武器，”杰米森总结道，“医生估计凶器约有 15 厘米长，很可能是某种尖利而且好用的刀具。”

“没错，”索尼说，“艾米丽和阿兰两人是被同一件武器杀死的。”

我猛一抬头，“慢着。你们之前可没告诉我这个。”我隔着桌子看向杰米森，又看看桑塔马利亚。

杰米森说：“抱歉，昨晚的事情太多了。”

她在撒谎。他们想试探我，看我能不能自己注意到，以此确认我到底能有多大用处。我从桑塔马利亚抱歉的眼神里能看出来，即使他也没有那么抱歉。

我倒不会生他们的气，只是这会儿需要做出一点证明。

“阿兰·沃奇林全身还有三度烧伤，”索尼接着说，“是在死后产生的。他在起火前就已经遇害了。”

“那为什么只烧了一具尸体，而没有烧另一具？大卫用同一把刀杀死了他们俩，干吗不用同样的方式把活儿干完？”我问。

“也许是火吓到他了。”加尔布雷斯说。

“火势很大，”杰米森说，“我和埃莉赶到时，灭火系统已经在工作——”

“我们的轮机长赶去处理客舱里的火警？”桑塔马利亚说。

“我们当时就在附近。”杰米森说，“说来话长了。反正，我们抓起手持灭火器就赶去支援了。”

这一幕有什么东西让我感到困惑。有些细节对不上。

“医生，”我转过身对索尼说，“要发展成三度烧伤需要花多长时间？”

“如果温度足够高，都要不了一秒钟。”他说。

温度。

“喷水灭火系统应该能够瞬时响应，”加尔布雷斯说，“传感器会对高温做出反应。”

我想起了我在飞船外面的旅行，大量货运集装箱的景象，还有被大卸八块的微波炉。我还记起了我的左眼起初被设计用来干什么。

“如果他不是被火烧伤的呢？”我问，“如果是别的东西造成了那样的组织损伤呢。”

杰米森怒视着我，“你到底想说什么，罗杰斯？”

“你们有没有确认最开始是什么引起大火的？现场有打火机？火柴盒？附近的明火火源？电浆泄漏？”

“这不可能，”加尔布雷斯说，“电浆管道根本没有从客舱和船员居住区附近经过。”

桑塔马利亚和杰米森互相递了个眼神。“罗杰斯先生，你想说什么？”船长问道。

“是什么引起了这场火灾？”我说，“是什么温度会高到能在喷水灭火系统启动之前就把人烧成三度烧伤？又是什么在这之前不会被船内传感器识别为火焰？”

屋子里一片安静，所有人都盯着我。

“离子辐射。”桑塔马利亚说。

“什么？”杰米森摇摇头，“所有游客甲板都有屏蔽保护。

我们全程都让货运舱段朝向太阳，而且就算晒到太阳也不可能造成明显的烧伤。”

“辐射并非来自飞船外部。”我说，“船长，如果你允许的话，我想再仔细检查一下那具尸体。”

索尼医生先是绕路去了趟医务室，随后带着一台辐射探测器来到5028号客舱外的走廊上，跟桑塔马利亚、杰米森、加尔布雷斯、罗根和我碰头。我们其他人看着医生打开设备，把它指向房门。探测器突然发出一阵刺耳的警报声，不过警卫早就清空了走廊，所以并没有过路的笨蛋被吓到。

“我的天哪，”索尼说，“将近十居里！有什么东西可能产生这么大的辐射？”

“杰夫，疏散这一区域，以及上下各一层甲板的所有旅客。”桑塔马利亚说，“把他们安排到其他舱段的空房间里去。队长，我们需要让船员穿上有害物质回收装备，收集沃奇林一家的东西，并且尽量清除辐射污染。”

罗根离开这里，杰米森则走到一旁，利用无线电对讲机发布命令，与此同时，我心里一阵抽搐。船员们只有民用级有害物质回收装备。这些装备也许能屏蔽生化污染，可是能屏蔽辐射吗？这类飞船上通常不会有强大的放射源，就算轮机部门也不例外。离子井燃烧时非常干净。

“罗杰斯先生，”桑塔马利亚对我说，“能不能请你查一下阿兰·沃奇林的服役记录？”

“已经在查了。”我说。刚才探测器一发出警报，我就启动天线，开始输入我的查询要求。

“他当初没在现役部队，”医生喃喃道，几乎是在自言自语。他正在门里门外获取读数。“而且所有乘客和行李在上船前都经过了安检。他怎么可能把辐射物质偷偷带上船呢？他又为什么要这么干呢？”

“你正在查阅军队的保密档案？”加尔布雷斯问我。

“这些档案并不全都是保密的，”我说，“我只是在寻找更多细节信息，搞清楚他在服役期间究竟是干什么的。”

“医生，”桑塔马利亚说，“阿兰的病历里有没有说他在哪支部队里服役？”

“美国陆军的特种部队。”

桑塔马利亚点点头，对加尔布雷斯说：“特种部队经常参与非常规的作战行动。他们有可能配备了特种装备，来帮助他们处理极端状况。”

“可是什么装备会让他一直带在身边呢？他不会——”加尔布雷斯停住话头，盯着我看，“你说的是体内植入物。”

“没错，”桑塔马利亚说，“许多士兵都植入了电池组，为他们体内的装备供电。最常见的就是通信装备。几十年前，军队试验过更为强大的技术。比方说，原子能核心。”

加尔布雷斯皱起眉头。“这也太危险了，他们难道，呃，发疯了吗？”

“可不是。”索尼说。他摇了摇头，关掉探测器。

“所以火星独立战争之后，他们就停止这样做了。”桑塔马利亚说，“结果发现，有些原子能设备没办法取出来。一旦取出来，会害死被植入者。”

一份解密的服役记录闪到我眼前。“阿兰·沃奇林曾经被派到火星上，”我说，“在奥林匹斯基地，八年前。战前的维和部队。他植入过一个带有粒子发射俘获核心的野战植入物组件。”

一时间没有人说话了。

“那东西还在燃烧吗?”桑塔马利亚问。

“还在燃烧?”加尔布雷斯简直像是尖叫起来。

我把眼睛切换到探测模式，朝特等客舱里瞥了一眼。我以前从来没有寻找过这一类型的放射，不过现在我发现它随处可见，溅得满墙都是，所有灼伤痕迹上都有辐射。床的中间有一个圆形的泡泡，就在阿兰心脏所在的位置附近。

“是的。”我说。所有人一下子一齐开口说话了。

“在抵达火星轨道之前，任何人都不准进这个房间。”桑塔马利亚说。

“我们所有人都必须马上接受辐射治疗，”索尼说，“所有进过这个屋子的人。我的天哪!”

“我们仓库里还有多余的隔音板。我这就派服务机器人把受污染区域封起来。”加尔布雷斯说。

杰米森结束了无线电通话，朝这边吵吵嚷嚷的各位走了回来。“我猜这不是个好消息。”她说。

“阿兰·沃奇林胸部有一个粒子发射俘获核心。那东西还在燃烧。”我说。

杰米森眨了眨眼。“妈的。”

所有人都在跑来跑去忙活各自的工作，我却在重放自己之前调查犯罪现场的资料记录。阿兰的床上绝对有血迹，所以他的能量核心出问题时他还活着。我从视频上看不出除了划过喉咙的那一刀，他身上还有没有别的刀伤。

他的尸体被毁成这样，很难追踪他体内植入的微电子线路，不过看样子所有主线路都没有被切断，而这无论如何都不会导致核心熔融。要么是袭击者——他的兄弟，大卫——用刀捅进他的胸腔，扎坏了能量堆的线路，要么是大卫压在阿兰胸口的体重把核心顶到了他的脊柱上，导致用了十五年的外壳破裂。

趁着我们站在医务室里等着杰米森结束她的辐射治疗的工夫，我把我的发现告诉了桑塔马利亚。我们刚才都已经脱掉衣服，冲过澡，并且擦洗全身，尽量清除身上遭到辐射的细胞。

“大卫当时八成是吓蒙了，”我说，“他有多久没吃药了？到现在十二个小时？我才不信到现在都没有人看见过他。他藏在哪儿了？”

“船内传感器并没有覆盖所有角落。”桑塔马利亚说。他的语气里更多的是思考，而非愠怒。要怎么样才会让这家伙失去冷静？他的服役档案上说，他曾在埃律西昂平原打过仗，那是火星独立战争期间最残忍的战斗之一。我很好奇他留着胡子是不是为了遮挡伤疤。

“我们只在公共区域安装有摄像头，另外还有门锁传感器，”桑塔马利亚接着说，“我想让你跟杰米森队长一起扫描热信号，不过，首先我们需要缩小藏身地点的范围。”

杰米森一脸怪相地走出检查室。“我都忘了那药有多难喝了，真要命。”船长一边跟她交代搜查计划，她取过一只纸杯，从冷水机里接水。我心里盘算着，回头要查一查民用抗辐射药的效力。

杰米森大口把水灌下去，说：“安保部门从昨晚就一直处于警戒状态，他只有差不多两个小时的窗口时间来寻找藏身地点。他不可能躲进饭馆或是任何有人活动的区域，服务员们一开门就会发现他。”

“一个正在发病的精神分裂症患者会想去哪儿呢？”我说出了自己的疑惑。

“我们的员工楼梯井没有传感器，”杰米森说，“不妨先从那里着手搜查。咱们可以一边搜查，一边看看还能想到什么。”

桑塔马利亚点点头。“行动吧，队长。我去舰桥。”

我们离开医务室，桑塔马利亚向乘客电梯走去，杰米森则带着我走另一条路，前往船员电梯。

“那么，如果我们在楼梯井里一无所获，接下来又要去哪儿查呢?”我问。

不等杰米森回答，她的无线电对讲机就响了起来。“警卫呼叫杰米森队长。”一个细声细气的男性声音说道。

杰米森按了一下领子上的无线电按钮，“我是杰米森，请讲。”

“队长，我是布雷文斯。我对第八层甲板做了仔细搜查，有发现。”

11

德嘉·索雷斯号——第 8 层甲板，闲人免进区域
但愿不是某人被杀前几分钟

杰米森和我走出船员电梯，看见四个警卫分散站在一扇巨大的舱门周围，舱门上标着“救生船”。我们在飞船外围的一条环形走廊上，走廊从最近的特等客舱区出来，挨着一间装有自动贩卖机的凹室。两名警卫手里拿着电击枪，另一个人端着一台手持扫描仪。出于习惯，我一走近就看了他们的名牌。多了解信息总不是坏事。

我们一靠近，名叫布雷文斯的警卫迎着我们走上前来。他的样子非常眼熟，过了一秒钟，我想起来了。他是上船第一天晚上打断我醉鬼大游行的那几个警卫之一 ——被我叫作“蓝耳朵”的。万幸，他好像没认出我来。

“是朋友?”他冲我点点头，问杰米森。

“名叫罗杰斯。他没事。”杰米森说。看样子，对布雷文斯来说，这样介绍就够了。“有什么发现?”

布雷文斯停止打量我，身子一挺，说：“那个。”他指着救生船舱门边上的控制开关。几道脏乎乎的红色印子盖在那块没有合严实的塑料面板上。

我认得出血迹，杰米森也一样——她摸向挂在髋部的电击枪。“里面有人？”

“热信号相当于一个成年男人。他没有动。”

“罗杰斯，”杰米森对我说，“那个大卫·沃奇林在救生船里吗？”

“他怎么会知道？”布雷文斯问。

“我是美国国务院的贸易调查员，”我说，“我有一个植入式货物扫描仪。在这种情况下未必奏效，不过值得一试。”

“试试看吧，罗杰斯。”杰米森说。

我打开我的平视显示器，启动眼睛的几个辐射传感器。我轮番切换扫描模式，看见了热信号。信号大小、形状和温度都与一个成年人类相符，那人正坐在救生船另一头的地板上。

不过这个信号可能是任何人。我调整探测频谱，图像变成了一幅由躯干、头和手臂组成的斑斑点点的紫色轮廓。大卫·沃奇林虽然可能给自己做过清洁，但他不可能清除他兄弟体内破损的俘获核心所造成的辐射伤害。

“是他。”我说。

“他带武器了吗？”杰米森问。

“我需要一个无线电发射源。”

杰米森敲了敲她的无线电按钮。“所有警卫人员注意，我是杰米森队长。我将要发送一长串刺耳的噪声，作为检测信号。请在接下来的 30 秒钟内调低对讲机音量，离开这个频道。

“重复，我将要发出一长串大声且刺耳的检测信号，倒计时：三、二、一，开始。”

她一边说，一边敲击自己的腕带，旁边的四名警卫也一样。杰米森一说完“开始”，我就听见她的无线电按钮传来一阵轻柔而有节奏的嘀嘀声。

所有金属物体和磁场都在我的平视显示器里亮了起来。我花了好几秒钟才确认了那把刀的位置。起先我被刀的形状弄糊涂了，因为我本以为那是一把厨房用刀，就像厨师刀，刀身长，大致呈三角形。可是怎么会有人带把厨房刀具上游船呢？这种做法在检查行李时相当可疑。

话说回来，阿兰·沃奇林曾经在部队里待过，如果他保留了几件服役生涯的纪念品，倒也不足为奇。

“我看见刀了，”我说，“在靠墙的第一个长椅上，在左侧，靠近入口。他坐在地板上，在右边最里面。”

“谢谢你，罗杰斯先生。”杰米森说。我向后退去，好让她根据我的情报部署行动。

她关掉无线电，示意离她最近的两名警卫——斯科顿和贝塞达——站到后面，用电击枪瞄准舱门。拿着热传感器的警卫杨也放下装备，抽出自己的电击枪，他和布雷文斯跟在杰米森身后，各自在舱门两侧就位。布雷文斯用一只手抓住门把手，看了看杰米森，后者正用她的电击枪直接瞄着救生船舱门。她点了下头。

布雷文斯猛地打开舱门，我这会儿还在看红外线图像。杰米森待在原处不动，与此同时，杨挥舞着电击枪猛冲进打开的舱门。布雷文斯也在舱门的另一侧一起行动，两人前后相差不到一秒钟。救生船里面的人压根没有反应。

我关掉平视显示器，来获得更好的立体视野。那些传感器用处很大，但是两只眼睛长时间分别看着不同的图像，很容易让人疲劳，更别说头晕了。

那人的脸下半截湿乎乎的，像是一直在流口水。他的头向后抵着墙，眼神飘忽，蜷着腿，膝盖顶在胸口上，两只手松松地抱着腿。他的双手在发抖。

我刚才透过扫描仪没有看到血。他胸前全都是血，把衬衣都浸透了，几乎糊满了他的脖子和下面半张脸。我有些吃惊，他一路走过来，居然没有弄得满船都是血迹。

“大卫·沃奇林，”杰米森冲着救生船里面喊，“你能听见我说话吗?”

那人一声不吭。

“沃奇林先生，我是安保队长杰米森。我们来这里带你去医务室。你听懂了吗?”

没有回答。太空旅行导致的定向障碍真的会对精神分裂症患者产生这么大的影响吗？

“我们现在要进入救生船了，”杰米森说，“我们要来帮你。”

“杨，去把刀捡起来。”杰米森小声说。杨从门口过去，从走廊地板上的工具箱里抽出一个塑料口袋，走进救生舱，够到那把刀，把它装进口袋里。那是一把军用生存刀，标准步兵款式，刀刃将近13厘米长，上面满是干了的血迹。

杰米森进入救生船，布雷文斯跟在她身后。里面的空间又长又窄，两边靠墙放着长椅。杨在舱门口为他们提供掩护。布雷文斯站在大卫·沃奇林跟前，电击枪随时准备开火，杰米森则将他滚到地板上，捆住他的手腕。她想要动作轻一点，可是大卫身材敦实，而且整个人软绵绵的，更是让人头疼。明天他身上八成会有几块瘀青。

“好了，”杰米森说，“我们叫护士带个担架下来吧。”

斯科顿呼叫医务室。救生船里面，布雷文斯和杨坐在沃奇林左右两边的长椅上看着他。外面的走廊里，贝塞达和斯科顿把电击枪装回枪套。杰米森则朝我走过来。

“知道他是怎样不触发警报就进来的吗？”我问。

她摇摇头，“不知道。封口毫无疑问被破坏了，所以电路肯定也断开了。”

我回头看向空荡荡的走廊。“这个舱段会停电吗？比方说，不需要全面运转生命维持系统时就节省能源？”

“救生舱的报警器属于另一套系统，”杰米森说，“这些报警器一直都是开着的。”

“那么沃奇林不大可能绕过它吧。”我说。

“以他目前的状态，不可能。”杰米森一边说，一边回头看向躺在救生船地板上两眼失神、紧张症发作的男人，“就算他绕过去了，我们也能够知道。舱门锁定机构是纯机械式的，所以根本没有电……”

她话说了一半，就走过我的身边，回头走向电梯。我跟上她。她停在走廊中央，在一块检修孔盖板前跪了下来，打开盖板。

“这东西不该锁着吗?”我问。

“是的，”她说，“不过这是个机械锁，没有警报器。”

她从腰带上取出一支小手电筒，照亮检修孔。我看见里面有一些开关、电线和黄色小标签。她用手指顺着一束电线往下摸，找到一个标签，凑过去查看。

“见鬼，”她说，“线路坏了。六个月前就贴了维修标签，一直都没有修。我得找人追责了。”

她猛地扣上盖板，重新站起身来。

“这么说，线路没有篡改?”我说。

“一直有电，但是通信线路断了。警报器触发了，可是信号并没有送出去。我对天发誓，有人会为此掉脑袋的。”

她声音不大，可是两只眼睛火光四射。我努力想象她的感受。大概就像我搞砸事情时，保罗的感受吧。虽然不是他的错，但是他负有责任。

布雷文斯等人带着大卫·沃奇林去了医务室，与此同时，杰米森和我又检查了几艘救生船，然后回到简报室，向船长报告。我们到时，加尔布雷斯指挥官和索尼医生也在会议桌旁。

“那个舱段还有三个检修点。”杰米森说。她用腕带对着会议桌磕了几下。桌面上亮起了数据。“检修日期都在同一天，之后再没有工作日期。线路上的标签跟维修记录不一致，维修日志上显示这些线缆在一周后都修理过了。可是我们亲自做过检查，这些线缆绝对是坏的。”

桑塔马利亚看着桌子上的显示，“我们需要检查过去六个月来所有的维修日志和工作排期表。艾瑞卡，很抱歉，这是你的活儿。”

加尔布雷斯耸耸肩，“你知道我有多喜欢文书工作，船长。”

桑塔马利亚微微一笑，可是这笑容很快就消失了。“医生，我们的病人怎么样?”

“情况稳定，已经得到了控制，”索尼说，“我们正给他打镇静剂点滴呢。我们不敢冒险使用他目前的处方，以免药物让他再次发病。不幸的是，我们这里做不了完整的血液检查。没有合适的设备。我们正在进行药物筛检，要到明天才有结果。”

“很好，”桑塔马利亚朝我转过身来，“罗杰斯先生，谢谢您的帮助。”

我点点头，“我得说，能帮上忙，我很高兴。不过这样说似乎并不太合适。”

“杰米森队长会送你回到旅客舱段。祝你旅途愉快。”他说。

桑塔马利亚和加尔布雷斯返回舰桥。索尼消失在走廊尽头。杰米森带着我回到电梯里。

我们俩谁也不说话，一路上到第六层甲板。到了以后，我迈步走出电梯，来到走廊，这时候我发现她没有跟过来。我转过身，看向电梯里面。

“跟你合作很顺利，罗杰斯。”她一边说着，一边伸出手来。

我们握了握手，我突然间不让她走。

不——不是说我想让杰米森留下来，而是想留住这种有事情做的感觉。我其实挺享受刚才的会议的，而我一向讨厌开会。

参加会议，意味着我在工作。我并不想重新变成一个普通乘客。

杰米森松开我的手，我抬起胳膊顶着电梯门。

“我能请你帮个忙吗？”我说。

她只犹豫了一瞬间，“当然。你想往枕头里多塞点儿薄荷？我们有的是。”

她没有笑，我却笑了。不论她怎样否认，今天和我一块儿工作并不完全是一件让人恼火的事情。我看得出来。

“我在船长餐桌旁有个晚餐位子。”我说。她的表情告诉我，她十分同情。“可我在那儿实在不觉得舒服。我又不是个游客。我可不可以去船员餐厅吃饭?”

“游泳池甲板上有那么多种精致的食物，你不喜欢?”

“那些闲谈简直要了我的命，”我说，“我并不是讨厌社交，我只是——我不是游客。”

“你可以多努把力，装装样子。”她笑着说。

“我放假呢。”我说，*而且我显然很不会放假*。

“我去跟船长说说。”她说，“现在，还有别的事吗?”

我放下胳膊，退后一步。电梯门关上了。有什么事情正困扰着我，可我又说不出个所以然。我回到房间，抱着礼品篮一通胡吃海塞。我干掉了好几瓶威士忌酒版，又睡了好几个钟头，才想明白这烦心事究竟是啥。

12

德嘉·索雷斯号——第 17 层甲板，船员食堂
吃完那个难吃的煎蛋卷后 4 小时

桑塔马利亚船长同意让我到船员食堂吃饭，杰米森队长领着我去那里吃午餐。她来敲我房门时正在通过无线电讲话，在说小孩儿弄脏游泳池的事，一路上，每次我想打断她的话，都会被她越发凶狠地瞪回来。我决定，等我们都坐下了再跟她说大卫·沃奇林的事。

我脑袋后面的警钟一早上都在响个不停。这么大一艘飞船，那么多可以藏身的地方，一个精神分裂症发作并且有暴力倾向的家伙居然一头撞进了一艘报警系统坏掉了的救生船里，这也太巧了。有太多的不可能都堆在这一件事情上。

也许这没什么大不了的。可万一有什么呢？

我觉得德嘉·索雷斯号上的警卫人员平常不大可能做过多少罪案调查的工作。而我在情报分析方面毫无疑问比所有船员都要训练有素；这正是我在战争期间的工作，当时局里不允许

我去别的星球。只有我才能使用口袋，他们可不想让我去冒被抓或者被杀的风险。我在那张办公桌后面学到了很多东西。

不管杰米森想不想，她都用得着我，尤其是她整个星期都还要对付普通乘客的百般刁难。那帮小崽子是怎么从自助餐区偷出那么多汤来，还跑那么老远把汤倒进热水池里的？

船员食堂宽敞而且充满实用主义，到处都是明亮、统一的米黄色表面—— 一点儿都不像华丽浮夸的主餐厅。我想象桑塔马利亚在上面的餐厅里，跟另外一群人闲谈，而那些人仅仅因为坐在一个身穿制服的家伙身旁而自以为了不起。我四下打量这间虽然有点儿旧，但总体上还算不错的食堂，深吸一口气，闻着米饭、咖喱炖肉和炖蔬菜的味道。都不是什么精心制作的美味佳肴，只是好吃、平常、朴实的饭菜。

杰米森带着我穿过排成一排的盛菜区，穿过略有些拥挤的就餐区——这里的人多到我需要时不时地闪身避让，但没有密到无可避免地跟人磕碰的程度。我们绕来绕去，来到一张靠后墙的桌子旁，与此同时，我在思考要怎样开口才好。

嘿，队长，那三明治看样子味道不错。说起三明治，你知道有个词儿叫“怀疑三明治”吗？情报部门称之为“有但微”：有可能，但是可能性微乎其微？

“这就搞笑了，”杰米森咕哝着，关掉无线电，把她的餐盘放到桌子上，“嘿，新来的。”

“嘿，你。”一个熟悉的声音说道。我从杰米森身后走出来，朝桌旁的另一张椅子走去。

有好一会儿，我没认出坐在我跟前的女人是谁，直到她放下平板阅读器，抬起头来。她披散着的头发垂下来，勾勒出脸的轮廓，刚好够到她制服的肩章。她看起来就像准备好去参加阅兵式。

是埃莉·加维兰。

杰米森朝我一挥手，“埃莉，这位是罗杰斯先生，国务院的观察员。罗杰斯——”

“我们见过。”我说。

杰米森皱起眉头，“在哪儿?”

“哦，伊万昨天参观过轮机室，”埃莉说，“不过我不知道他姓什么。拉扎?”

“叫我伊万就行，”我说，“就叫我伊万吧。”

我们握了握手。她的手摸起来又软又暖，我都不想撒手。

我脸上肯定挂着傻笑，因为杰米森朝我小腿上踢了一脚。她都已经坐下来开始吃东西了。我松开埃莉的手，坐了下来，埃莉则把她的平板电脑放到一旁。我也开动起来，所以我突然失去语言能力也变得没那么显眼了。

“干吗穿得一身白?”杰米森一边说，一边冲着埃莉的外套点点头。

“有一群大人物，”埃莉一边说，一边伸出一只手，食指画着圈，“我得全程陪着他们参观动力堆，五点钟还要在主餐厅吃一顿正式晚餐。”

“比死了还要命呢。”杰米森同意道。

埃莉朝我转过头来，“那么，伊万，你在国务院工作？贸易调查员，你是这么说的吧？”

我嘴里显然塞满了东西。我点点头，“嗯哼。”

“希望我们没有惹上麻烦。”埃莉说着，冲我一挤眼睛。我感觉我的心都化了。

“罗杰斯正在放假，”杰米森说，“船长叫我带他四处转转，算是职业礼节。”

“嗯——”埃莉像是半信半疑，“贸易调查员为什么对太空飞行器的引擎这么感兴趣？”

“一直想当个宇航员。搞不定高等数学，不过我发现我挺会数豆子的。”像这样自曝虚假身世开始让我有些不舒服了，“你呢？你是怎么上太空的？”

埃莉耸耸肩，“跟别人一样。加入海军。”

“埃莉在 US - OSS 服役了六年。”杰米森说。她把这个“美国外太空部队”的首字母缩写念成“油臊子”，就像真正的太空人一样，而我差点儿被食物噎死。

如果埃莉在 OSS 服过役，那她就跟我的标准外星伪装身份同属一支部队。她肯定比我更了解军队里的真实情况。

我的心跳得飞快，然后我才想起来，我这回并没有使用那个假身份。我是另一个人，正在放假，并没有执行任务。我希望自己的微笑看起来不算太假。我压根儿没有为这次旅行做准备，我感觉自己像是在游泳池的深水区沉了底。

“哦，”我警惕地说，“感谢你所做的贡献。”

“哦，这倒提醒我了，”埃莉敲了敲她腕带上的控制面板，“安蒂，我们需要重新安排5028号房的维护工作，”她瞥了我一眼，“我们现在可以聊这个吗?”

“我们可以聊聊，”杰米森说，“罗杰斯对这件事完全了解。不过我们不能调整安排。明天就要到中点了。”

“可你并不知道，我们还要赶在零重力之前对多少个舱段进行固定，”埃莉说，“上次停航时间太短了。”

“少几个额外的活动空间，旅客能接受的，”杰米森说，“但5028号房是犯罪现场。这件事要优先处理。”

“好吧，要讲法律，可是你真的想让我抽掉一整个卫生小队来打扫一个房间?”

杰米森身子前倾，压低声音，说：“你的人要穿戴全套有害物质回收装备，他们不管干什么都得花上两倍的时间。而我们只剩下不到十二个小时了。”

“警卫早就给那个套房每一平方厘米都画出图像了，”埃莉说，“要把里面的所有东西都打包带走，惹出来的麻烦会比零重力还要多。”

“好吧，”杰米森戳了戳她自己的腕带，“下午四点钟，给你派四个人来。”

艾莉一仰头，“我猜这些人不会是志愿者。”

“不是，所以你最好在手边准备几张请假许可。”

“这我还能应付。你要来跟我们同甘共苦吗?”

杰米森摇摇头，“另有任务。”

我想起杰米森在简报室里说的话：她和埃莉最先对5028号房里的火灾做出反应。她们在那边待了多久？当时沃奇林的俘获核受损，产生辐射泄漏，她们在不知情的情况下受到了多少辐射?

我眨眨眼，切换到感应模式。这两个女人都变成了粉色的剪影，就跟大卫·沃奇林一样。这可不妙。不论是谁，在那屋子里待的时间越少越好。我关掉眼睛。

“维修机器人不能应付清洁工作吗?”我问。

“没有监督就不行，”埃莉说，“机器人很擅长完成重复性、有规律的任务，而这项工作需要人类自主决断的能力。”

“那你估计这活儿要干多久?”

杰米森斜着眼看着我，“你干吗这么在意，牛仔?”

“没准儿我能帮忙。”我说。

她继续眯缝着眼，“我们可不想浪费您的聪明才智。”

“没事儿。”

“那就这么定了。”

埃莉咯咯笑起来，“那么，伊万，你跟安蒂认识多久了?”

“什么?”杰米森和我同时说道。我们迷惑地看着对方，又回过头来看埃莉是不是在开玩笑。她没有。

“我们不认识。”杰米森说。

“我们刚认识。”我也同时说道。

“昨天才认识。”杰米森补充道。

“哦。”埃莉说，好像失望了。

“你怎么会觉得——我是说，没有恶意，轮机长，可是你怎么会这么想?”我问埃莉。

埃莉一耸肩，她就连做这么个小动作都那么可爱。“只是你们俩对话时的样子，感觉就好像你们俩，我不知道，一起经历过什么似的。”

换做往常，我这时会感到惊恐。她刚才看穿了我的伪装，发现了一点儿隐藏的真实情况，而这通常意味着我有危险了，需要赶快撤离。

可我并没有感到恐慌，反而觉得……解脱了。埃莉刚才让我可以稍微卸下一点伪装。

“你知道是怎么回事，”我说，“那是因为我们俩都曾在火星上驻扎过一阵子。在战前。”

我们既没有同时也没在同一个地方驻扎过，不过我希望杰米森可以配合我。我用余光看见她的一只手在桌子下面握成拳头。

“驻扎?”埃莉挑起一道眉毛，“做什么的?街上混混?战前你从学校里出来了吗?”

“出来了。”这倒没撒谎，“我比自己看上去要老。”

“我以前都不知道你在火星上待过，安蒂。”埃莉对杰米森说。

“我不喜欢说这些。”杰米森说，她的声音里有些愤怒。

埃莉点点头，又转过来对我说：“那么你当时在那颗红色行星上干什么呢，国务院贸易调查员先生?”

她的语气抑扬顿挫，觉得我也会逃避这个问题。

“当间谍。”我说。

埃莉大笑起来，“不，我说真的。”

“我是说真的，”我说，“怎么了，你觉得我当不了间谍?”

埃莉笑着摇摇头，“伊万，我觉得你肯定是全太阳系里最糟糕的间谍。”

我努力保持着微笑。这话到底是说我工作干得漂亮还是确实做得糟糕?

我转过头问杰米森：“那你觉得呢?”

她在这期间一直皱着眉头、抿着嘴唇，可是现在她放松下来，哈哈大笑。埃莉也跟着大笑。

“好吧，是的，这很鬼扯，”我咕哝着，“谢谢你们对我的肯定。”

“抱歉，罗杰斯，”杰米森恢复镇定，说，“这主意也太没谱了，你知道的吧?”

她抹掉眼睛里笑出来的眼泪，又冲我咧嘴直乐。我嘴里嚼着东西，面无表情地瞪着她。

“抱歉，”埃莉说，“我可没想毁掉你的童年梦想。”

“不用在意这些。”我朝着杰米森转过头，“总是有人低估我。”

“这我倒相信。”她乐呵呵地说。

埃莉隔着桌子，把一只手按在我的手上。我竭尽全力不要一直盯着她，可是，我的心率激增，左眼上的显示器蹦出了体检警报，以防我没有注意到自己的脉搏飙升。我动了动其他手指——没有被埃莉握着的手指——关掉屏幕。

“她跟谁都这样。”埃莉一边说，一边拍拍我的手，“她没有针对你。”

我感到一阵飘飘然。“谢谢。”我简直要乐晕了。

“你最近去过火星吗？”埃莉问，“我是说战后？”

我摇摇头，“我一直在别的地方忙得要命。”

“有时候——”埃莉刚起了个话头，又打住了。她压低声音说：“有时候我挺高兴，US－OSS早在战争爆发前就把我开除了。这样想有错吗？算自私吗？”

“不算，”杰米森说，“无论如何，都不该为远离战争感到难过。”

我不知道该怎么说。

埃莉的腕带“嘀嘀嘀”地响了起来。“哦，天哪。你看见这个了吗，安蒂?”

杰米森抬起自己的手腕，皱起眉头，“真的吗? 父母哪儿去了?”

埃莉站起身来，我也跟着站了起来。“很抱歉，伊万，我吃完就得走了，我需要去处理一点事情。”她笑了一笑，“很高兴又见到你。”

“我也一样。”我说，心里期待着她再跟我握个手。可她没有。

“我们也得走了，”杰米森说，“去拿个饭盒把饭菜装好，罗杰斯。”

“我们要去哪儿?”我目送埃莉走出食堂，欣赏着那身制服勾勒出的美妙线条。

“我要回去工作。你爱干啥干啥去。”

我回过身，对杰米森说：“我以为你想让我帮忙。”

她摇摇头，“你在放假呢，罗杰斯。好好享受吧。”

我朝她凑过去，压低声音说：“我们得谈谈大卫·沃奇林的事。”

“不用担心他，我们正在处理呢。”

“我能帮上忙啊。”

“需要帮忙的话，我会告诉你的。”

“我有飞船上其他人都没有的工具。”

“我们这会儿还用不着。走吧，玩得愉快。”

我没辙了。“好吧，那么，辐射的事怎么办？我可以用我的眼睛——”

“‘走吧’两个字你哪个字没听明白？我们真的知道自己在这儿干什么，罗杰斯。我很感谢你的热心帮助，但是让你掺和进来，比让船员们各尽其职还要麻烦。先这样吧。”

她端起我们俩的餐盘，朝门口走去。我不情不愿地跟上她。

这回很明确了，我不能指望让杰米森安排我帮忙做任何事情。不过我还可以跟其他人谈谈。当我在另一项任务中表现出自己的用处后，能够让我重新赢得杰米森好感的人。一个应该更加关心潜在的辐射危险的人。

一个今晚要跟大人物们共进晚餐的人。

13

德嘉·索雷斯号——第 10 层甲板，散步区

埃莉的贵宾晚餐前 4 小时

我在电梯与杰米森道别，来到位于散步区的出舱行走登记处，在自动信息亭那里翻看船上提供的各种活动项目。我没有看见哪个列表上写有贵宾与轮机长共进晚餐，也许是一个私人团队。

我离开信息亭，来到一个真正的登记区，一个小小的铺面，四周围着屏幕墙，里面一张孤零零的办公桌。墙上显示着海底礁石的景象，里面还有各种五颜六色的水生生物。办公桌前有两把老板椅，我走到桌前，坐到其中一把上。桌子后面的那个船员停下自己在电脑上的工作，转过头来向我致意。起初我没认出他来，认出来时已然太晚了。

“需要我做什么呢，先生?”沃德说，“哦，你好，先生。”他脸上的微笑仅仅迟疑了一瞬间。我得承认，这孩子真是专业范儿。“很高兴，又见到您。上次观光轮机室，您玩儿得开

心吗？”

“非常开心，”我说，“办理登记的要多久回来？”

“我就是办理登记的，先生。”

“我以为你——算了。”我向前倾，“我有一个有点儿奇怪的请求。”

“我将竭诚为您服务，先生。”他说话的语气就好像我在寻求精神病方面的治疗似的。

“我刚才正在酒吧里跟人聊天，”我说，“然后他说今晚餐厅里有个贵宾餐桌什么的？就类似船长餐桌，只不过是跟几个工程人员一块儿吃饭？”

“我们提供好几种有主持人的餐会，”沃德说，“您想让我查一查吗？”

“有劳了。”

他转过头对着电脑，敲击键盘。“啊，没错。我们的轮机长会在今晚五点到正式晚宴上用餐。”

“没错，”我说，“那张桌上还有没有空座？”

“我很抱歉，先生，”沃德一边说，一边收起脸上的微笑，“可是这张餐桌是一个私人团队预订的。”

“哦，我知道。”我一路过来，早就把瞎话编好了，“我酒吧里那个朋友？他就是其中之一。是他邀请我加入他们的。”

“我明白了，”沃德点点头，“您的朋友叫什么名字？”

“见鬼，我就知道我会忘记点啥，”我脸上挤出一丝笑容，

“刚才没问他名字。听我说，今晚的晚餐，你能不能直接把我调到那张桌上？你知道，我平常是去船长餐桌的。他那些太空故事我早都听遍了。跟别的团队凑一块儿也挺不错。”

沃德没有马上回答，他似乎正在品味这一瞬间的权力快感。要是我喝醉了，我一定会考虑冲他那张得意扬扬的脸上来一拳。

“我很抱歉，先生，”他说，“只有提出预订的客人才可以修改预订内容。也许你可以请你的朋友来提出修改要求。”

“是的，当然。”我站起身来，“谢谢你。我这就去看看他还在不在酒吧。”

“当然，先生。祝您玩得愉快！”沃德微笑着说，我离开时他还挥了挥手。

我绕过拐角，沿着散步区走到一半，然后跳了一小段沮丧之舞——对着空气挥拳，蹦来蹦去。

袋鼠啊，你在第一世界的情报机构里接受过多年训练。你真的就这么让一个旅行社的销售代理将军了？

不，不，我没有。我还有办法。办法总是有的。

我不能用拳头解决这个问题，感觉太糟糕了。人们总是说暴力从来都不是答案，可是在我小时候，学会打倒块头有我两倍大的小孩确实让我受益良多。

那都是在我遇见保罗之前。后来他让我见识到，只要有适当的资源，不用身体接触也能操控别人。只要你知道你的目标是什么。

好吧，我口袋里有一些东西。那么沃德想要什么呢?

沃德靠提成挣钱。

我找到离我最近的厕所，躲进一个没人的隔间，打开口袋，从我的预备应急装备中抽出一小捆钞票来。然后我走回登记出舱行走的桌子前。

“你好，先生，”沃德说，“还有什么可以帮您?”

“我想起我朋友的名字了，”我一边说，一边坐下来，“他叫杰米特·梅特兰。”

我把一张脆生生的百元大钞放在桌子上，向前推过去，这张钞票表面上，已故总统梅特兰的全息半身像泛着微光。

值得称赞的是，面对我的贿赂，沃德不为所动。他的目光越过我，望向散步区，两眼扫视左右，然后直勾勾地盯着我。

“我觉得他还有个双胞胎兄弟。”他说，“不是吗?”

我对此早有准备，从另一只手中的那一卷钱里抽出一张百元大钞，把它推到桌子对面。

“其实，”沃德说，“我很确信，他们是三兄弟。”

我皱起眉头，“真的?”

他点点头，“真的。”

刚才第二张票子拿出来太早了。这就是你事前不做演练的下场。不过，嗐，反正又不是我的钱。我把第三位梅特兰放到桌上。沃德伸手去够那几张票子，我却没有撒手。

“这么说，你真能帮我办成这件事？”我问。

他点点头，收回手，转身摆弄电脑。他敲了一会儿键盘，说：“我不能安排你跟贵宾们坐到一起，不过我可以把你安排在紧挨着他们的那一桌。你会看得很清楚。满意吗？”

我本来打算在晚餐过程中跟埃莉谈谈，不过这样我至少可以赶在她返回船员舱段之前拦住她。总比贸然闯进去，惹杰米森发火要强。“也可以。”

我抬起手，沃德动作娴熟地把钱划拉走。“您准备好正装了吗，先生？”

“你们对着装要求也没有那么严格，对吧？”

我真是不喜欢沃德那一脸微笑。

登上这艘赏心悦目的太空船之前，我并没有读过火星公主游船公司的全部介绍文件，当时太匆忙了。所以我也没有准备参加正式晚宴的体面服装，局里也不认为一套男士礼服的重要性足以使之成为一件口袋里必备的应急装备。

好消息是，散步区里有一家裁缝店，沃德高兴得都忘记告诉我了。反正这次度假又用不着我花钱。

裁缝给我量过尺寸，叫我一个小时后再回来。我到隔壁的理发店坐了一阵子，又决定这会儿还是别折腾头发了，于是我返回房间，冲了个澡，又刮了胡子。

厕所里的镜子肯定有某种高科技的除雾技术，因为我洗完澡出来，镜子上一点水汽都没有。朝洗脸池走过去时，我能清楚地看见自己的中等身材和平淡无奇的脸。

保罗真是走运，能发现一个拥有超能力，还肯听他话的棕色小孩儿。当初让我出外勤之前，局里除了给我植入了功能强大的左眼之外，还给我整过容，好让我的相貌尽可能地没有特征。脸颊扁，鼻子平，不算太帅，也不太丑。我差不多可以混进任何一群人里，而且只要我不开口说话，人们都会很容易把我误认成当地人。

局里给了我新的身份、新的生活，而我所要放弃的仅仅是我的脸。我对此很满意。我不想再当一个整日担惊受怕的小孩了。我想要把一切都抛到身后。我想成为另一个人。

那么你今晚要成为谁呢，袋鼠?

这面自清洁镜子如此干净，简直让人有些不安了。

我在卫生间里完事之后，胡乱套上几件衣服，返回散步区去试穿我的礼服。我傻乎乎地坚持要系一条真正的领结，结果花了好几分钟才让它既贴紧我的脖子又不会把我勒死。我又飞快地返回自己房间，放下我的街头服装—— 一路上都有其他游客赞赏地向我点头致意——然后直奔主餐厅。

我到那里时已经是下午五点十分，人们已经开始用餐了。每隔几米就有一位餐厅工作人员，他们问过我在几号餐桌，然后指点我来到餐厅后部巨大的楼梯位置。埃莉的餐桌就在楼梯正前方，正在享用开胃菜。

所谓的大人物是一群十几岁的小姑娘和两个成年女人。我走近些，发现她们全都佩戴着一样的蓝金两色徽章。我不认识那个图案。我用眼睛拍了张照片，然后启动通信天线，进行图像搜索。

我落座时，我这张桌子——就像沃德说的那样，紧挨着埃莉的餐桌——坐了一半的人。他们之间的闲谈并不像我第一天晚上在船长餐桌上听到的那样精彩纷呈。我跟两对夫妻坐在一起，他们都在度假。其中一对夫妻经常搭乘游船旅行，正在劝另一对夫妇试着走得更远一点，去别的行星。我由着他们掌控聊天内容，自己用不着过分参与其中，好让我有更多时间来观察埃莉。

就算她早就注意到我坐在这里了，她也没有表现出来。她的注意力全都放在自己那一桌的小姑娘身上，她们似乎一直在问个不停。餐厅里非常吵闹，没办法偷听。我可以打开我的远程麦克风，不过这样做感觉像在作弊。

就在这时，那个胸针的图像搜索结果出来了：美国国家科学技术委员会，联邦教育项目。我本来还觉得那胸针看着眼熟呢。也许我待会儿可以用它来起个话头，等我在走廊里故意碰巧遇见埃莉的时候。

我挥手打发走服务员提供的所有酒水。今晚我要保持脑子清醒。

我这边还没吃完，贵宾餐桌就结束用餐了。见埃莉走出餐厅正门，我撇下同桌用餐的其他人追了过去。

“你好呀，轮机长。”我挥挥手说。

她原本正盯着腕带，听见我的声音，于是抬起头来。“哦，你好，伊万。”她原本惊恐的表情放松下来，微微一笑，“这身打扮真帅。用餐愉快吗?”

“是的，谢谢。”我心里纠结了一会儿要不要讲述自己最后时刻的裁缝店之旅，不过最终决定今晚不要扮演那个家伙。“你要回去工作吗?”

埃莉又在腕带上敲击一下，放下胳膊。“要到午夜才回去。我有的是时间。”她一耸肩，“我本来打算去看看清洁组的，不过他们似乎快干完了。用不着我全副武装再去帮忙。”

我实在想不出比这更好的由头跟她聊下去了，“那边干得怎么样？我是说清洁组?”

她左右看看从我们身旁经过的游客，“我们大概不该在这儿讨论这些吧。你究竟想问什么?”

“哦，你知道的，好奇，我的职业病。我是个星际贸易调查员。”

“是啊，你说过了。”她好像不太信。

“对于外太空商务来说，辐射是一个大问题。我想多了解一下德嘉·索雷斯号上处置辐射危害的流程。在一个不受干扰的环境里，等你有空的时候。”她正咧着嘴冲我笑，“我说什么蠢话了吗?”

“伊万，如果你想约我，你应该直接告诉我你想约会。”

“没有，”我说，“我不是。”我的脑子好像突然发生了气阻故障。

“撒谎。”埃莉挽起我的胳膊，我敢发誓一阵酥麻滚过我的后脊梁，“我们走走吧。你知道去植物园的路吧？”

14

德嘉·索雷斯号——乘客电梯
埃莉改变我的计划后 3 分钟

去植物园要坐电梯往上走很长一段路程。我有的是时间来考虑，接下来要怎样应对这一新状况。我本来打算聊些工程技术、辐射和太空之类的事情，引诱埃莉跟我谈话；我可没料到她会想要和我在一块儿。所以接下来怎么办？怎样才能重新掌控局势？

还是说，或许我可以就这样享受一阵她的陪伴？

大卫·沃奇林已经收监，辐射的危险也得到控制。我现在只是在做些跟进工作，而我之所以一直觉得要有祸事降临，大概只是因为我想要工作；而我想要工作又仅仅是因为我只会工作。也许比起和坏人作战，我更害怕变成一个有真情实感的人类吧。

埃莉一路上都安静得出奇。她在想什么，我该问问吗？普通人会怎么做？

“话说你那些大人物怎么样?”我问。

“哦，还不赖，是一个学校的团队。每当我不得不跟孩子说话时，我都会很紧张，”埃莉说，“那种要扮演某个榜样的压力，你明白的。”

“我就不会。”

她大笑着拍了拍我的胳膊。我的心跳一阵狂飙。我应该再多聊聊孩子吗？我压根儿不懂孩子。而且第一次约会，姑娘真的愿意讨论这些吗？她觉得这是约会吗？

电梯门打开了，明亮的黄色光透过一大片枝叶茂密的树林闪耀着。我哼哼着弄出一阵古怪动静，抬起一只手挡住眼睛，“这是真的阳光吗?”

“怎么啦，你是吸血鬼吗？来吧。”埃莉抓起我的手——害得我心率飙升——领着我走出电梯，顺着一条步道穿过树林。“是的，这是真正的阳光。植物需要阳光来进行光合作用。”

这里的气味就像大自然——泥土味、青草香，还有树皮的味道。我几乎可以想象我们正在乡间漫步了。“这么说，我们一定是在货运舱段上方了。”

“非常棒，伊万，”她戳了我的胳膊一下，“奖励你一颗小金星。”

“我昨天遇到一位出色的导游，没想到你还是个教师。”

“我不是，”她说，“以前在 US - OSS 的时候，我曾经志愿当过一次监护人，带领一帮小学生参观基地。有个教育部的家伙喜欢我，从那以后就一直追着我不放。”

“他是喜欢你，还是想要你?”她没有戴戒指，不过她在家里有个男朋友吗？女朋友呢？不止一个吗?

埃莉翻了个白眼儿。“我觉得你是错把我当成十几岁的小姑娘了。”

我正想夸她的样子十分年轻，这会儿只好把话吞了回去。她老是挤对我。我还能说什么呢？彻底没辙了。

“说起来，这片植物园挺漂亮的。”干得好，袋鼠。起码你没有聊天气。

“这些树来自世界各地，”埃莉说，“一共有六个片区，每个片区代表一种地球气候。”

“你经常来这儿吗?”我问。我对植物的了解可能比对孩子还要少。

她一脸恼怒地对我说：“得了吧，伊万。我还盼着你能说点儿比‘你经常来这儿吗’更好听的话呢。”

我笑得跟个傻子似的，因为她在笑而我不知道自己还能做什么。“你不妨说说看，对我有什么期待，这样我才好努力让自己达标。”救命啊，我快要死在这儿啦。

“植物园的游客们请注意!”游船总监罗根说。我被吓了一跳，这才意识到，他的声音来自藏在地板上的一个扩音器。“请站到黄色闪光外面……”

“你是不是忘记告诉我什么事了?”广播仍在继续，我问埃莉。

“不能说是‘忘了’。”她微笑着回答道。

一道道黄光沿着步道的边沿照射下来。过了一秒钟，我们下方的甲板震颤着开始移动。我都没意识到自己正抓着埃莉的肩膀，一直到她掰开我的手指头，用胳膊肘推了我一下。

“被吓到了？”

“我们俩之间，大概有一个人会觉得这很可笑吧。”

她咯咯笑着说：“这会儿好些了。”

“这叫‘好些了’？”

“来吧，旱鸭子。”她拽着我沿着步道继续往前走。

我的内耳终于破译了我的感受：整个碟形的甲板表面都在围着升降机的中轴旋转。埃莉领着我沿着旋转的方向前进，走向一面分割植物园的墙，这样的墙有好几面，将植物园分割成几个楔形的区块。我们一走过去，半透明的墙板——简直跟光栅一模一样，只是没有那么亮——就突然打开一个环形的开口，往外喷出又干又热的空气。

我们穿过开口，进入另一个世界：一片沙漠绿洲，四周围绕着沙丘。极目远眺，这些沙丘一直延伸到碧蓝的天空下的地平线。这里的空气毫无疑问更加干燥，就连阳光也比身后那片区域温暖。或许这只是我的想象？

嘿，上回我去沙漠里，可好笑了……

界墙在我们身后关上了。过了一会儿，甲板停止旋转。埃莉带我来到一棵高大的棕榈树下，而我仍在为找一个新的、不是机密的话题绞尽脑汁。

“我们到啦。”她指着我们投在沙地上的影子，“注意看。”

这里其实看起来像是日落，只不过按了快进键。影子在我们面前越变越长，不到一分钟，就延伸到离我们最近的沙丘。可是仅仅为了这个效果，就要调转飞船、改变飞船朝向太阳的角度，这会把德嘉·索雷斯号推离轨道的。这是个什么把戏？

“好吧，那边肯定是一堵屏幕墙，”我说，“可是怎么——”

“你来告诉我，”埃莉说，“不许回头偷看。那是作弊。”

“我可没想到会有小测验。”

“我刚才说没说还有时间限制？”

我知道她在开玩笑。不过同时我也放松了，因为这是一项我知道该怎样完成的任务。我知道怎样完成考验。我知道该如何逆推一个系统，从而找出干掉它而不触动警报的最快方法。

我不用假装成别人就能完成这项任务。

“好吧，”我说，“我们身后才是真正的阳光。从甲板的另一头照进来，透过我们身后的隔墙。飞船本身并没有转动，所以肯定有什么东西在调整光照的方向，这东西在飞船内部。是镜子吗？”

埃莉嗤之以鼻，“不对，再猜。”

我皱着眉头，看着我们的影子在地面上继续扩张。“对了。甲板在旋转，所以每一个区块都以一定角度面对着太阳——用来模拟白天和黑夜。真聪明。只要有东西挡住阳光。我的思路对吗?”

埃莉一耸肩，不予置评地哼哼着。

这其实并不是什么考验吧？不然就算是对工程师来说，这种测验也都太怪异了。我想象埃莉把她所有的潜在追求者都带到这儿，把他们丢在沙漠里，大声地给他们出数学题，从而筛选其中值得——

“隔墙，”我说，“刚才打开口子让我们进来的那块墙板。那是某种可编程的材料。刚才还是透明的。它能够算好时间，以某种特定的节奏变得完全不透光，从而模拟环境效果——就像日落。”我用余光瞟了埃莉一眼，“现在能转过身了吗?”

她咧嘴笑道：“当然了。”

我转过身，明白我猜对了。大部分隔墙的墙板已经变成了黑色，只留下了一缕天光，而那一缕阳光正在向下移动。这是一场幻觉，不过话说回来，整艘飞船都是个幻觉。德嘉·索雷斯号的设计就是为了唤起从来都不曾存在过的华贵往昔的浪漫情怀。

我周围的一切都是谎言，我应该感到宾至如归才对。

“分析得好，大侦探。”埃莉说。

“谢谢夸奖，”我说，“这里的墙和天花板也都是电子屏?”

“转导显示晶体，”埃莉说，“材料科学的最新成果。能过滤宇宙辐射，投射全息图像，并且防止视疲劳。德嘉·索雷斯号上的每一扇舷窗都是一块转导晶体板。这种晶体板虽然需要持续供能，但是我们就用不着担心辐射伤害了。”

沙漠区块此时已经彻底天黑了，缓慢搏动的红色灯带勾勒出步道的边沿。我的眼睛正在适应，与此同时，我在夜空中有些发现。

我指向地平线，“我们正前方的星星是真的，对吧?”

“是的，”埃莉说，听起来有些吃惊，“日落程序会关闭全息图像，然后你就能透过晶体看见外太空了。你是怎么——”

“我们头顶上的星星一闪一闪的，”我说，“因为这幅图景是在地球上录的。可是我们正前方的星星就不闪，没有大气层。”

“好眼力。”我察觉到她深吸一口气，身体一侧压着我的胳膊。我这身礼服可不是为沙漠环境设计的，而且我正一个劲儿地冒汗，衬衣贴在背上。但愿埃莉闻不出这股味道。

“那么，告诉我，”她用胳膊肘轻推着我沿着步道前行，“伊万·罗杰斯是怎么开始为国务院工作的?”

我害死了我最好的朋友，还差点儿挑起了一场战争。你知道，常有的事。

我不得不对她撒谎。我不得不在这件事上撒谎。

“我想要了解咖啡为什么这么贵。”我说。

这番高论，我早就演练过。这段故事我复述过太多次了，于是我开始胡编乱造一些修饰内容，只为了让自己觉得有趣。有时候我在一袋咖啡豆里发现奇怪的硬币；有时候会发现手工雕刻的木制玩具。可是我从来都不会改动核心情节，那是局里的专家组精心雕琢出来的，无法查证真伪。而且我越是使用他们的原话，就越容易相信，其实骗埃莉的并不是我。

“哇哦，”我讲完后，她说，“这可算是我听过的，最书呆子气的想要出国的理由。”

“你觉得这很书呆子气？我可认识一个跑到植物园里看全息影像秀的姑娘。”

听了这话，她嬉笑着在我胳膊上打了一拳。这是好事，对吧？我确信这是好事。我应不应该回敬她一拳？不要，还是不要吧。

我们穿过下一堵隔墙，走进植物园里一片相对凉爽和湿润的区块。这一部分也已经切换到了夜晚，所以我不太能看清植物的叶子，不过看起来像是蕨类。

“那么你究竟为什么要去火星呢，伊万？”她问。

“我在度假。”这倒没有撒谎。

埃莉摇摇头，“你没在度假，不然你就是有史以来最糟糕的游客。”

“我确实是个很糟糕的游客。”

她停下脚步，狠狠地瞪了我一眼。我说什么冒犯她的话了吗？她很反感游客吗？

“好了，伊万，”她说，“说真的。如果你再不对我有所行动，我就只好勾引你了。”

我可没料到事情会这么直接，所以我花了好一阵子才理解她的意思，又花了更长、更加浑身冒汗的一阵子才想明白应当如何回应。

“我现在要亲你了。”我说。

“很好。”

我闭上眼睛，我们的嘴唇碰到一起。我很久没有亲吻别人了，更久没有不带深层动机地亲吻别人。也许从来都没有过。

起初我只是很高兴自己亲对了地方。随后一阵酥酥麻麻的奇特感觉传遍全身，我在坠落，飘浮，飞翔。

我无法呼吸，我也不想呼吸。我想永远停在这儿。

我人生最长也最短的四秒钟过后，埃莉和我分开了。“感觉也没有那么糟糕，对吧?”

“还不赖。”我一边说，一边深吸一口气。我闻到一股味道，让我想起了冰淇淋。“这里种了香草植物吗？还是说这是你的香水味?”

她抽了抽鼻子，那样子可爱得能要我的命。“我不用香水，你一直都在用你卫生间里那种高级香波。”

我摇摇头，“我以前从没闻到这股味儿。”

她笑了，“我猜你以前也没流过这么多汗。香波跟汗水起反应了。”

我真该多留意产品标签。“也有可能只是这里的湿气。”

“如果你不信我，”她一边说，一边又凑过来，“我们不妨回你屋里，我给你看。”

我虽然蠢，但并没有那么蠢。我抓起她的手，一路飞跑回电梯。

我们俩进了我的房间，半裸着躺在床上，直到这时，我才想起避孕的事。埃莉告诉我房间的迷你吧台里有一堆避孕套。我猜想这种深夜里的突发状况在游船上并不算少见。

埃莉知道自己想要什么。幸运的是，她想要的我也想要。

她真是迷人。我希望自己可以与她般配。

完事之后，我们俩一块儿睡着了。她腕带上的嘀嘀声把我吵醒了。我在床上坐起来，看见她去拿镜子前面的制服夹克。她关掉闹铃，这才看见我，于是回到床边，俯下身。

“要去值班了，”她说着，吻了我一下，“一会儿见?”

我不明白她怎么会觉得这是个问题。“你可别想甩掉我，长官。”

她的微笑照亮了整个屋子。“我们都是平民。叫我埃莉。”

“埃莉。”我说。

“伊万。”

那不是我的名字。

她又吻了我，然后离开了。

15

德嘉·索雷斯号——第 6 层甲板，6573 号特等客舱

埃莉离开后 33 分钟

接下来是一件可怕的事情：每次做完爱我都会做噩梦。一向都是这样。就算我之后连续几天不睡觉也没跑儿；只要睡的时间长到可以做梦，那我这一晚就要悲剧了。最初几次，我以为只是因为紧张，那几次体验并不美妙，可是在这之后——在保罗给我安排工作之后——我就没办法无视这种规律了。

这跟我和谁一起睡觉毫无关系，而且内容从来都跟性没有直接关系，而是经常与烤东西有关。我努力不想过于深入地去分析它，而且我肯定不会把这件事告诉外科医生。

这一回，我梦见自己被困在一台微波炉里，在一群机器人的围观之下被烤死。结果我被吓醒了。这倒让我想起来，我要去查一查民用抗辐射药的效力如何。

经过半小时百科全书式的搜索，一无所获，于是我明白根本不知道自己要查什么，而且就算查出来，我也无论如何都看

不懂。我知道自己应该问谁。为了杰米森队长，为了桑塔马利亚船长，为了火灾之后所有进入过 5028 号房的人，我需要问一问。

为了埃莉，我需要问一问。

船壳外面的通信天线能让我接入局里的内部电话系统，不过我对打电话给杰西卡有一点儿犹豫。可话说回来，她远在几十万公里之外呢。最坏最坏，她又能怎样呢？冲我大吼大叫？一定十分酸爽。

我坐在屋子里的办公桌前，挥挥手，唤醒电脑。24 小时读数的时钟显示现在是 0：58。在我们抵达火星之前，德嘉·索雷斯号都会以我们离开的港口所在时区为准，也就是说这里跟华盛顿的时间一样。

我不知道局里的内部听证会都在说些什么。不管是谁在调查我们部门，都用不着亲自拜访我们的办公室。能让行动主管一边歇着的人，他的权限一定足以远程查询任何他想要的数据。我都能在星际空间这么干，那他们在同一座城市里一定也能办到。

我唯一能想象出的审查员亲自前来拜访的原因，就是他们想要面谈，想要审讯。我脖子后面的寒毛炸了起来。保罗、杰西卡，还有奥利弗此刻正在受人威胁，我却不能在那里帮助他们。保罗干吗要把我赶走？他为什么不想让我留在那里？

我知道答案。保罗不想让我留在局里，是因为我是链条上最薄弱的一环。我是他最后一张王牌，是他用来与权势更大的人相制衡的秘密武器，但我也最缺乏经验，最有可能出现意外状况。他不想让我接受听证，是因为他觉得我不能保护好自己，比其他人差远了。

好吧，我在这艘太空游船上孤身一人——没有后援，也没有准备——而且我已经帮忙抓捕了一个杀人嫌犯。我可以放单飞。这是一个机会，我可以证明我用不着依靠鞭笞者、外生和装备专家。

就从我打完这通电话开始。

我花了好几分钟来想办法将我的肩部电话安全地接入桌面电脑。把一块完整的显示器安装进身体里能带来神奇的功效，而且完全不会被人发现，这些优势毋庸置疑，但是长时间盯着一些虚拟存在的东西，我的眼睛很容易疲劳。这次通话如果不能很快结束，那我肯定要煲一个很长的电话粥了。

信息传递时延也是一个问题。前往火星的路程走了快一半，这就是说，从德嘉·索雷斯号发出的无线电信号要花上一百多秒才能抵达地球。这就意味着，我发出的每一条信息，都要等上不止三分钟才能收到杰西卡的回复。

好处是，她没办法像往常那样打断我的话了。

我首先接入我们部门的共享工作空间，看看能不能了解调查进展如何。一点儿也不意外，谁都没有提过调查进展。我怀疑他们没得选。

我开始录制发给杰西卡的视频信息，不喜欢自己的声音，停下来重新录。我来回折腾了起码六遍，这才打定主意，我还是说得越少越好。

“袋鼠呼叫外科医生。我正在通过回波三角发送和接收信息。我需要了解民用抗辐射药的效力。请尽快回复。完毕。”

如果你要干等着被人吼，那么三四分钟真是一段无比漫长的等待时间。我本来还觉得杰西卡有可能在办公室里，不过就算她在办公室里，我也不觉得吃惊。我从来都没有亲眼见她在早上来到办公室，或者在白天结束时离开。有时候我在想她是不是都在体检室里的那张床上睡觉。

不过，让我吃惊的是她竟然高高地盘起头发，还化了十分精致的妆，而且穿了一身露肩晚装。她看起来就像个时装模特。我一时分神，起初竟没听清楚她的话，于是不得不重放一遍她的信息。

“袋鼠，我是外科医生。我不知道你在搞什么鬼，不过既然你是给我打电话，而不是给鞭笞者，那我就假设这并不是真正的紧急事件。而且我也不打算问——不对，其实，我是要问问你为什么要用紧急通信天线。因为有人会注意到这个信号，而且很有可能——”她甩一甩头，吸一口气，“不，没事。我回头会让装备专家教训你的。”

“好——吧——”我咕哝道。*回头再说。*

“要回答你这个有些让人摸不着头脑的问题，”她继续道，

“药效得看我们讨论的是哪种处方，还有病人究竟遭受了哪种辐射。你登船时，游船应该已经给你做过普通辐射预防注射。他们手头上应该有葛尼萨林或者特瑞比坦，不过这两种药并不是对所有类型的辐射都有效。如果你能靠近辐射源，给我发一份扫描结果来。还有，如果受到辐射的人是你，我还要看你的身体传感器日志。尽快发过来！完毕。”

我打包好文档，把它跟一条简短的消息一并发给她。

“外生，我是袋鼠。我正在发送我的扫描结果和体检日志。我们受到了一个破损的粒子发射俘获核心的照射。时间不长。游船上的医生已经用葛尼萨林给我们做过治疗了。对了，你那是什么打扮？你打赌输了还是怎么着？完毕。”

又过了差不多五分钟，我才收到她的回复。我的眼睛亮起来时，我正在厕所里，于是我坐在马桶上看着视频。我以前还没干过更没溜儿的。

“袋鼠，我是外科医生。不许再叫我‘外生’，我又不是你亲戚。”杰西卡一边说话，一边敲击计算机操作台，看都不看摄像头一眼，“另外，我穿这身滑稽的行头是因为我刚从剧院回来——我干吗要告诉你这个？这不重要。审查员们想要在他们跟鞭笞者和装备专家谈话时把我引开。他们以为他们可以把我们分而治之——”她一甩头，“不，这不重要。我需要你告诉我还有多少人受到俘获核心的辐射。我先假设飞船上的医生并不是个彻头彻尾的傻瓜，他除了给你们用过葛尼萨林，还让你们所有人都洗过澡、刷过身体，并且烧掉了你们的衣服。这样能在短期内保护你们，不过你的体内传感器显示，你的骨髓有受损迹象。我应该能控制住。等着我。哪儿都别去。完毕。”

我在厕所里完事儿了，既然我无事可做，那我就一边等，一边又录了一段信息。

“外生，我是袋鼠。听我说，你用不着太担心这个。我既不觉得恶心，也没有掉头发什么的，而且从受辐射到现在都过去整整一天了。看样子我们过去时，俘获核心基本上烧完了，对吧？我觉得这艘飞船并没有用来合成药剂的设备，所以我大概也无能为力吧——我是说，要在我的房间里建化学实验室相当困难。反正你好像还有别的事情要应付。所以你干脆告诉我接下来几天到底要不要，怎么说，避免吃油腻食物之类的，然后我就不打扰你了。

“还有，谢谢你没有告诉保罗。这点儿小事用不着让他来担心。完毕。”

我十分确信杰西卡压根没有听完我的整个信息，因为才过去三分二十秒她的下一条信息就发来了。

“袋鼠，我是外科医生。我需要知道除你之外，还有多少人受到那个俘获核心的辐射，我需要知道他们当中有没有低于十岁的孩子，或者高于六十岁的老人。我还要确切知道那个能量核心当初是谁发布的。八年前我们在军用体内植入物中混合使用过三种不同的测试版俘获核心，你的眼睛分析不出这种细节的。必要的话，回去找找序列码，不用担心额外的辐射伤害，纳米机器人可以修复。完毕。”

我不确定最后一句有没有理解错，于是我重放一遍信息，然后连带着阿兰·沃奇林的服役记录，一并发送了回复。

“外生，我是袋鼠。我把那个俘获核心的所有者——已经死掉了——在军队的档案发给你。档案里应该说明了他何时接受的植入。还有，你刚才说的是‘纳米机器人’？听起来像是说的‘纳米机器人’。可是这不对呀，因为纳米机器人是高度保密且尚在实验阶段的生物技术，而且我走前一天你才刚刚获准给机器人编程。就在一个半星期前。请你说明。完毕。”

她不会打算干我猜她打算干的事吧？保罗绝不可能授权的。而且这怎么可能呢？才十天时间，她不可能在纳米机器人软件方面取得这么大的进展。对有机体动手脚，这跟维护无线网络完全是两码事啊，一旦出了岔子——好吧，这倒未必是世界末日，但是我们局肯定就完蛋了。

如果满脑子胡思乱想，三四分钟一晃眼就过去了。

“袋鼠，我是外科医生。档案收到，我还要做进一步的研究，不过我应该能从档案里找到我需要的东西。还有，是的，我说的是纳米机器人。我正在给机器人重新编程，来修复你受辐射损伤的身体组织和染色体，并且杀死一切有可能癌变的细胞，避免它们扩散。代码就快准备好上传了。哪儿都别去。等我的确认指令。完毕。”

好吧，这就有点儿荒唐了。

“外生，我是袋鼠。让我把这事弄明白。我放了十天的假，而你都能治疗癌症了？完闭。”

“袋鼠，叫我外科医生！我这正忙着呢，而且这也不是治疗，这只是分诊。机器人要花上好几个星期来定位并摧毁所有受感染的区域。你有的是时间，但要是再晚一天，其他人所受到的伤害就会大到无法应对，所以我必须想出办法，好让你去救助那些同样受到辐射的平民。这事一发生你就该给我打电话了。现在你只要等着。”

她都没有说“完毕”，直接一拍键盘，就结束了通话。

“外生，我是袋鼠。我很抱歉，问了这么多问题，但是我从没料到你竟能用我血液里的小机器人治疗癌症。”有时候我都怀疑杰西卡究竟是不是人类，“这帮机器人干活时会有什么副作用吗？我会有感觉吗？它们有没有可能动错地方，比如，怎么说呢，把我的肾摘了之类的？完毕。”

又过去近六分钟我才收到她的回复。她正直勾勾地盯着摄像头。

“袋鼠，我是外科医生。你什么都感觉不到。纳米机器人会一个一个地操纵你细胞里的分子，都是些微观层面的变化。大部分工作都是在避免进一步的损伤。这也不是新科技，医学界研究肿瘤检测与预防已经一个多世纪了。”她的眼睛略微有些失焦，“我进局里之前有过一些经历。我曾经花了二十年来开发分子改变药剂。这类机体修复技术是我给科学部提案的核心内容。要不是他们把每一个细节都问了一遍，这项技术早在几个月前就该投入使用了——”她打住话头，深吸一口气，抬起一只手，然后吐出气来，“不，这事儿过去了，我们正在继续前进。

“这回发送的信息里包含了新的纳米机器人程序。你的肩部电话这会儿应该正在解压程序，并且向机器人发送信号。保持这个频道畅通，以防需要重新获取某些数据。过几个小时我再跟你联系，到时候再讨论平民的问题。完毕，通话结束。”

16

德嘉·索雷斯号——第3层甲板，巴松自助餐厅
与外科医生愉快谈话后6.5小时

早餐时间刚过，游船总监罗根通过扩音器一遍遍重复警报，要求确保所有松散物件还有孩子都安全地固定好。随后，德嘉·索雷斯号抵达航程中点。广播的声音顺便把我及时吵醒，好让我在早餐服务结束前赶到自助餐厅。

在零重力环境下看护四千个乘客可不是件轻省活儿。整整一天时间里任由他们在整艘游船里飘来飘去纯属自找麻烦。这也是某些区域被封闭的原因，而且德嘉·索雷斯号上大约两千名船员似乎每一个人都在执勤，在每一个游客可能想去的地方站岗，随时准备在失重环境下帮助游客四处活动。简直走哪儿都没办法甩脱他们，不过这是乘船旅行合同的一部分：在中途，人身安全高于个人隐私。

罗根完成最后一遍广播时，我刚好喝完早餐咖啡——考虑到失重情况，咖啡被装在一个密封的饮料球里。先后有三个船

员走过来提供免费的失重连袜便鞋，免得我们把鞋子落在房间里。我对他们回以微笑，并且向他们炫耀我的红白两色、带黏性后跟的鞋子。他们又建议我租一台摄像机器人，用来跟着我记录下自己的失重冒险。我礼貌地拒绝了，没人想看我一整天都在胡乱踢腾。

刺耳的警报声持续鸣响，一分钟后，我们将失去重力，在我们四周，红色的灯光温和地亮起来暗下去，让大家注意地板——地板很快也会变成一堵墙。船员们领着我们开始倒计时，我周围的游客有一半看起来忧虑重重，另一半则跃跃欲试。

“三……二……一……零重力!”

起先有一点儿不好的气氛，我旁边的几个孩子跳起来又落下，因为没有飞走而感到失望。完全关闭主引擎大概要花一分钟时间。随后几百人体验到了他们期待已久的人生中第一次零重力，整个用餐区都充满了尖叫声、欢呼声和哎哟声。德嘉·索雷斯号上的游客离开“魔豆”后，只在“天空五号”上逗留了几个小时；而这一回他们要经历一整天的晕头转向，或许还有惊慌失措。

船员们在人群中穿行，防止人们飘走。地板上的栗色条带，我本以为只是装饰，其实是魔术贴带：一种摩擦力很强的材料，能抓住鞋子和袜子，把人固定住。

我环顾着一片喧哗与骚动，过了几分钟，又把心思重新放回我从昨晚一直拖延到现在的烦心事。

我不知道杰西卡要花多久才能找到治疗辐射伤害的方法，好让我转交给船员，不过我知道我一个人搞不定这件事。光是追踪到特定的船员就需要查看人事档案。

不行，要做到这一点，我必须得忽悠一名官员给我支援。除此之外，别无他法。我不知道我要怎样才能做到，但是杰米森可以。她责无旁贷，要是我能把她说服，那这事儿就成了。

我只需要说服一个上过战场的外太空部队老兵——同时也是个有经验的情报特工——让她相信她应该叫她的几个船员同事接受我给他们做些怎么看都像是活体实验的治疗。

对，小菜一碟。

嗯……不知道自助餐区这会儿有些什么菜——

“罗杰斯先生？”

一听见杰米森的声音，我猛一转头，不过这个动作把我甩出了座位。我用手指尖抓住桌沿，在半空飘了一会儿，这才搞清楚自己的方位，把两只脚收回来，踩到魔术贴带上。我的左手本来捏着餐盘一角，这会儿也脱手了，差点儿让餐盘飞了出去。我赶紧用另一只手抓住它。我把餐盘重新安放在高强度摩擦桌面上。

杰米森就在我面前，两只脚固定在餐桌另一边的魔术贴带上，脸上挂着我已然十分熟悉的不耐烦的不悦之色。有两个我并不认识的警卫飘在她身后，他们都抓着用餐区周围花盆上焊着的把手。和其他船员一样，他们也把平时的制服换成了零重力连体服。

“你来这儿干什么?”我想都没想，问道。

“伊万·罗杰斯?”杰米森更加强硬地说，同时更加恶狠狠地瞪着我。

好吧，队长，我就陪你演一出。“是的，是我。呃，有问题吗?”

她一挥手，让那两个警卫上前。“跟我们走一趟，罗杰斯先生。我们想跟您私下谈谈。请吧。”

那两个警卫看起来不像是在开玩笑。我身子前倾，压低声音，问：“要不要我在这儿弄出点儿动静来?”

“不用，先生，”杰米森大声说，“只管跟我们走一趟，问题会解决的。”

他们领着我离开用餐区——杰米森在前，我和一名警卫在中间，另一名警卫殿后。在其他游客的窃窃私语中，我们顺着走廊朝一扇员工大门飘去。我努力回想，从昨天起到现在，有没有给自己惹上别的麻烦。我们进入一个“闲人免进”的区域，门一在我们身后关上，我就问：“好啦，这演的又是哪一出?”

杰米森挥手让两名警卫离开，他们俩似乎很高兴能甩掉我们，直奔电梯。“来这边。”

我努力抑制住自己想要回答“其实我想走那边……”的冲

动，努力想要跟上她，却成效甚微。

这里的地板和墙壁表面上并不像游客舱段那样铺着魔术贴带；相反，这里每隔一米左右就有一个把手。不知道为什么，我就是没办法在零重力环境下顺顺利利地通过这段走廊。

我错过了六七个把手，把四面墙都撞了个遍，直到杰米森停下来转过身。她抓住我的衣领，把我拖进了电梯。

“谢谢，”我说，“这可真费劲。”

“这不是演杂技，”她按下一个按钮，电梯门关上了。“放轻松，动作小一点。”

“没错。咱们现在能说话了吗？刚才是怎么回事，连警卫都带上了？”我问。

“刚才的那一幕，真是抱歉了。”她说，“我必须把你带离有游客的地方，还不能让任何人觉得你很特殊。”

听起来不太妙。“出什么事了？”

“大卫·沃奇林醒了，”杰米森说，“但他说他什么都不记得。”

“因为精神分裂症发病？”

“不是。索尼医生说沃奇林在我们进入太空的第一天就睡着了，一直到今天早上才醒过来。”

我皱起眉头，“他整整睡了两天？”

“索尼是这么说的，”杰米森说，“他做过血液检测和基础脑部扫描，没有发现任何异常情况。他没有发病。医生还说沃奇林的血糖水平和其他身体指标，都跟两天没吃饭、长时间睡眠的表现一致。”

“你不相信。”

“要么是他梦游的时候不仅连杀两人，还一路走进了救生船，要么是他在撒谎。”杰米森厉声道，“哪种情况更有可能?”

电梯“叮”的一声，门开了。“那么，你干吗要告诉我这些？还有我们这是去哪儿?”

“医务室，”杰米森说，“医生不肯再给沃奇林开药，所以我需要用你的眼睛来当一回测谎仪。”

我冲她笑了笑，“你需要我的帮助。”

杰米森把我推进电梯，“要是你让人不可忍受就算了。”

“我向你保证，够你受的。”

“我已经后悔了。”她咕哝道。电梯门关上了。

其实这算不上审问。大卫·沃奇林起初既茫然又不肯配合，可是在杰米森的连番提问下，他很快就崩溃了。我的左眼能够检测基本的生命体征——体表温度、心率和呼吸——并且能运行软件，分析某些可能为了撒谎而做出的无意识反应。这家伙一样都没挨上。

大卫只知道自己在特等客舱里睡着了，醒来时就在医务室里，被约束带绑在检查床上。杰米森告诉他，他的家人都死了，他就彻底崩溃了。她再接再厉，又向他展示了救生船里那把带血的刀，于是大卫像孩子一样号啕大哭。

我的眼睛证实他没有作假。我心里一沉：杀人犯还在船上，而我们完全不知道可能是谁。

“出什么事了，队长?”我听见索尼医生在喊。

他被大卫·沃奇林惨烈的哭喊声召唤过来，飞过拐角，简直是撞在我旁边的墙上，他竭力抓住一个把手，让自己停了下来。我往旁边一闪身，结果跟杰米森撞了个满怀。装着刀子的证据袋从她手中飞脱出去。

刀子朝医务室飞去，我和杰米森一起伸手去抓，结果我俩的胳膊撞到了一起。她用胳膊肘把我推到一旁，一把抓住刀子。

“搞什么!”她说。

“抱歉，”我说，“零重力嘛。不过你看到了吧?”

大卫连头也不抬一下，整个身体因为大声痛哭而抽搐。

“是啊。”杰米森看起来并不高兴，我很确信这绝不是因为她感到同情。

“出什么事了?”索尼恶狠狠地瞪着杰米森问道。

“只是不得不问他几个问题。”杰米森说。

“你现在问完了吗?”

“我们完事了，”杰米森叹了口气，“他没有杀人。对吧，罗杰斯?”

“对，”我说，“我猜这是个好消息。”

“不幸的是，我可能有些坏消息。”索尼说。

杰米森皱起眉头，“什么消息?”

“十分钟后，我会在简报室里汇报，”索尼说，“船长也会想知道的。”

“好吧。”

我跟着杰米森出来，朝电梯飘去。这一回她不必拖着我，不过我还是比她慢了足足十五秒。是这些把手就这么小，还是我的手真的那么大?

我一进去，杰米森就按下电梯按钮，然后从腰带上抽出一个小罐子递给我。“你会用这个吧?”

我把它拿在手里翻来覆去地把玩。那东西看起来像一个脆弱的指节套，用铝铸成，手掌位置有一个细细的圆柱体。食指和中指的护指之间伸出来一个喷嘴。

“手持推进器，对吧?”我说。

杰米森点点头。“拇指上的开关是半自动的。不管你是不是一直按着，它都只会喷出一股短促的压缩氮气，后坐力会把你往后推。不许把它对着人，这里面有两百个大气压呢，气体喷出时的速度高达五十米每秒。”

“没错。我干吗要用这东西?”

“方便你在飞船里四处活动。我受够了看你在零重力环境里笨手笨脚的样子。”

“我又不经常在外太空里工作。”

“谢天谢地。”

17

德嘉·索雷斯号——B层甲板，高级船员的简报室
重新获得重力前傻乎乎的16个小时

我好像穿得太随便了。简报室里其他人都穿着光鲜的连体服，上面还带有五颜六色的等级徽章和部门标志。桑塔马力亚船长、加尔布雷斯指挥官和杰米森队长都穿着火星公主游船公司标准的海军蓝金两色制服；游船总监罗根的衣服是惹眼的橙黄两色；索尼医生则用红色和白色表明他的职业身份。我穿的是牛仔裤和一件褪色的T恤。

杰米森汇报了目前每个人的工作进展："索尼医生、罗杰斯先生和我都对大卫·沃奇林做了检查，我们都认为他没有撒谎。"

"怎么可能？"加尔布雷斯问。

"这是一个价值六万四千美元的问题。"桑塔马利亚说。

"我老是听不明白你要说什么。"杰米森咕哝道。

"那是个电视知识竞赛节目，"我说，"你知道，就跟《21

点》或者《危险边缘》差不多。”

杰米森瞟了我一眼，“你真会帮忙。”

“我想我有个答案。”索尼说。他戳了戳会议桌，清空显示屏，然后拿起一个塑料袋，里面装着两个药瓶。“这是之前大卫·沃奇林拿的药：斯提洛梅因和达拉辛，标准的精神分裂症药方。”

他打开口袋，掏出一只瓶子，把它递给罗根。“罗根先生，请从这个瓶子里倒出一粒药片。”

罗根拧开盖子，轻拍瓶子，三粒圆形的黄色药片从瓶子里飘了出来。他用拇指和食指捏住一颗药片，又把另外两片舀回瓶子里，重新旋上盖子。

“那个瓶子上的标签写的是‘斯提洛梅因’，”索尼说，“一种抗精神病药。而这是用药说明。”

他敲敲桌子，调出一份矩形的文档、一个旋转的分子和一张照片。他点了点那张图片，将它放大：是一正一反两粒药片，上面还有数字。

图中的两片药是椭圆形的，不是圆形。

“这些药不对，”罗根说，“形状错了，编号也不一致。”

“会不会是未注册商标的药品？”加尔布雷斯问。

“我本来也这么想的，”索尼说，“可是药瓶上的商标并不是这样。而且我比照这些药片的模样，查询这究竟是什么药时，结果却让人糊涂了。”

他又拿出一份药品记录，上面显示的是罗根手里拿的那种圆形药片。文档里的几个关键词跳进我的眼帘。索尼说得对，这是个坏消息。

“苯环己哌啶，”他说，“原本是一种静脉注射麻醉剂，在二十世纪遭到滥用。大剂量使用会造成精神分裂症患者紧张。”

杰米森说出了我想说的话：“操!”

桑塔马利亚打了个响指，“艾瑞卡，我需要检查乘客背景，找出谁跟沃奇林一家有联系。”

“是的，长官。”加尔布雷斯一边说，一边踢一脚简报桌，让自己朝后退去。她在半空中一转身，最后头朝前方，飘向门口。

“一个精神分裂症病患怎么会不知道他拿错药了呢?”我问。

“就像加尔布雷斯指挥官说的那样，未注册商标的药品往往跟有商标名的药品长相不一样，”索尼说，“可是我担心这是一场有预谋的骗局。这些药瓶并不是药房里印的；条形码也是假的，没办法扫描。有人想让大卫·沃奇林吃错药。”

“医生，我要你再对大卫·沃奇林做一次药物筛检，”桑塔马利亚说，“确认这些药物曾在他体内存在过。”

“都过去两天了，”索尼抗议道。这时他看见桑塔马利亚眼中的怒火，“我们会尽力的，船长。”

“谢谢你，医生。”桑塔马利亚用手指像敲鼓一样敲着桌子边缘，索尼收起那一袋药品，朝电梯走去。

“杰夫，”过了一会儿，桑塔马利亚说，“我们要怎么处理这件事？”

“我们不能通知游客，”罗根说，“尤其是这个时候。零重力环境下，一旦发生恐慌，根本没法控制。”

“同意。”桑塔马利亚说。

“我们不知道杀手的目的是什么，”罗根继续道，“杀死艾米丽和阿兰·沃奇林，又栽赃给大卫，也许他已经达成目标了。可如果这就是他的全部目的，那他大可以一直等到旅程终点，到时候我们抓他的时间就更少了。”

“也就是说，他还没完，”桑塔马利亚说，“我们必须查出他的下一个目标是谁。”

“我应该去帮助艾瑞卡，”罗根说，“交叉比对船上的活动。我们要先查那些没怎么活动过的乘客，那些从来没有在公共场合用过餐的人。凶手应该需要时间掩盖自己的踪迹。”

“去吧。”桑塔马利亚说。罗根一转身，飞出简报室，向舰桥飞去。

现在简报室里只剩下船长、杰米森和我了。

“罗杰斯，”桑塔马利亚说，“我需要你与我们共同的朋友取得联系，授权解密阿兰·沃奇林的完整服役记录。”

我一打开通信天线，就看见一条信息正等着我。我眨眨眼，关掉提醒。只有晚点儿再处理它了。

我直接给保罗发了一封经过加密的文本信息，要求获得解密记录，非常模糊地解释了我为什么想要这些信息。然后我朝杰米森转回身来，她正一个人抱着胳膊，低头看着桌面电脑显示器。我猜船长已经回去处理别的工作了。

“我过半个小时再查看回复。”我说，“我们现在要干吗?”

杰米森蹙着眉头，“你爱干嘛干嘛去。等你收到文件，找个电话，打给安保部门。”

“不管你要做什么分析，我都能帮上忙。”

蹙眉变成了翻白眼儿，“我没时间跟你解释这个。”

“我学东西可快了。我只要站在你身后看着就能——”

“让我换个说法，”杰米森说，“如果你不在旁边一直烦我，工作进展会快得多。你收到文档再回来。”

局里从来都不会羞于宣称他们之所以留着我就是因为口袋。可是听别人把这话说出口来还是让我十分恼怒。

“好吧，”我说，“我尽量不喝太醉，毕竟除了喝酒，我也没什么事可做。”

我离开房间时，她连眼皮子都没有抬一下。

我有些受够了不被当人看。与众不同并不总是意味着比别人更好，我从变成孤儿时起就明白这一点了。刚发现口袋时，生活好像一度变得有意思起来，而如今我好像又陷入了一成不变的境地。

这话听起来有些古怪，我觉得我在战时其实挺开心的，那时我不能外出利用口袋执行任务，于是为了保住我在局里的位置不得不掌握许多别的技能。不过，如今我放假了，我应该别老想着工作，开始找点儿乐子。

只要我能弄明白有什么“乐子”可找。

我的眼睛里重新跳出一条提醒，告诉我通信天线的缓存里还有一条待处理信息。不妨现在就处理一下吧。我来到一间没人的楼梯井里，打开视频。

是杰西卡。“袋鼠，我是外科医生。请尽快回复。完毕。”

她的话似乎比平常还要少。我向她发出实时连接的请求，没过五分钟，她就回复了。她穿着平时那件白色的实验室大褂，里面是一件普通的蓝色衬衣。她的办公桌上有一只大马克杯，杯子里盘旋着升起半透明的灰色蒸汽。

“我查明阿兰·沃奇林的俘获核里用的是哪一种放射性同位素了，”她连一句开场白都没有，“我有办法解决辐射治疗的问题，不过需要你那边做一些工作。而且你不能告诉任何人。”

“要是我不能告诉船员，那我要怎么给他们治疗？”我自问道。

“我知道这样一来，事情会更加棘手，可是你必须想办法。”杰西卡看向摄像头，感觉就像是她在直勾勾地盯着我，“你必须做到。我们这是要救人性命。收到请回复。完毕。”

“外科医生，我是袋鼠，”我说，“我肯定得跟这些人说点儿什么。我总不能连一句解释都没有，就让他们打针吃药或者随便怎样，对吧？我只需要编造一个故事。完毕。”

“袋鼠，我是外科医生。不行。”她说话时咬牙切齿，像是在诅咒，“这次行动没有任何记录，完全是暗中行事。一旦走漏风声，你就说这全都是我的主意。留着这段录像，作为军事法庭上指控我的证据吧，我不在乎。

“现在听仔细了。你的急救包里有一个血液采样器，就在口袋里。把它拿出来，然后找一台离心机，再弄些非常昂贵的烈酒。要在二十四小时内完成任务。如果等得太久，组织损伤就会严重到无法修复。收到请回复。完毕。”

我大概明白她想让我干什么了。这样做不光是不对，而且完全是在发疯。

“外科医生，我是袋鼠。求你告诉我你并不想让我干我以为你想让我干的事，”我说，“完毕。”

“我他娘的怎么知道你在想什么？”杰西卡回答，同时穿越时空冲我翻了个白眼儿，“而且我不是想让你干，袋鼠。我告诉你，如果你不照做，要不了十年，所有遭到那个俘获核辐射的人都会因为体细胞突变患上某种癌症。收到请回复。完毕。”

飞船上还有个在逃的杀人犯，她却想要我玩一个寻宝游戏？然后让我在平民身上使用尚在实验阶段的生物技术？这可比我这辈子想过的任何主意都要糟糕。而这足以说明很多问题了。

“好吧。我就不表示反对了，可是我们眼下真的在讨论这个吗，外生？而且不管怎么说，对平民使用这项技术怎么可能说得过去？完毕。”

“是的，我要说的正是纳米机器人。你接下来要分离出一部分机器人来，我要对这些机器人重新编程，让它们能在你身体之外工作 30 天。这样，再加上标准的治疗方法，时间上应该足以治好所有重大的辐射伤害。一个月后，纳米机器人的硬件故障保护装置就会把它们关掉，之后肝脏会把它们代谢掉。到时候即便有人想找些蛛丝马迹，也不会找到任何纳米机器人存在过的证据。

“我不能命令你实施这次行动，”杰西卡说，她脸上的表情变得温和，“可是这正是我们当初创造纳米机器人的原因，我们在“绝收之年”后没有撤销研究项目的原因。这项研究的潜在收获极其丰厚，我们可以利用这项技术精确而且可靠地修复任何活体组织，我们可以用它来挽救许多生命。

“只有你才能做成这件事情，袋鼠。除了你，没人能帮助这些人抵制辐射伤害。这是他们唯一的机会。而且一旦过了二十四小时，就算是你也救不了他们。”

我甩甩头，努力想要忘记浮现在我脑海中的名字和脸庞：桑塔马利亚船长，杰米森队长，消防部门船员，其余每一个曾经进入那间着火的特等客舱的人。

埃莉。

“我一会儿再跟你联系，告诉你完整的操作步骤。去拿装备吧。完毕。通话结束。”

真是活见鬼。

与众不同并不总是意味着比别人更好。独一无二意味着要承担别人无须承担的责任。只有我才有可能完成这项任务，而且只有这样做才能救大家。我不能对此无动于衷。

我飘进楼梯井，先是在想我要怎样才能弄来一台离心机，然后绞尽脑汁另想他法。过了十五分钟，我放弃了。除此之外，其他办法都太花时间，无法操作。

我只好对昨晚和我一起睡过的那个女人撒更多的谎了。

18

德嘉·索雷斯号——B层甲板，船员楼梯井

我的纳米机器人再也帮不了这帮平民之前23.5小时

和游客区不同，德嘉·索雷斯号的船员舱段既没有巨大的指示标志，也不会每隔几米就出现一张显眼的地图，更没有巨大的触摸屏信息亭，用来帮助人们找到离他最近的酒吧或者他想去的其他消遣场所。火星公主游船公司一定训练过船员们读懂喷涂在墙壁上的字母数字混合编码的含义。甲板编号很好懂，但是其他部分就不容易解读了。我还记得之前在主轮机室里看到的编码，但我沿着楼梯井来来回回走过好几趟，又在其他舱段里东张西望，这才搞明白其中的规律。

从楼梯井出来之前，我先从口袋里掏出我的国务院伪造证件。我的大部分假证件都只是普通的卡片或者徽章，拿来在警卫或者接待人员面前晃一晃，看起来足以乱真。因为这一招经常会用到，所以这些证件其实都跟一个详尽的伪造身份绑定在一起，而这个伪造身份足以经受最严格的背景审查。这是为了以防万一。

主轮机室巨大的大厅俯瞰着我之前参观过的离子井。我一进入主轮机室，一个身穿连体服的船员就前来跟我搭话。他的名牌上写着“XIAO”。“先生！我很抱歉，先生，您现在不能进来。”

我举起我的冒牌身份证件，说：“我需要跟轮机长加维兰谈谈。”

这人睁大了眼睛。他看看我的证件，再看看我的脸，然后又来回看了几遍。“出什么事了吗，罗杰斯先生？也许我能帮助您?”

我稍微考虑了一下，要不要忽悠这个家伙，而不是欺骗埃莉。他看起来很年轻，肯定没有我大，没准儿刚从军队或者商贸学校里出来。从他在我亮明身份后的反应来看，有可能是前者。如果我能从他这儿拿到我想要的东西，那我就不必对埃莉撒谎了。

可是我想再见到她。何况我已经对她撒下了弥天大谎，在此之上多一点善意的谎言又如何呢?

“谢谢你……嚣?”我不太确定这名字该怎么念。

“晓。”他说。

“哮。”我尽力照样重复念了一遍。

“晓。”

“淆?”

“很接近了，先生。”他的表情却在叫我放弃努力，“我能为您做些什么?”

我把证件塞回牛仔裤的屁股兜里，“我只想跟轮机长谈谈。”

晓点点头，“好的，先生。要我怎么跟她说呢?”

“就说是光合作用的事。”

晓咧着嘴，整张脸都亮了起来。“对了！我刚才就觉得您的名字有点耳熟。加维兰轮机长说她昨晚和一个年轻人在植物园里开开心心地散步来着。”

我一边消化这个消息，一边冲他眨眨眼。“就是说，这事儿，呃，传开了?”

“只有上层的人知道。今早例会时，她提了一句。”

“啊。”

“我挺喜欢植物园的。非常浪漫。”晓举起左手，让我看他无名指上的银戒指，“我就是在那里向我丈夫求婚的。”

“恭喜!”我不由自主地说道，“对了，只是出于好奇，关于昨晚的事情，加维兰轮机长还说什么了?”

晓冲我一挤眼睛，“别担心，罗杰斯先生。她不是那种亲个嘴儿都要昭告天下的人。请在这里稍等。”他一蹬地板，转身朝一个控制台飞去。

我注意到他刚才其实并没有回答我的问题。我努力做出一副事不关己的样子，四下打量这个舱室，看看这会儿还有没有其他人在看我。

大部分轮机组船员都背着小型的喷气背包。背包肩带和腰带都跟他们的连体制服颜色一致，不过我能看见和听见那些蓝白色的小小烟柱。正是这些烟柱推动着他们在这个开阔空间里四处移动。也许是某种压缩气体，就像杰米森给我的那个手持推进器。我认识一些宇航员，他们能够穿着宇航服表演一整套杂技动作。这些工程师虽然没有那么优雅，但他们很会让自己始终待在一个地方，而这也是喷气背包最主要的使用技巧。所有在重力环境下无足轻重的身体抽动和姿态变化，一旦在失重环境里就会推着你四处乱飞。

一阵嘶嘶声引起我的注意，于是我抓住墙上的把手，转过身来，看见埃莉。她正在控制左手上的操纵杆，让她自己停在我跟前。

“你好呀，陌生人，”她微笑着说，“你知道你不该来下面的，对吧?”

“我就是没办法远远待着，”我回以微笑，却没有伸手碰她。因为一旦起了个头，我肯定不想停下。“我听说街坊四邻都在谈论咱俩的事。”

“真是抱歉。我的同事们就喜欢八卦，”她耸耸肩，“他们并不常出去。”

“也对。听我说，我需要你帮我一个微不足道的、跟轮机工作有点儿关系的小忙。”

她两眼放光，利用喷气背包降到与我平视的高度。“听起来很有意思。”

“是呀，你听都没听说过，”而且我也不能告诉你，“我要借一台离心机。”

她脸上的微笑僵硬了一瞬间。“一台离心机。”

“就用，大概，一个小时左右。”

“这个请求存在太多需要解释的地方，”她说，“我简直不知道该从何问起。你干吗需要一台离心机？”

“这就有点儿说来话长了。我猜你不会就这么相信我吧？”

我们俩互相对视了好一会儿。她的确相信我——我看得出来——但也只到一定的限度。这很合理。她才认识我一天，而我跟她说过的最私人的事情就是我对咖啡的长久热爱。算不得深藏心底的阴暗秘密。

“你真的要用离心机？”埃莉问。

我心想要不要撒谎，但还是决定说实话，“是的。”

“你要用它甩什么？”

好吧，这下我得撒谎了，“我不知道。”

她皱起眉头，“行了，我得把这事问清楚，伊万。”

在我下来这儿的路上，我想了一个很荒唐的故事。我本来希望自己用不着把它讲出来。我通常并不会自己编故事，而且这个故事相当鬼扯。不过这也正是局里教我们的：谎话越没溜儿越好。如果可以，就逗得目标哈哈大笑。要引起她的同情，但又不能直白地向她求情。鼓动她看低你。

“我打了个赌，”我说，“在酒吧里，跟一个搞化学的。”

埃莉抱起胳膊，“你跟他打赌你能从轮机室里弄台离心机出来?”

我装模作样地叹了口气，像是我正打算吐露一些无比尴尬的故事详情。“你知道今天的推荐酒水吗？叫‘失重足球’。”

“我并不怎么喝酒。”

“哦，是今天的神秘酒水。酒吧每天都会给不同的酒打广告，因为卖酒水是最赚钱的——”

“我知道游船上做生意的风格。”埃莉说，“所以你贪杯喝多了，然后打了一个傻乎乎的赌?”

“不是，”我说，“我是为这种酒打了个傻乎乎的赌。”

她又笑了。这是个好兆头。“快告诉我。”

我竭尽全力冲她摆出一副可怜巴巴的样子。“因为是神秘酒水，所以服务员和酒保都不会告诉我们这酒究竟有哪些成分。那个化学家觉得他能分辨出至少两种不同的酒。但是我认为船员肯定会怎么简单怎么来，因为他们一整天下来，要调很多杯酒。我猜肯定有某种预先调好的风味包——能让酒的口味比实际情况更丰富，对吧？这样也比调制多种酒水来得便宜。”

“我还在等着听你说离心机的事呢。”

“哦，酒吧里的那个家伙——那个化学家——说他可以分析那种酒的成分，前提是我们能用——他好像是说‘特定的重力’——来把它们分离出来。”

“等等，”埃莉说，“你们讨论的是一种酒精溶液。在做任何有效的分析之前，你们都得先把大部分水分蒸发掉。”她眯缝起眼睛，“你可别告诉我，有一名乘客在自己的房间里组装了一台蒸馏器。”

“我也没有多问，”我说，“说实话，酒吧里太吵了。我猜有些家伙喝得太多了。”

“让我闻闻你的口气。”

我猛地用空着的那只手捂住胸口。“你让我伤心了，长官！我的精神和身体都很正常。”

“这是要检查你喝没喝醉，才不是测试你可不可爱。”她按了几下喷气背包上的控制按钮，让她自己轻轻地向我靠近。附近没有把手，我无处可逃，而且说实话，我也不想逃。“我想知道你究竟醉成什么样了。”

“这个——”

不等我嘴里再冒出一个蹩脚的借口，埃莉就吻上了我。

她闭着眼睛，我却疯了似的打量四周，看有没有人在看我们。幸好，埃莉很聪明：她带我拐进控制台和侧面一扇检修门之间的空当里。我们完全躲到了主轮机室其他人的视线之外。

那就享受吧，袋鼠。

我也合上了眼睛。她的双唇无比柔软，她的舌头与我的舌头共舞。我还远没有想要结束，她就离开了我的嘴唇。

"嗯——你还不错。"她微笑着说。

"你确定你不想复核一遍?"我问。

她一拍我的胸口，把她自己向后推去。"我一会儿让人送一台移动式离心机到你房间。"

"哦，我自己搬就行，"我说，"我知道今天所有人都非常忙。我可不想打扰别人的工作。"

埃莉皱起眉头，"那可是一台大机器。"

"今天失重嘛，肯定挺有意思的。"

她摇摇头，在腕带上按了几下。"随你的便吧。不过要是把它弄坏了，你就得把它买下来，先生。"

"我会小心的。你知道，我的手可巧了。"

她脸红了。"好吧，现在你该离开这儿了，捣蛋鬼。你知道飞船的仓库在哪儿吧?"

我不知道。她告诉我怎么去上面的某层还原甲板，还告诉了我出借申请的号码，要我跟库管员重复。

"另外，"她说，"我今天1800时下班，也就是晚上6点钟。而且我一直到午夜之前都有空。"

我竭尽全力让自己的咧嘴傻笑只是看起来很傻，而不像是吃了坨屎。"晚上吃什么，你已经有打算了吗?"

"什么，没有，我还没想呢，伊万。"

我努力回想着船上最棒的那家餐厅的名字。"你尝过那家叫'丝绸啥啥'的餐厅吗?听说是新开的。"

埃莉的两条眉毛都快从脸上飞起来了。“你是说‘丝路盛宴’吗?”

“就是那家。七点怎么样?”

“我觉得这么晚不一定能订到座位。”

“让我来操心吧。”我自信梅特兰总统和他的兄弟们能帮我们开路。

“那随便你，”她按了按喷气背包的控制按钮，慢慢地转过身去，“七点半吧，我好多一点时间准备。”

她又回过头来，隔着肩膀冲我微微一笑，让我一阵目眩神迷，然后飞走了。

我飘飘悠悠，既是字面意思的也是象征意义上的，来到飞船上层的仓库。库管员意味深长地看着我，但是他并不打算跟轮机长在出借申请上的签字争辩。他取出离心机——离心机的巨大包装里还填充有衬垫。这是一个各边都长约一米的立方体。我费力地把它搬过走廊，直到确认没有人看见，然后默想一条带锯齿形图案的彩色毛毯，轻轻一推，就把离心机推进口袋。

零重力！有意思。我开始思索该穿什么衣服出席今晚的美妙晚餐。我可不能让她看见我一连两天晚上都穿着同一件礼服。而且我相信，埃莉到时也不会穿身制服的。

我从电梯出来，一头撞见杰米森，差点儿犯了心脏病。

“你他娘的在干什么?”她问。

“去火星?”

"你怎么还在船员舱段?"她一字一顿地说。

"不然我去哪儿?"

"你是在一艘该死的游船上，罗杰斯，"杰米森说，"有十五层甲板的娱乐设施供你们这些游客随时玩乐。"

"我跟你说过，我不是游客。"

"所以你就在这儿四处转悠，看人干活?"

这大概算不得我能想到的最好解释。"你是说我在这儿不受欢迎吗，队长?"

杰米森瞪着我，"她这会儿在工作，所以你不能去找她。"

"谁在工作?"

杰米森抱起胳膊。"你知道'度假期间的风流韵事'是什么意思，对吧?"

我可不喜欢她这样夹枪带棒地说话。"当然。实际上，我刚在散步区的书店里买了一本《苏格兰人爱美女》。等我看完了借给你?"

杰米森翻了个白眼儿。"算了。你拿到沃奇林的档案了吗?"

我眨眨眼，调出通信记录。"还没有。"保罗一定正忙着呢；像这样的常规请求不该等这么久还没处理。"你的调查进展怎样?"

"我们吃午饭时再讨论。走吧。"

"这是不是说，你想要我帮忙?"

"先吃午饭，"她说，"饿着肚子我可没法对付你。"

19

德嘉·索雷斯号——第 17 层甲板，船员食堂
我动手给平民注射实验生物技术产品前 8 小时

船员食堂似乎比昨天拥挤许多，不过我很快就明白了，这是因为食堂里到处都站着人，包括墙面和天花板。零重力环境下，每间屋子都可以有六个地面。

这里的午餐跟游客自助餐区供应的差不多。每个人都可以从今日供应的午餐中选择一款：“阿波罗号”，最早的太空旅行者吃的那种装在管子里的脱水食物；或者“发现号”，密封在塑料餐盘里、相对传统的菜品。只要在宽谱光炉里加热三十秒，一大块黄色砖块就变成一道虾仁玉米餐，让你可以像个真正的文明人一样用勺子舀来吃。

杰米森抓起两盘食物和一只空饮料球，用炉子加热这两盘食物，同时在自动咖啡机上把饮料球灌满。我拿了一个鸡肉馅的炸玉米饼，一边等它加热，一边环顾整个食堂。

船员们这会儿一定已经知道这起谋杀案了。有这么多人参

与清理辐射的具体工作，桑塔马利亚也压不住这件事情。真是让人提心吊胆。

杰米森领着我来到一张空桌子，我们俩隔着桌子对“坐”。在零重力环境里，处于放松状态的人体会自然蜷成一种半蹲着的姿态。我小心翼翼地打开食品包装，吹散封在塑料包装里的蒸汽。

“我们需要阿兰·沃奇林的档案，”杰米森说，“罗根正在全面检查飞船上的安保记录，可是如果杀手早在我们出发之前就策划行凶，那他们肯定不想被看见与沃奇林家的人有任何互动。我们需要背景信息，来跟我们的游客记录做交叉比对。”

“我一从办公室里得到回信就会告诉你，”我说，“你有没有调查过别的线索？你想让我跟其他人谈谈吗？我可以用我的眼睛——”

“我们并不是看不上你的帮助，罗杰斯，”杰米森说，“可是在接下来四天里，船上所有人，包括你在内，都要待在这里。你已经在冒暴露身份的风险了。万一哪里出了岔子，你根本无路可逃。”

“我听说这艘飞船上有很多逃生船。”

“不好笑。”

“这话说太早了？不然我就干脆躲在船员舱段里，跟你待一块儿。”

杰米森嘴里含着食物回答我，可是我思维的列车已然换了个轨道。我环顾食堂，这里和游客区域不同，那里的人们全都穿着各种花里胡哨的衣服，而在这里，每个人都穿着一身制服，没有一个人与众不同。

真是个完美的藏身之所。

“万一是个船员怎么办?”我打断杰米森的话，问道。

她冲我皱起眉头，“你说什么?”

“那个凶手，”我说，“万一他是个船员怎么办？所有通往船员区的门都锁着，不扫描指纹谁也进不来。可万一他就在船员舱段里呢?”

“我们在敏感区域还有一道锁。轮机室，舰桥，计算机中心，特定仓库，以及所有能通到气闸舱的地方。你需要专门授权才能打开那些门。”

“那电梯呢？楼梯井呢？这两个地方我连一个摄像头都没看见。船上工作人员可以不受监视地在各层甲板间活动。”

“我懂你的意思了，”她说不下去了，“见鬼。”

“罗根正在盯着游客，”我说，“却没人盯着船员。”

“我可以安排几个人来盯。”

“丹尼和麦克？你确信你能信任他们?”

杰米森脸上的表情像是我刚问她要不要来点儿月亮石[①]。“我的人很可靠。”

---

① Moon rock，一种用海洛因和可卡因制成的毒品。

“你找到凶手的杀人动机了吗?”我问，“安保部门有权接触飞船上除高级船员外的几乎所有人。你能百分之百保证你的人绝不可能叛变?”

“我能，”她回答，“你正在对着一棵错误的树乱吠。”

“袋鼠才不会乱吠。”

我最好的一张牌废掉了。“不要对我的工作指手画脚，罗杰斯。”

不等我进一步表示抗议，我的眼睛里闪出一条消息提示。是办公室发来的，有一条视频信息和一个数据附件。我不理会那条信息，直接查看后者。

“收到数据了，”我说，“阿兰·沃奇林的完整服役档案。”

“很好，”杰米森打开腰带上的一个口袋，掏出一张数据卡，“把它拷贝到这上面。”

我接过这块小小的矩形半透明蓝色存储晶片，“你知道，这可是保密信息。”

“有安全网闸①，阅后即焚。我受过训练的。”她眼神冰冷，“我干这活儿的时间可比你长多了。”

我点点头。“只需要一分钟。”我把一只手伸到桌子底下，默想着一支绿色铅笔，打开带有光栅的口袋。我把我的小臂伸进门洞，抓住我的外勤数据记录器。

---

① Air-gap，一种确保一台或几台计算机与外界网络物理隔绝的安全手段。

“你在干——”杰米森把头探到桌子底下，看我在干什么，“什么鬼！你疯了吗?”

“放轻松，”我抽回胳膊，关上口袋，把记录器放到桌子上，“完事儿了。没人看见。”我大着胆子笑了一笑，“我干这活儿的时间可比你长多了。”

“快把档案给我，罗杰斯。”

“求人办事该怎么说?”

我可从没想过杰米森居然能做出比一分钟前更加怒气冲天的表情，“快点!”

记录器用了几秒钟才启动，我又花了半分钟把数据从肩部电话传输到记录器，然后记录器花了大概十五秒钟把所有东西都写进数据卡里。我刚把数据卡从记录器插槽里拔出来，杰米森就一把将它从我手中夺走。

“你想和我谈安全风险吗?”她站起身，俯身向我凑过来，“以我的专业眼光来看，你就是我们当前最大的隐患。我知道你与众不同，罗杰斯，你能办到这艘船上其他人都办不到的事，但这并不能保证你不会失手。一旦出现状况，会让你更容易暴露身份。你明白吗?”

我不喜欢被人驳倒，“我又不是傻瓜。”

“我们会仔细分析这些数据的。在我再来找你之前，你就当自己在休假。千万不要擅自行动。去找乐子吧，只是别惹麻烦，行吗?”

看样子是没得商量了。“我尽力。”

“好好吃饭。”

杰米森带着餐盘，把自己推离桌子。我接着吃我的炸玉米饼，玉米饼这会儿已经凉了，硬得像一块带咸味的塑料。

那就不妨看看跟沃奇林档案一并发来的那段视频吧。反正不会比一个人吃饭感觉更糟糕。

我指尖一抖，开始播放录像。是保罗，真棒。

“袋鼠，我是鞭笞者。”他说。他的两眼布满血丝，而且没有系领带。我好像从来没有见过保罗不系领带的样子。“我正在给你发送你要的数据。既然你没有说明你究竟为什么会对这个人感兴趣，那我只能假设你怀疑他跟什么坏事有关系。我已经仔细检查过这份档案，我强烈建议你谨慎行事。尽管我更希望你压根儿不要跟我联系，但是一旦事态升级，都请尽快通知。”

他伸手去够屏幕外的某样东西，然后停住。“如果，因为某些原因，情况恶化，你又无法跟办公室取得联系，我要你去向德嘉·索雷斯号的船长和飞船上的安保队长寻求帮助。他们都是局里的雇员，用接头暗号确认身份。你那里不论发生什么，桑塔马利亚船长和他的船员们都能应付。

“别惹麻烦，袋鼠。保持低调。我说完了。”

视频结束。我已然感觉不那么饿了。

我在眼睛里打开阿兰·沃奇林的服役记录，快速翻阅起来：进入军队，接受特种部队训练，被派往火星，被可耻地开除军籍，等等。

找到了：胸腔植入物：粒子发射俘获核心。有辐射隐患。建议按季度体检。

这艘飞船上其他人的血液里都没有能够治疗辐射病的纳米机器人。而且事后乞求原谅一向比事前请求批准来得容易。

20

德嘉·索雷斯号——第6层甲板，6573号特等客舱
我和埃莉共进晚餐前7小时

我回到自己的房间，锁上门，启动通信天线，呼叫杰西卡。她没有回答。我等了15分钟，再次尝试。还是没有回复。

我完全不知道审查进展如何，也不知她什么时候又会有空。而且说实话，我并不想一个小时内接连听见三个人冲我大呼小叫。我知道我该怎么做。

我心里默想一条毛毯，把离心机从口袋里拖了出来。

我房间里的所有家具都用螺栓固定住了，以防止移动。我把方形的离心机从带有衬垫的包装箱里取出来，把它放在矮咖啡桌的正中间，又从一个外勤工具箱里取出几条松紧带来——我口袋里总是装着许多个工具箱。

我把离心机固定在咖啡桌上，然后从口袋的另一个位置取出急救箱。自从一年一度的急救进修课程结束后——也就是说好几个月前，我就再没有亲眼看见过这东西。我花了一分钟才

想起来哪一个小玩意儿才是血液采样器。我觉得杰西卡应该给这些工具贴上更显眼的标签。

在往自己胳膊上扎针时，我感到一阵恶心。我努力说服自己这是因为我的午饭跟我不对付。让我不舒服的并不是扎针时的疼痛，也不是随后的刺痛，更不是我晕血。我见过许多血——拿着手工打磨的刀子打仗是孤儿院里很流行的消遣方式。朝鼻子上狠狠揍一拳也能爆开几条动脉血管，并且停止大部分争执。

流血并不会让我不舒服。让我焦虑的是，我知道自己血液里还有别的东西。

我把血装进试管里，往胳膊上贴了块创可贴，这才想起来，我不会用离心机。

我解开松紧带，把这个铁盒子从咖啡桌上拿起来，查看底部铭牌上的品牌和型号。我把离心机重新捆好，让桌上电脑连到网络，找到一份操作手册。这份百科全书的医学部分说，以3000转每秒的速度转三分钟，就可以将血浆和相对较重的血细胞分离。

我再次呼叫杰西卡。还是没有回复。

我在浴室里找到一根眼药水滴管，从试管里吸出三分之一的血液，把它注入离心机转盘上的一个小塑料瓶里。我又往另一个瓶子里装了些水作为配重，然后盖上盖子，在控制面板上按动按键，完成设置。

在启动机器之前，我把剩下的半试管血液放进迷你吧台的冰箱里，随后再次尝试呼叫杰西卡。仍然没有回应。

我真的需要她手把手地教我怎么做吗？这事儿能有多难呢？大学里的在校生天天都要用实验室里的离心机。我可不笨，我看过操作手册。

我再一次检查离心机的设置，然后按下“开始”键。

这个铁盒子立刻发出嗡嗡的低响，我抓住松紧带将它稳住。随着电机的呜呜声变得越来越尖，我的两条胳膊也震颤起来，我产生了一种把脸转向一边的冲动，就好像这东西会在我眼前爆炸一样。我提醒自己这根本不可能，因为机器里的小瓶子是由防炸裂的聚合物制成。

尽管我的逻辑推理坚实可靠，但是离心机的噪声和震颤还是让人精神紧张。我心想要不要俯下身子，尝试用鼻子按下“中止”按钮，可又一想，我绝不愿意让自己的脸凑那么近。

这三分钟长得仿佛没有尽头，直到听到离心机的转速降下来时，我才发现刚刚自己屏住了呼吸。

我打开离心机的盖子，把两个瓶子都取了出来。我带着血液——此时已分成瓶底一层浓稠的红色和上层半透明的黄色液体两部分——来到浴室。接下来的步骤有些困难。

我血液里的纳米机器人内置短程无线电收发机，它们能跟我体内的其他高科技植入物交流信息，从而形成错综复杂的网络。只要我让纳米机器人与我身体某些部位始终处在半米以内距离，它们就能一直保持连接状态。它们的程序让它们待在血清蛋白附近，它们要利用部分血清蛋白作为原材料或者动力燃料。这就是说，纳米机器人全都漂浮在小瓶子中的上层黄色液体里。

我的动作很快，因为在零重力环境下，血液不会一直保持分离状态。我先用另一个眼药水滴管吸取所有血浆，然后将血浆挤进一个空的小瓶子里，并且将瓶子盖紧。

这一小瓶血浆被我装进我的零重力连体服左侧上臂带拉链的口袋里。这件连体服是一件纪念品，那个口袋就在圆形的德嘉·索雷斯号臂章下面。其他所有接触过我血液的东西全都装进生物危害品袋里。我动手解开离心机的松紧带，然后决定再次尝试呼叫杰西卡，以免我做错了哪个步骤。

还是没有应答。我装好离心机，把它放回口袋。

接下来，我要上哪儿去弄点儿每个人都绝对想要喝一口的酒呢?

有一支非常吵闹的游行队伍在散步区穿行，队伍里全都是身穿五颜六色外套的舞者和套着大脑袋的动物戏服的演员，非常让人不安。我搭乘电梯经过这层甲板，从赌场旁边出来，寻找最近的酒吧。

这会儿大家一定正在狂欢之类的，因为前五家酒吧里全都闹哄哄的，集满了名副其实的酒吧串子。游客们都飘在半空中，看样子正玩儿得高兴，身穿制服的船员们在一旁照料着。

我心想会不会由于某些原因，人们在零重力环境下更容易喝醉。

第六间酒吧，巴松自助餐厅附近一家孤零零的小店——这会儿还关着门，要等到用餐时间才会开张，我是说，在这儿开个酒吧到底有什么意义呢？——只吸引来几个主顾。我朝酒保飘去，他正背对着我。

“打扰了。你们这儿最贵的酒是什么？”我问。

酒保转过身来，又是沃德。我都没法相信自己的运气。

“这个问题问得好。”他说，脸上挂着圣诞老人般的微笑，“您是要找烈酒呢，还是葡萄酒，先生？”

我把双脚踩到吧台下面的魔术贴带上，并且伸出一只手，“叫我伊万。”

他和我握了握手，“沃德。”

“是呀，我知道。”我得承认，之前他说我这一个星期会遇见很多个他，真一点儿没错，“你到底在这船上兼了多少份工作？”

沃德一耸肩，“我要还清学生贷款啊。”

“对。”我说，“管他呢，我想要葡萄酒。今晚晚餐时可以享用的。”

“我明白了。”沃德转头对着吧台上的电脑，在屏幕上敲击起来，“今天晚上，餐厅的主食是各种意大利面——”

“其实，我们是要在那个叫丝绸啥啥的地方吃饭。”

“丝路盛宴?”沃德一撇嘴，“我明白了。”

“一张两个人的桌子，晚上七点半。你能办到的，对吧，沃德?”

他笑了笑，“我相信我能尽一份力的，总统先生。”

知道我们俩在同一个频道上，感觉不赖。“很好，再说说酒。我想要你们船上最贵的葡萄酒。价钱不是问题。”

沃德稍稍加快了敲击屏幕的速度。“我们最好的酒价格超出了您账户的每日消费上限，需要您分开付账，用现金或者信用卡。”

我拿出了我的白金信用卡。这张卡是保罗给他的私人账户办的，太阳系里任何商人都不会拒绝这张卡，我也只有在危难时刻才能用这张卡。我已经开始担心自己以后会受到怎样的盘问了。很久以后，要不然我干脆离家出走。我实在不知道哪种选择会让我少受一点折磨。

沃德挑起一道眉毛，然后点点头。“您知道，这酒得花五位数。”

“没问题。”我身子前倾，“是这样的沃德，我真的想给一位女士朋友留下一点深刻印象，只有真真正正的最好货色才能做到这一点。我想要你手上最有意思的东西。这东西要十分稀奇、十分独一无二，要确保任何人看到都会叹为观止。就算是禁酒主义者看见了，也会仅仅因为好奇，忍不住抿上一小口。”

“禁酒主义者是啥?”他问。

我皱起眉头，“什么?”

“没什么，我开玩笑呢。您想要的是‘红酒’。”

我不确定他是不是又在说笑话，“哪种红酒?”

“仅此一种。就是‘红酒’。”他说，“来自子午线高原。”

21

德嘉·索雷斯号——第3层甲板，巴松自助餐厅

我与埃莉奢华到令人发指的晚餐前6小时

沃德要先跟他的上司——船上的一位侍酒师——汇报，申请把这瓶酒卖给我。即便是在看过我的白金信用卡后，那位侍酒师似乎还是很犹豫。我一边重复自己编造的漏洞百出的故事，他一边挑起一道眉毛。我真该编点更像样的东西出来。

“我觉得这瓶酒会很配今晚的晚餐，”我说，“你知道，美酒，零重力，听起来像不像是一场魔幻般的体验？”

“当然。”侍酒师干巴巴地说。

“何况这款酒还是来自战前的火星，哇，锦上添花。可以这么说吧。很抱歉，我并不擅长言辞。”我好像很多东西都不擅长，“你懂我的意思。”

“我明白，先生，”侍酒师说，“请容我跟您确认一下，只是确认一下：您想要购买我们仅有的一瓶子午线高原米多解百纳葡萄酒？”

“是的。”

“而且您明白这是这瓶酒的价格?”他举起平板显示器。

“我明白。”我怎么觉得他是想和我用血签订一份契约?

“而且您只想买下这一瓶酒?”

“有问题吗?”

“当然没有，先生。”侍酒师说，“如果您和您的同伴想要搭配美餐来享用这瓶美酒，我可以在观景穹顶为您安排一张桌子。今晚我们会提供一份独特的私人订制菜单——”

“我们已经安排好晚餐了，”我一边说，一边冲沃德使了个眼色，他朝我谨慎地点了点头。好小子。“在丝路盛宴。”

侍酒师只停顿了一秒钟。“真是太好了，先生。不过请容我进一言，他们的菜品可能并不是搭配这款独特的窖藏佳酿的最佳选择。我可以推荐一款用来搭配的奶酪，或者海鲜。我们今天有特别供应的生蚝——”

“只要葡萄酒，谢谢。”你就不能闭嘴收钱吗?

侍酒师盯着我看了好一会儿，然后点点头。“非常好，先生。请您在这里稍等，我需要和发卡银行核对您的信用卡。由于光速信息传递时延，我们需要花上几分钟，由此产生的不便还请见谅。”

“别在意，”我说，“你又改变不了物理定律，对吧?”

“这不属于我的工作，先生。”

“你知道，就在我们说话的同时，那支酒正在瓶子里变得愈加醇厚。”

他转过身去，穿过一扇安全门，消失了。沃德和我互相对视。

“他总是这样吗？”我问。

“天天如此，”沃德说，“给你来杯喝的？店里请客。”

“好呀，”我越过他的肩膀，看向那一墙打着灯光的酒瓶子，“你看着办。”

沃德开始调制一杯鸡尾酒。“不管怎样，别把这事儿当成是针对你的。阿卜迪只是在完成他的工作。”

“我以为他的工作就是卖酒。”

“是没错，”沃德一边说，一边从一个塑料挤瓶里将一股清澈的液体挤进透明的调酒器里，“不过他是要把酒卖给每一个人。酒水不仅仅是用来自己享受的，也同样是要拿来炫耀的。”

他又往调酒器里注入另一种清澈的液体。在零重力条件下，气泡一直待在液体里，让这种混合物看起来像是一团凝胶。沃德摇晃调酒器，这团凝胶也跟着乱晃。“是呀，我看得明白。”

“而且无意冒犯，伊万，”沃德说，“不过你不像是那种经常扔出五位数来买酒的家伙。”我很好奇他一会儿要怎么把液体从调酒器里弄出来。“船员中间已经有些关于你的传言。联邦政府雇员们可不是大款。”

“我其实攒了很久的钱。你只能活两次，对吧？”

沃德冲我皱起眉头，“我想俗话说的是‘你只能活一次’。”

“不，我很确信是活两次。一次为了悲伤，一次为了喜悦?”要不然是我想差了? 我一向都不太懂诗歌。

“好吧，管他呢。我希望你喜欢这趟旅程。”

“我这辈子过得最棒的假期。”这倒不是说谎。

沃德停止摇晃调酒器，双手分别握住两头，把它擎在我们俩中间。他让调酒器沿着长轴旋转起来，里面的液体变成了一个圆柱体的漩涡。沃德扯下盖子，里面的液体被甩出容器。他放下盖子，拿起半个饮料球，将它对着调酒器的开口，侧面朝前慢慢移动，接住液体。他用另一只手抽出调酒器，然后拿起另一半饮料球。他把这两个半边的饮料球放在这一溜飘在半空的液体两端，将它们合上，把鸡尾酒封在透明的圆球里。

“好手艺。”我一边说，一边看他把一颗橄榄和一根吸管插进饮料球的活门里。

“都是在表演。”沃德一边说，一边把酒递给我，“公司想让你先看到其他游客在船上的各种愉悦享乐，然后自己也想享受一把。如果你订购了一支无比奢华的酒，我们就一定要让你周围的人都知道这件事。干杯。”

“我明白了。这就是酸葡萄先生想让我把酒带到观景穹顶的原因。”这样我就能昭告天下，有这么一瓶贵得离谱的发酵葡萄汁，并且希望能怂恿其他人也掏钱给自己买一瓶。我喝了一小口手里的神秘饮料，“我喝的这是什么?”

“伏特加马提尼。”

我以前从没喝过这东西，“挺好喝的。谢谢。”

沃德点点头。“就是要为奢华品质打广告。你知道‘红酒’的历史吗?”

也许比你还知道。“知道。属于火星上第一批扎下根来的葡萄庄园。”

“是第一家，”沃德纠正我说，“当初亚罗家族把他们的居住穹顶修建在埃里陨石坑里，专事种植酿酒用葡萄。土壤本就富含铁氧化物和火山玄武岩，可是要让葡萄藤生长旺盛还需要适当的大气和细菌。他们花费好多年，才让环境变得刚好合适，然而等他们终于有产出了，那酒不单单是好喝，而且具有革命意义。亚罗家族所掌握的领先技术不仅影响了地球上的葡萄酒生产者，还影响了所有地区的农场主和园艺师。”

“别告诉我，”我说，“你有一个植物学的学位。”

“其实是分子生物学，”沃德说，“辅修植物学。”

如果这是个笑话，那这也太烂了。“你来到游船上干些奇怪的工作，就因为……?”

“我告诉过你，学生贷款。”

哦，才不是。“绿色天空过去十年来一直在疯了一样地招聘植物学家。你只要在他们随便哪个小行星带子公司里工作两年，就可以还清常青藤联盟大学的学费，而且用不着卖东西给醉醺醺的酒鬼。”

沃德一耸肩，看都没看我，“我喜欢卖东西。”

就在这时，我明白了，“是火星，你想去火星。就是这样，不是吗？而在游船航班上工作正是前往火星最容易的办法，如果你没钱却有时间的话。”

他拿起另一个饮料球，用抹布擦了起来。“我不会说这样做很容易，但是有游船航班做担保，至少可以通过海关，到达火星表面。”

我想起来，我还不知道沃德的全名。“你不会碰巧就姓亚罗吧?”

“不是，”他一边说，一边把那个空的饮料球分开，“我表哥姓亚罗。”

“你表哥。”

“马修·亚罗。”

好吧，这下就真的尴尬了。“我为你失去家人而感到万分难过。”

“战争期间发生的事实在骇人听闻，”沃德说，“光是有那么多人丧命就已经够糟了，可是还丢失了所有那些栽培品种，以及所有研究成果——那可是十足的悲剧。”

如果他一直这样告诉自己，那他甚至可能开始相信这番话了。

我的马提尼非常烈，也非常干。

我知道亚罗家族是什么人，因为我在战争期间研究过他们。局里曾经安排我为阿拉伯高地和边境定居点撰写详细的威胁分析与战术评估报告。保罗总是一有可能就让我待在地球上，但他也需要把我派上用场。而我一向都是个很好的探子。

曾经看过埃里陨石坑最后一场战斗的原始记录的人，大概只有不到二十个人。我就是其中之一。我当时奉命研究地球军队的头盔摄像头拍摄的视频资料并加以总结，用于局里提交给参谋长联席会议的报告。我当时想要抹去那些记录中最可怕的部分，这样就不会再有人不得不去看它或是听到其中的任何内容。

子午线高原是二十一世纪早期，美国航空航天局的火星探测漫游者“机遇号”着陆的地方，它在那里收集岩石和土壤样本。在第二波火星定居潮期间——那时在穹顶里生活再也不用每天担心生命危险了——亚罗家族圈下了那片土地。新的火星政府想要通过商业活动来把握住火星上这一独特的机遇，他们想要证明火星可以成为比地球更加美好的家园。

有人说他们实在太成功了，有人说这就是当年战争爆发的原因，这些人都是蠢货。

战争爆发后第十四个月，一艘地球运兵船偏离航线，降落到阿拉伯高地上，就在埃里陨石坑的北边。火星步兵从西边的混沌地区蜂拥而出，对入侵者发起大举进攻。这场战斗演变成一场持续数周的围攻。

如今的埃里陨石坑比以前大多了。经过辐射，坑底深达五十米，而且未来几百年内都不会长出东西来。一个广为流传的谣言说，亚罗葡萄园的工人们先是欢迎第一波地球士兵进入穹顶，然后用毒气杀死了他们。故事虽然不错，却并非真实情况。我知道那些士兵是怎么死的。我看过他们的头盔视频记录。

我还十分清楚马修·亚罗是在什么时间、怎样死去的。我真想告诉沃德，但他也许并不想知道。就算知道也没有任何好处。

子午线高原葡萄酒还有多少瓶存世一直都是个谜。亚罗家族的大部分记录都在战时毁掉了。坊间一直有传言说亚罗家族在极地地区到某个地方还有一座秘密的地下酒窖，但是，当然，至今都没有人能够找到它。我们唯一确切知道的，就是如何辨认一瓶酒是不是真正的子午线高原“红酒”——核对木塞封口的真实性，并且确认标签上的全息代码里的密码序列。

这不仅仅是一瓶葡萄酒，这是一段历史。没有人会拒绝至少品尝一口，而我要用它来释放纳米机器人，拯救他们的性命。

“那么，”我问沃德，“你有没有亲口尝过这种‘红酒’？”

“没有，”他说，“我更爱喝白的。”

我不知道他是不是在开玩笑。

22

德嘉·索雷斯号——第6层甲板，6573号特等客舱

我与埃莉的纳米机器人加料晚餐前5小时

我带着“红酒”一回到房间，就锁上门，启动通信天线，再次呼叫杰西卡。

这一次她有回应了。她穿着一身橄榄绿色带螺纹的羊毛套头衫，胳膊肘和肩膀上缀着补丁。她所在的房间黑黢黢的，只有几台计算机显示器和她的医疗设备上一些闪烁的小灯亮着光。

“你到底去哪儿了？”她问，“我一直在联系你，都过去——”她甩甩头，“算了。请确认所有装备你都弄来了。完毕。”

“确认。”我把装着血浆的小瓶取出连体服，端着它，同时用眼睛传送视频，“我用离心机处理了一份血液样本，将血浆分离出来，提取纳米机器人。对了，你为什么穿了一件英国特别空勤团突击队的套头衫？完毕。”

“我们可以以后再讨论我的穿衣选择。给我用宽带无线电

频谱观察那个瓶子，我要确认纳米机器人是不是被正确地沉淀下来。还有，请确认你始终保持这个瓶子在你身体周围半米范围之内。完毕。”

我动动手指，调节眼睛的传感器，我的胳膊和手上显现出一连串闪闪发光的轮廓线。许多明亮的小圆圈在瓶底闪闪发亮。我把画面拉近一些，好让杰西卡看清楚。“你看够了告诉我。完毕。”我一直开着通信频道，将数据传回地球。

杰西卡在屏幕前点点头。“血清里的纳米机器人看起来不错。我现在正在上传新的纳米机器人固件。不要掉线，我重复一遍，在我给你指示之前，不要关掉你的接收器。完毕。”

我把小瓶子塞回连体服里，静静等着。我盯着杰西卡的侧脸看了好几分钟，然后打开装“红酒”的盒子，拆下包着酒瓶的棉纸，把标签转过来，好让我们俩都能看见它。“那么，这瓶酒那么贵，你这招对它管用吗？完毕。”

她重新朝我转过头来，然后说了一堆中文。“千万别告诉我这是你偷来的！完毕。”

“当然不是，”我说，“我在一艘游船上呢，这里什么东西都是拿来卖的。我用那张白金卡付的账。”

杰西卡握起一个拳头，举起来，像是要一拳捶到她的办公桌上，然后慢慢松开拳头，放下手来。“怕你忘了，让我提醒你一句，我们是在想尽办法隐藏我们的行动。是什么原因让你认为鞭笞者不会在看到一张一万美元的账单后，要求你做出解释？完毕！”

“放轻松，”我说，“他还有更大的麻烦要处理呢。要是他当真问了，我就说我想在假期里找点儿乐子。是他叫我去找乐子的，对吧？我就告诉他我当时想要打动一个姑娘。”这不是说谎。我真的希望埃莉会喜欢这支骇人听闻的葡萄酒。

“那你又要怎么解释咱们俩进行了这么多远程通话？他肯定也会注意到这一点的。到时候因为非法进行医学实验而上军事法庭的人是我！完毕。”

“你了解名贵葡萄酒，对吧？还……了解……女人？没错吧？我想在正式约会之前请你指点迷津。这就结了。”

杰西卡怒视着我，“没人会相信这些鬼话。”

“相信我，我会让鞭笞者买账的。找你做恋爱咨询绝对不是我做过的最蠢的事儿。”

“我猜也是。”

她转过身去，不再看着屏幕。我被她冷落了几分钟，于是把那瓶酒收起来，心想在我们等待期间还是换个话题比较好。

“那个，你再说一遍，你为什么要穿一件突击队的套头衫待在黑暗里？”我问，“因为这身打扮挺漂亮的，我都在想你为什么不经常穿这身衣服。完毕。”

“这事儿很搞笑，我以后再告诉你，”她说，“上传结束了。你的纳米机器人现在能根据程序找到并摧毁发生癌变和有癌变迹象的细胞，并且能够修复染色体损伤。明天中午之前，把纳米机器人弄进每一个受到辐射影响的人体内，他们就会没事儿了。不过首先你得让纳米机器人繁殖一会儿。”

纳米机器人能够利用我血流中的化合物自我复制——它们必须这样做，因为纳米机器人会在执行日常任务时出现损耗，或是被我自身的免疫系统摧毁，所以每天都需要被大量替换掉。我努力不去深入思考这一事实：几十亿台微小的机器人每时每刻都在我的身体内吞噬彼此。

杰西卡手把手地教我完成所有步骤。小瓶子里只装了五毫升纳米机器人血清，还不到酒瓶容量的百分之一，为了确保哪怕只是抿一口也能把至少一个纳米机器人送进喝酒的人的血液里，我还需要更多的纳米机器人。所以机器人需要更多的燃料。

我从迷你吧台里取出一根长条糖，把它掰成几块放进塑料袋里，又用一把铁勺子在桌面上把糖尽量碾成细粉。然后我把糖粉刮进五个空的小塑料瓶里，用眼药水滴管往每个小瓶子里滴入一毫升纳米机器人血清，再往小瓶子里加满水，盖上盖子，晃动塑料瓶，让里面的东西充分混合后，把瓶子塞进连体服上另一个带拉链的储物袋里。

我扫描过瓶子后，杰西卡说：“确认正在复制，放一个小时，然后你就可以行动了。”

“听我说，我知道这是个愚蠢的问题，”我说，“可我必须问问。你确定我不能对任何人说起这件事吗？我兴许可以编个故事忽悠这艘飞船上的医生。如果有人帮忙，事情会容易很多。”而且我担心我会把事情搞砸。“完毕。”

“不，不行，不行，我再说一遍，不行。”杰西卡身子前倾。她不大吼大叫的样子甚至比她提高声音还要吓人。“让我提醒你一句，这些纳米机器人的存在本身就比‘最高机密’还要机密。没有人知道这件事情，没有人。否则，最好的情况，它在整艘飞船内引起恐慌；最坏的情况，鞭笞者会在国会里遭到起诉，而我们所有人都要进联邦监狱。你明白了吗？完毕。”

“是的，”我说，“我明白。可是既然要冒这么可怕的风险——”我不知道该怎样含蓄地问出我的问题，于是干脆直说了，“你又从没见过这些人，外生，你为什么这么在意他们？完毕。”

杰西卡盯着摄像头，简直像是盯了一辈子那么久。“我是个医生，”最后她说，“我宣过誓。”她一扭头，隔着肩膀看向身后，“该死，我得走了。我大概今天都没办法和你联系了，所以你一定要把事情办好，这非常重要。别搞砸了，袋鼠，那些人都靠你啦。”她顿了一顿，“祝你好运。”

“谢谢。”我咕哝道。我很想知道家里现在究竟怎么样了。

平视显示器内杰西卡的图像向前伸出手来，然后停住，“还有一件事。不许再叫我‘外生’了！完毕，通话结束。”

我的门铃响了。

我飘到门口，透过猫眼看见杰米森。她用指节一个劲儿地敲着门，“罗杰斯！快开门。”

离心机仍旧绑在咖啡桌上。要是让杰米森看见了，她肯定要问一大堆我不想回答的问题。

“等我一分钟！”我隔着门喊道，“我没穿衣服！让我先把衣服套上！”

我把自己从门前推开，把“红酒”塞回酒盒里，又把酒盒塞进书桌最下面的抽屉里。然后我猛地扑向咖啡桌，给离心机松绑，把它吸回口袋，同时满心希望空气急速进入真空的声音不会传到房门另一边。

我脱下连体服——照我的运气，杰米森有时候会找个理由搜我的身——然后一把拉开衣柜，取出我一眼看到的第一身衣服：一条彩格裤子和一件夏威夷风格的短袖花衬衣。我把衣服套在身上，打开了门。

杰米森冲着我这身行头翻了个白眼儿，“你这都穿了些什么呀?”

“你不喜欢?”我说，“我正尝试着融入人群呢。”

“算了吧，”杰米森说，“我需要给你看样东西。”

这话听起来不太妙。“是跟谋杀案有关的吗?”

她的表情难以捉摸。“还是直接让你看看更容易些。”

23

德嘉·索雷斯号——D层甲板，警卫室

我表达对船员们的不信任后3小时

杰米森领着我来到飞船的主警卫室。不管是出了什么状况，我都希望赶紧把事情了结，好去为今晚的事情做一身新衣。我一直在想这件事情，所以都没有注意到，在我飘过走廊时，麦克和丹尼守在我的左右两侧。

他们在我身后一把甩上门，抓住我的两条胳膊。我下意识地想要甩脱他们，赶紧离开这鬼地方，但是我压抑住冲动，勉为其难地瞪着杰米森。“有什么事情忘记告诉我了吗，队长?”

“有意思。”杰米森敲击着一个控制面板，“我本来还想问你同样的问题。”

她身后监控器墙正中间的显示器亮了起来，似乎在播放一段安全监控画面。我花了好几秒钟才认出来，那是散步区上的一条通道，就挨着——

“哦。”我说。

那是游船起航后第一天夜里的录像，当时我喝多了，正在火星的立体投影前发表鸿篇大论。

“你要跟我们讲讲你那位朋友吗?”杰米森问。

“我的什么?”

她将画面定格，指着站在我旁边的那个人说，“我不知道你当时有没有真的喝醉，罗杰斯，不过这是我这辈子见过的最糟糕的接头。”

“什么？不。不!”我摇摇头，把整个身子都带动起来，于是麦克和丹尼把我抓得更紧了，“我不知道他是谁。我那天晚上吃饭时才认识他的。”

“是啊。”杰米森抱起胳膊，“然后他就碰巧跟着你走出餐厅，继续聊了一通孩子的教育问题。”

“我当时喝醉了！他也喝醉了！整艘飞船的设计就是要把游客吸引到散步区，因为所有的零售商店都在那儿!”

“你就这两下子?”杰米森说，“都没费心编一套说辞？你以为我们会由着你在这艘飞船上为所欲为吗?”她隔着我的肩膀看向麦克，“检查他的手指。”

麦克和丹尼一人抓住我的一个手腕，把我的拳头掰开。我努力克制住反击的冲动。我或许可以把自己推离地板，从而挽回一点劣势，但是我还没有适应零重力环境。

这两名警卫把我手指尖挨个儿摸了一遍——动作同样粗暴。他们在找什么？残留在手指上的化学物质吗？他们觉得我摸过什么?

“什么都没有,队长。”麦克说。

“我也没有发现。”丹尼说。

他们松开我的手腕,重新用手抓住我的两肩。我高高地举起双手,手掌朝前,做出投降的姿态。“听我说,队长——”

我眼前突然冒出个电击枪的枪头。见鬼,她掏枪动作可真快。“想都别想。”

“我压根儿不知道你在说什么!”现在我有些生气了,“我不认识视频里的那个家伙。我也不知道你干吗要用枪指着我!”

“麦克,丹尼,铐住他。”杰米森说。

我强迫自己保持安静,一动不动地让麦克和丹尼抓住我的手腕扯到身后,用一个冷冰冰的金属质地的东西把两只手铐在一起。他们还把我的脚踝捆在一起,于是我又沉不住气了。

“哦,得了吧!”我说,“你到底觉得我打算干什么?”

杰米森的嘴唇紧抿着,变成一丝微笑,她的双眼却仍旧喷射着怒火。“你知道,我一直不太相信你,罗杰斯。你真的把我们都耍了。就连船长也被你骗了。可是你黑进电脑时做得太马虎了,也许只是太懒。我不知道,我不在乎。不论你在这里干了些什么见不得人的勾当,都结束了。”

我的胃里翻江倒海,我的脑子也一样。我明明知道自己并没有做她所指控的那些事,可我为什么如此紧张?电脑的事是个问题,可我也只是建立了一条联系办公室的加密通信频道——杰米森绝不可能知道我在跟谁通话，以及说了什么。

我感觉自己的胳膊和腿上的肌肉紧张起来，下意识地测试手脚所受束缚的强度。我必须强迫自己摆脱执行任务的状态。如果我反击，杰米森就会把这视作我有罪的进一步证据。当然，我现在不管做什么似乎都会触怒她。我给不了她她想要的。我要怎样才能让她相信这一点？

“那个家伙跟你说了些什么？”我冲她身后的屏幕点点头，“监控视频里的那个家伙。”

杰米森嘲笑道：“我才不要浪费时间审讯一个联络人。你才是该死的行动执行者。”

“等等，”我仔细看着她的脸，“你都没跟他说过话？”

“我想知道你行动的技术手段，”杰米森咬牙切齿地说。她以为我在用局里的某种装备进行……谁知道她以为我干过什么呢。“东西在哪儿？”

“你先打住，”我说，“警卫来的时候我们俩都在现场。我们俩都被强行带离那个地方。你们的安保措施出现漏洞，那好吧。可你为什么认为应该怪我？那个家伙也有一样的机会呀。”

“我们没有抓到那个家伙进行未经授权的太空行走，”杰米森说，“那个家伙也没有忽悠我们的轮机长从仓库里给他调出一台离心机来。”

我的胃里一阵打卷，我意识到我该做什么了——为了洗刷我的名声，我不得不告诉她什么。

“而且在我和船长知道他究竟是谁之后，那个家伙也没有任何古怪之举。”

“哇哦，”我说，“队长。我想丹尼和麦克都不是‘爱狗人士’，对吧?”

我死死地瞪着杰米森。这些平民可没有权限旁听我们的谈话内容。

她也狠狠地瞪了回来，然后说：“麦克，丹尼，你们到外面等着。”

“我不确定这是个好主意，队长。”麦克说。

“他被捆着呢，我还有电击枪。”所有人都一动不动，“快出去！这是命令!”

“好吧，我们这就走。”丹尼打开门，麦克摇摇头，飘向门外，“一旦听见有人尖叫，我们就会立刻冲进来。”

“如果听见有人尖叫，那也一定是他的声音。”杰米森说。

“我们也不希望你弄死任何人，队长，”丹尼说，“要写一大堆该死的报告呢。”

他关上门，屋里只剩下杰米森、电击枪，还有我。

“刚才那是句笑话吧?”我问，“尖叫，还有报告什么的?”

“你要是敢用你的‘口袋’，我就叫你脑袋开花。”杰米森说，“告诉我究竟是他娘的怎么回事。”

“队长，我知道这话你并不想听，可我的的确确不知——”

我都没看见她的手上有动作。电击枪的枪托就砸到了我的脸颊，把我的头猛地向右甩去。疼痛瞬间蔓延我整个下巴。

“嗷！”她刚才是不是打断了我一颗牙？

“是图像手套？”杰米森问，“复制薄膜？你用的是什么工具？”

这是两种用来欺骗生物特征传感器的设备，他以为我复制了某人的指纹。我为什么要这么做？“我没有——”

杰米森又狠狠地给了我一下，这一回是扇了我一巴掌，于是给我的另一边脸带来一种截然不同的火辣辣的疼痛。“你跟谁一起工作？”

“不跟谁！”我说，“我在放假！”

第三下再次打得我脑袋向右转。“你为什么要用离心机？别拿你跟埃莉说的那通鬼话来忽悠我。”

“我告诉你！”我说，“不过我们能不能像文明人一样，不要一边说话一边拳打脚踢的？”

杰米森像一尊雕像一样一动不动，不过她的右手食指从电击枪的扳机护圈挪到了扳机上。“说。”

摊牌吧，袋鼠。

我深吸一口气，说：“我血液里有纳米机器人。”

她眨眨眼，“什么？”

“纳米机器人，”我说，“是一种微型机器，能——”

“我知道他娘的纳米机器人是什么，”她说，“你的血液里有虫群？”

“不是这样的，”我说，“纳米机器人仅仅是一些机械设备，没有生物属性，受软件控制，功能十分有限。我黑进我房间里的电脑，是为了建立一个加密信道，好让我跟我的医务官通话，而我借离心机是为了分离血液样本，提取一部分纳米机器人，好让外科医生重新编程。”杰米森没有揍我，所以，挺好的，“我没有告诉埃莉是因为她不是干这一行的。”

“那你在我的飞船上，究竟打算用这种秘密的军用实验生物技术来干什么？”杰米森问。她的手指仍旧搭在扳机上。

“我们打算用纳米机器人检测并消灭有癌变可能的细胞。”

杰米森叹了口气，“我不知道你的外科医生是怎样说服你这样做的，而且我才不在乎你的动机多么高尚。你不能在平民身上做未经授权的医学实验。要怎样才能关掉这些疯狂的机器人？”

“这不是实验，”我说，“这是急救措施。用来修复阿兰·沃奇林的俘获核所造成的辐射伤害。外科医生已经在我身上测试过新的程序，而现在我需要对你，还有桑塔马利亚船长、埃莉，以及所有火灾发生后，在沃奇林的房间里待过五分钟以上的船员做同样的治疗。”

杰米森盯着我，然后摇摇头，“不行，我不是傻瓜，罗杰斯。这是一艘星际飞船，我们有安全预案。所有去过 5028 号房间的人都遵照程序工作，减少所受辐射。”

“那只是在你知道阿兰体内植入了俘获核之后才这样做的！

在那之前你在屋子里花了多长时间检查犯罪现场？你和我还有船长在里面待了多久来寻找杀人工具？第一天晚上你和埃莉又在房间里待了多久？”我停了一会儿，让她好好想一想，“船上没有别的办法能够治疗这类辐射伤害。如果我不这么做，你们全都会死于癌症。”

杰米森的手指慢慢从电击枪的扳机上移开，重新放到扳机护圈上。

“在你部署之前，我要检查一下这些机器人。”她说。

我点点头，“我来告诉你怎样扫描寻找——”

“不，”她说，“我要抽你的血，亲自做些该死的检测。”

“你不能告诉医生，谁也别告诉，”我说，“我刚才告诉你是因为我需要你相信我说的是实话。我没有复制任何人的指纹！”

杰米森皱起眉头，“你告诉我纳米机器人的事怎么能——”

“因为我为什么要告诉你这种会害我丢工作的事，”我说，“却不肯承认自己开过一把破锁？”

她盯了我好一会儿，然后把电击枪放回枪套。

“这是不是说，咱们又成朋友了？”我问。

“老天啊，罗杰斯，”她说，“究竟是你经常反转局势，还是说仅仅是我今天撞大运，大开眼界了？”

我怒气冲冲地瞪着她，“没准儿你回头可以去赌场里转转。”

“是啊。”她打开一个储藏柜，“我一检测完你血液里的虫群机器人就去。”

“是纳米机器人。”

“闭上你的臭嘴。”

24

德嘉·索雷斯号——D层甲板，警卫室
我信口胡乱猜疑别人后3.5小时

杰米森让丹尼和麦克回到警卫室，但她给我抽血时，我的手脚仍旧被捆着。这就是说，就算她抽完血，我也还是不能给她在我臂弯上开的口子按压止血。杰米森离开房间，去检验我的血液，丹尼用一块纱布按住我的胳膊，麦克则警惕地盯着我。

“你们肯定在想，血液检测怎么就能够证明我的清白。”我说。

“其实并没有，”麦克说，“队长会干她该干的事，等她干完了我们再接手。”

我认真端详着他的脸，然后看向丹尼，“你们俩真的这么相信她？”

“她是队长。”丹尼说，仿佛这句话就能解释所有事情。

“你们在这艘飞船上工作多久了？”

丹尼眯缝起眼睛。“我看我们还是安安静静地待着吧。”

“得了吧，伙计们——”

“储藏柜里可能有宽胶带。”麦克说。

“好吧，好吧！我听懂了。”我转过头来，直勾勾地看向前方，看向主显示器上那一直定格的画面。

安全监控摄像头一定是安装在火星图像对面的一面墙上，大约三米高位置。杰米森把画面定格在了我刚好要凑过去跟那个人讲话的画面。我不太记得聊天的内容。这段视频拍下了我们俩的侧脸，我努力想要回忆起那个人的样子。尽管我的眼睛能够自动标记并记录下在我周围任何可疑的人物，但我的确做过很多识别人脸的训练。你永远不会知道糟糕的光照条件会不会让人脸识别软件出错，或者与办公室的数据链会不会断开。

可是，那个家伙——我很难描述他这张脸上的任何细节特征。棕色的头发，没错，或许还有棕色的眼睛？我记忆中的这张脸十分模糊，像是没有任何特征值得注意或不同寻常到需要我去留心或者记住的。一个人怎么可能看起来这么平淡无奇，这么——大众脸？

门开了。杰米森把自己拖进屋子，脸上看不出表情。这是一个进步。

“把他解开。”她对麦克和丹尼说，又来到屏幕下方的控制台前。

“好的，队长。”丹尼给我的手腕松绑，麦克则在半空中翻个身，同样解开了我脚踝上的绑带。

“就这样?”我一边问，一边飘离墙壁，“你们都不想问问她对我的血液做了什么?”

杰米森转过头冲我狠狠地瞪了一眼，“我们没空说这个。”

“这事重要的话，队长会告诉我们的，”麦克说，“我猜是某种 DNA 测试，用来确认你的身份。”

“才不是，这类测试要花好几天，”丹尼说，“要我说，可能是检测某种病毒或细菌感染，来确认你的口供，或者查明你之前去过哪里。”

杰米森转过身，恶狠狠地瞪着我们三个。“在场的人里只有我在担心这艘飞船的安保状况和乘客们的安全吗?”

“我还要留在这儿吗?”我问，“还是说我该远离麻烦?”

杰米森一阵哼哼，指着控制台的另一头，“站好。”

我飘过去，把脚勾在地面上的一处凹口，心里希望自己的表情不要太扬扬得意。麦克和丹尼推离墙面，和杰米森一起聚在屏幕前。

我一会儿再和她说分发纳米机器人的事。眼下，我们有一个谋杀嫌疑犯要抓，而我是团队中的一分子。我相信我们能在晚餐前搞定这件事，到时候我就真的可以跟埃莉庆祝点儿什么了。

“船员每次进出锁着的门都有记录，”杰米森指着屏幕说，“詹妮斯·龙，那天夜里位于散步区的一名高级船员，她当天值班晚些时候开始同时出现在两个地方。”

“哇哦，”我说，“幸亏有人提醒你要调查船员，嗯？”

她不理会我的点评。“这是她当天值班时第一次遇见游客。我们打算在检查完这段录像之后，开始下一个步骤。”

杰米森按了一个按钮，视频开始重新播放。“罗杰斯。你记得你的那位朋友当时有什么可疑的举动吗？”

“想不起来，”我说，“另外，他不是我朋友。”

“没有录音，太可惜了。”杰米森一边说，一边看着屏幕上的我朝着警卫张嘴。

“我能读唇语。”麦克说。

“你当然能。”我说。

“‘我……没……喝多？’”麦克说，“然后布雷文斯说：‘随你怎么说吧，先生。’”

“你知道，”我说，“从这个角度我们都没法看见嫌疑人。”

“只是在追踪每一个人的位置，”杰米森说，“小心谨慎总是没错的。”

“还是动作快点儿吧，毕竟我们还有个在逃的谋杀犯呢。”

杰米森点点头，“那你有另一个摄像头拍摄的录像吗，丹尼？”

“刚好正在看，”丹尼说，“瞧着。”

屏幕上开始显示从过道远处看过来的画面，就在火星地图的旁边。丹尼又按了一个键，这个静止画面动了起来。

龙从我和另外两名警卫身旁走开。她把我那所谓的朋友从火星旁拉了回来。她隔着围栏把那人提溜起来，那人则一个踉跄，摔到她身上。她赶紧一滚，从那人身下出来，只用一只手把他拽了起来。他抓着龙的手和腰，让她转了一个圈，仿佛他俩在跳华尔兹。龙花了好几秒钟才挣脱开来，她来到那人身后，把他朝电梯推去。

“倒回去，”杰米森说，“倒到他摔倒的地方，停，一帧一帧地播放。”

丹尼扭动一个旋钮，把视频往后倒，然后慢慢播放。

“看这儿。”杰米森用一根手指戳着屏幕道，“往后退一帧，放大。”

画面一阵调整。警卫监控摄像头的快门速度太慢，龙和这名乘客的胳膊都因为摆动而糊成一团，不过龙把自己从那人身下推开时，那人的手清晰可见。

“就保持这个局部位置，到下一帧。”杰米森说。

那人的手掌变成一道残影划过屏幕。

“再来一遍，”杰米森说，“让我看看那只手。”

他的手跳到左边，并且锐化了。丹尼按了几个控制键，那人的手掌放大，填满整个屏幕。他的皮肤上覆盖着一层虽然模糊却能够辨认出的格子图案。虽然裸眼看不到它，但是安全监控摄像头还能捕捉到红外线和紫外线。

“他手掌上有东西。”丹尼说。

“文身吗?”麦克说。

“复制薄膜,”我说,“他把自己的手掌按在龙的手指尖上,复制了她的指纹。”我以前也干过这种顺手牵羊的事,但是从来都没有这么动作娴熟过。不管这家伙是谁,他都很专业。

“把他的记录调出来。”杰米森说。

“正在进行人脸识别。”丹尼敲下几个按键,我们头顶的显示画面一变,监控录像画面缩小,屏幕右侧多了一组有十几张毫无特征的男性面孔组成的方阵。“真奇怪。搜索结果比平常的多。”

“比平常多多了。”麦克说。

“他肯定就在这些人中间,”我说,“大众脸,没有特征。”

杰米森朝我转过头来,“你近距离见过他,罗杰斯。哪一个是他?”

“给我点时间,”我一张一张地审视方阵里的人脸,“这些都是最近的图像吗?”

“这是登船时我们给拍的身份证全息照,”丹尼说,“受控的照明条件,不受图像老化或者胡子的影响。”

我花了好一阵子才找到我那个所谓的朋友,“这个,这个家伙。杰瑞·巴特尔特。”

“找到他的乘客记录,”杰米森说,“然后开始在我们所有的安全监控录像中做面部扫描。”

“正在进行。”丹尼敲击着键盘。

“他之前认识沃奇林一家吗?”杰米森问麦克，“他有没有和这家人一起登船、一起吃饭，或者一起参加活动？有线索吗?”

麦克在控制台前细究深思，然后摇摇头。“还没有发现关联。仍然在核对数据。”

“面部扫描也需要一段时间。”丹尼说，“我需要做好几轮扫描才能锁定这位大众脸先生。”

“杰瑞·巴特尔特，”杰米森说，“你究竟是谁，你为什么要伤害那些好人?”她看看我，“麦克，丹尼，别管那些搜索了。我有个更好的主意。”

25

德嘉·索雷斯号——D层甲板，船员舱段
我自荐帮助警卫后4.5小时

杰米森一边带着我们离开警卫室，一边详细说明她的计划。我喜欢这个计划，这让我有机会证明自己并不是一个累赘，但我不喜欢它要求我和杰瑞·巴特尔特单独待在一个房间里。我和他很有可能发生打斗，而我并不想缺胳膊少腿地和埃莉共进晚餐。

“直接叫一队警卫不打招呼一起冲进去岂不更好?”我问，“干吗还要演这一出戏?”

“巴特尔特认为你只是一个脾气好、爱喝酒的南方佬，”她说，“你就去跟他和和气气地聊聊，弄清楚他要干什么。”我们已经来到走廊尽头的电梯，她反复按着电梯按钮，“丹尼，看看詹妮斯·龙这会儿在哪里，派两个打手去拘留她。”

“你管你手下的警卫叫‘打手’?”我说。

“这是个昵称。”麦克说。丹尼则敲击着他的腕带。电梯到了，我们全都挤了进去。

杰米森朝我转过身来，说："罗杰斯，你记得在船长餐桌上，巴特尔特喝的什么吗?"

"跟我们其他人一样，"我说，"红酒——一瓶桑娇维赛，我猜——还有香槟。他们还供应了一种霞多丽酒，不过他一点儿都没喝。"

"没有鸡尾酒吗？马提尼？或者餐后威士忌?"她问。

我摇摇头，"我没太注意。你为什么对他的饮酒习惯这么感兴趣?"

"我想要找一个靠谱的理由来解释你出现在他房门口的原因。如果你喝醉了，还带了半瓶他喜欢的酒，那他可能会愿意邀请你进屋。"

我决定不要提起我房间里那瓶"红酒"。"也对。这样看起来就好像我只是想要和他搞好关系。这究竟是在进行谋杀调查，还是说要让我和他真人演出你这会儿脑子里的桥段?"

"到时候会有另外一种胀痛。"麦克窃笑道。

杰米森伸出一根手指，指着麦克。他闭上了嘴。

丹尼抬起头来，说："布雷文斯和杨刚刚带走了詹妮斯·龙。他们已经没收了她的警械，这会儿正在送她去醉鬼监禁室。"

"她动手反抗了?"我凑到杰米森跟前问道。

"听起来像是这样。"丹尼敲了敲自己的耳机说。

我意味深长地看了杰米森一眼。“无辜的人在监禁室里总是无法入睡。”

“她跟我们一样知道规矩，”杰米森说，“当然不会那么轻松的。”

“作案动机是什么？”麦克问，“詹妮斯·龙或者杰瑞·巴特尔特为什么想要杀害艾米莉和阿兰·沃奇林？”

“他才不会直接告诉我们，”我说，“哪怕我们好声好气地问他。”

“别废话了，”杰米森说，“我还指望灌他两杯酒能让他口风松一些呢。”

“这么做是错误的，”我用手指敲着电梯内壁，“要跟他好到那种程度需要花费太长时间。我可以让他很快产生戒心，然后从中发现一些蛛丝马迹。他没有理由怀疑我是为谋杀的事而去找他，装傻充愣我比你们所有人都强。”

“我猜你只要本色演出就行了。”杰米森说。

“谢谢你对我的肯定。”

“我以为你是国务院的调查员呢，”麦克说，“你怎么懂这么多审讯技巧？”

“贸易谈判有时也非常需要技巧。”

麦克眯起眼睛，“好吧。”

杰瑞·巴特尔特的房间号在他的房门上闪着柔和的红光，

房间号下方有一块显示屏，上面写着“请勿打扰”。天花板上灰色的球形摄像头映着红色的数字，就在从电梯出来的走廊与一条更长的弧形走廊相交的丁字路口上。

我可以从摄像头的拍摄盲区溜过去，就像我之前为了设置通信天线而溜进远足区一样，不过如果杰瑞正在监视，那我就需要让他看见我是一个喝醉酒的傻瓜。我顺着走廊东摇西晃地前进，从一面墙上弹开，又撞上另一面墙，身体在半空中随意翻滚旋转，甚至不去设法保持前进的方向。

有一会儿，我假装自己在一个拐角处头下脚上动弹不得，用两条胳膊划着圈，这才让自己不再一直面对着墙。我一度担心把自己来回折腾得太狠了。我后背抵着墙，确认杰米森早前给我的手持推进器仍旧别在腰带上，藏在我这件松松垮垮的夏威夷衬衣下面。

最后一击，我撞上正对着7681号房间的墙壁，抓住门把手，用拳头砸着“请勿打扰”的标识，一直砸到手发麻。

“杰罗特他娘的巴特尔特!”我喊道，并且故意叫错他的名字，“快开门，你这个婊子养的死胖子！我知道你在里边！给我滚出来，像个男人一样出来见我!”

他开门时，我都快把骂人的话用光了。杰瑞跟我上次见到他时一个样子：非常普通，完全不引人注意。此时唯一不同寻常的事情就是他看起来似乎无比愤怒。

“是你?”他说，“你他娘的来这里干什么?”

“你以为是谁？西班牙宗教法庭吗？”我向前倾，正对着他的脸直嚷嚷。他下意识地往后退。我绕着门框一拧身子，左肩膀撞上他的胸口，挤进屋子里面。

“嘿!”他一边说，一边身子向后旋转，给我让出了空当。他没料到我有这一招，所以没能挡住。我心想他会不会比我还缺少零重力环境下活动的经验。我需要竭尽所能地利用每一点优势来对付这个家伙。

德嘉·索雷斯号上客舱的设计，都要求做到让中等身材的成年人与至少一面墙壁或一件家具保持在一臂距离以内。这样无疑是为了防止在零重力环境中，有人停在半空动弹不得。许多人以为他们可以扑腾着胳膊腿在失重环境下“飞行”，就像游泳一样，可是这样根本没用。空气只会给你的胳膊腿让开路，而你会一直悬在那里。这就是船员们要使用手持推进器和喷气背包的原因。

杰瑞的客舱是一个单间。我顺势让进门的冲劲带着我向前飞去，直到我的胳膊撞上他的床边，然后弯曲膝盖，挥舞胳膊,转动身体，再次面对着门，我倒立着把脚固定在天花板上。

我瞥见杰瑞正把他的笔记本电脑合上。我希望杰米森、丹尼和麦克也注意到了这一幕——我的眼睛与丹尼的腕带之间有视频链接。如果杰瑞正在用电脑监视安全摄像头的画面，现在他什么也看不见了。这下他们就有空当了。

“你喝醉了。”杰瑞扶着桌子说。

我一脚蹬离天花板，向他扑过去。他都没有打算闪身，这进一步说明他在保护这台笔记本。我抓住他的衬衣领子，把两个膝盖都顶到他的胃上。他一阵咳嗽，看起来更加生气了。很好。

“你真该为自己感到丢人。”我让自己的吐字略带那么一点含混。我要让身体看起来足够协调，足以构成危险。“我看见你对那可怜女人做了什么！真让我恶心，光是看着你就恶心！”

杰瑞抓住我的手腕，想要把我的手扯开。我把自己用力朝他一拉，动作很猛，同时低头。我正中目标，让自己的前额轰地一下撞上他的鼻梁。一阵疼痛传遍我整个脑袋，不过从杰瑞的叫喊声来判断，他可能疼得更厉害。

“嗯，感觉怎么样，大个子？”我对着杰瑞的脸嚷嚷道，“感觉怎么样？感觉不怎么样，对吧？”

“我不知道你在说什么！”他说。

我向旁边猛一转头，偷偷看进空荡荡的浴室和壁橱，四下打量房门里面的样子，然后才重新转回头来，对着杰瑞。我希望杰米森能看见屋子里是安全的，并且明白我给出的有关正门的暗示。他们怎么花了这么久？

“别对我撒谎，你这个让人恶心的、变态、龌龊的——”

杰瑞右手的手掌根砸上我的脑袋，又用左手击中我的体侧。我竭尽全力想要稳住，可是他又朝我的肾脏打了几拳，随后用右手掐住了我的喉咙。我能感觉到他的手指正在压迫我的颈动脉。

这家伙绝对是专业的，而我在昏迷前还有大约五秒钟。

我松开他的衣领，费尽力气弄出些“我投降”的声音来，可是杰瑞压根儿不在乎。我能从他眼睛里看出来。在我失去意识之前他不会松手，而我实在不愿想象在我昏迷之后，在杰米森、丹尼和麦克终于破门而入之前的这段时间里，他会对我做什么。

杰瑞只有一只手空着，而我要让他把这只手也用上。我右手扇在他脸上，这一巴掌扇得毫无气力。这不是装的。他不由自主地闭上眼睛，而我的左手悄悄绕到身后，抓住手持推进器。他左手握住我的右手腕，想要控制住它。这时，我再次抬起左胳膊。

我让推进器的喷嘴正对着他的耳朵，按下按钮。

动量等于物体质量与速度的乘积。为了让一个小小的物体，例如一团气体分子，推动一个大形物体，比方说人的身体，那么气体分子的速度必须相应地高出许多。而这同样能让它在近距离内具有足够的力量破坏人的耳鼓。这就是科学！

杰米森尖叫起来。他扼住我喉咙的力道小了一些，但他仍旧不肯撒手。我又把喷嘴塞进他的一个鼻孔，再次按下开关。他像一只受惊的猫一样发出一声怪叫，松开手，捂住自己的鼻子。我握紧拳头，攥着气瓶，对准他的下巴快速打出一记直拳。一拳头上去，我就听见他的牙齿磕在了一起。

他现在晕头转向，可他一直死死攥着我的右胳膊。而我绝不能给他一点恢复的时间。我伸出左腿，用脚踩上他的桌子沿，同时身体往那边拧过去，直到我可以蓄力蹬下去。我的右脚反复扫踢他的胃和体侧，用上了我从这个角度能用上的最大力气，直到他松开我的手。我又踢上去一脚，于是他打着转儿朝对面的墙飞过去。

我奋力扑向房门，一把拉开。杰米森、丹尼和麦克冲了进来。麦克两只手都拿着电击枪冲在最前，一瞅准机会就对着杰瑞射击。

杰瑞身体瘫软。丹尼和麦克动手拾掇他，杰米森则检查我的伤情。

“你们几个去哪儿了?”我哑着嗓子说。

“他把我们锁在外面了。”杰米森说。

“你就不能让门锁超驰吗?”

“他把锁重新编程了，”她说，“这杂种花样可真多。”

“要搜查这间屋子，”我说，“刚才我一进来，他就把笔记本合上了。”

杰米森点点头，看向那张办公桌。“是呀，小心点儿，他之前有三天时间在这地方设置陷阱。”

我再次环顾四周，这回用上了我的眼睛来扫描一切可能存在的危险。如果杰瑞·巴特尔特为这趟旅行有备而来，那他有可能偷偷带上来许多要人命的玩意儿，或者是制作这些玩意儿的零件。可是我没有看见任何不同寻常的东西。我告诉杰米森这里是安全的。

杰米森朝丹尼和麦克打了个手势，“你们俩，在这里看住罪犯。”

“不把他送进禁闭室吗?”麦克问。

“绝对不能，”杰米森说，“这家伙很专业。他很可能早就给笔记本做了设置，如果他没有输入正确指令就离开房间，电脑就会自毁。只要把他捆在某个牢固的东西上，再多派几个警卫过来搜寻电子设备。把他的嘴也堵上，我不想他对任何人、任何东西说话。”语音控制肩部电话不仅非常普遍，而且能够轻易为更具威胁的交互动作提供伪装。如果炸弹能够对你的声纹做出响应，那你根本不需要碰任何东西。

“马上照办，”麦克说，“你要去哪儿，队长?”

“罗杰斯和我要跟船长谈谈。”

26

德嘉·索雷斯号——C层甲板，高级船员居住区
埃莉开始想知道我在哪里前 1.5 小时

在返回船员舱段的路上，我们经过了一个巨大的广告牌，介绍船上的各种用餐体验，这让我想起来我还跟人约了晚餐。

“听我说，队长，”我一进船员电梯就说，“有关纳米机器人——”

“我们还有多少时间？”她问。

我眨眨眼，在眼睛里调出倒计时来，“16 个小时，不过越早——”

“我们等会儿再处理这件事。”她说。

“也许你可以叫人着手整理一份受辐射人员的名单。”

杰米森怒气冲冲地瞪着我说：“我刚刚把手下一名警卫关了起来。在我们弄清楚可以相信谁之前，先不要安排新的任务吧。”

我可等不及杰米森来帮我的忙。负责分发纳米机器人的是

我，而且我已经跟我的第一位病人约好了时间。

我们俩继续默不作声。我不知道杰米森在想什么，不过我在思考怎样让自己从她的任务里脱身，继续干自己的事。我们要去跟船长谈话，这或许是个机会。

我们来到桑塔马利亚的住处，她把手按在控制锁面板上，表明自己的身份。门打开了，船长两眼通红地看着我们。

他穿着制服裤子，上身穿着一件灰色的短袖无领衬衣。我看见他两条胳膊上有四个文身，不过我只认得其中三个。其中有一个跟保罗·塔金顿在自己右胳膊前臂上的一样。

“队长，”桑塔马利亚说，“罗杰斯先生。有事吗？”

杰米森把我推进门里，跟在我后面进来，又在身后把门关上。我不确定自己本来以为桑塔马利亚的住处会是什么样子。也许我以为他的房间会更具有海军风格，或者像海船上的舱室，或者——我不知道，不过房间里可能装饰着几张海景图或者古代的帆船。也许是一条装在瓶子里的船，这艘船他花了好几个月，精工细作才组装好。跟往常一样，我又错了。

要不是看见敞开的衣柜里的衣服，还有小书桌的魔术贴带上固定着的平板电脑，我没准会以为这间屋子里没有人住。这里既没有家人的全息照片，也没有资格证书，也没有用来展示军衔徽章、部队奖章的盒子——人们一般认为一名老兵会用作装饰的东西。不过跟缺少人味儿相比，更让人感到害怕的是，这里居然彻彻底底地一丝不乱。

就连我所认识的人里对整洁最有执念的奥利弗，也总是会在工作室里把东西放得到处都是。尽管所有东西都以适当的角度摆放整齐，不过总归到处都放着东西。桑塔马利亚的住处则完全没有任何能被视作凌乱或者无序的东西——这不仅说明房间井井有条，还意味着这里根本什么都没有。我好奇他是不是对零重力条件下的物品存储预案有强迫性神经官能症，或者说这种简朴的室内装潢风格有更深层次的心理原因。

“我们可能抓到真凶了，船长。”杰米森说，她简明扼要地介绍了我们如何确认杰瑞·巴特尔特的身份，并对他实施逮捕。“这家伙绝对是专业范儿。丹尼和麦克正在他的房间里看着他。他当时正在使用一台笔记本电脑，不过我们目前还不想动它。我想你会想先跟他谈谈。”

桑塔马利亚点点头，“如果杰瑞·巴特尔特是个已知的特工，那么他的档案应该属于高价值部分。我们无法通过非保密连接获取这些资料。”

“我能够进行全程加密的通信联络。”我说。我眨眨眼，将网络信息调入视野里，启动船壳上的通信天线。“我可以在数据库里进行人脸识别搜索。只要给我几秒钟来——”

桑塔马利亚一把抓住我的脸，拇指顶在我的左眼皮下方，把眼皮推进我的眼眶里。

我自然而然地叫了一声：“嗷！”

“不要发送信号。”他说。他的语气里既没有强调，也没有威胁的意味，不过，就跟他的房间一样，让我不舒服的正是这种不加修饰。

“我只是在搜索记录，”我说，“哪怕返回来的结果是限制读取——”

“这不是重点。”桑塔马利亚说。

“你可能让巴特尔特或者他的老板听到风声。”杰米森说。

“什么?”我问，“我们已经拿下巴特尔特了。他压根没机会警告他的上级。他们都不知道我们正在查找——”

“他一定是需要定时打卡的，”杰米森说，“每天打卡一到两次，我猜。不管什么时间报到，他都得错过了。在他的接头人知道出事之前，我们顶多还有几个小时。”

“到那时，”桑塔马利亚说，“我们的优势就是不要让他们知道巴特尔特已经被捕了。他们不会知道他仅仅是受伤了，还是生病了，还是因为别的什么稀松平常的原因错过了他的打卡时间。我们可不想做任何会让他们怀疑巴特尔特已经被捕的事情。”

“他们怎么会——您能不能把我的脸放开，船长?”

“不要发送信号。”

“我不发。”

“还有，关掉天线。”

“这就关。”

他松开我，我关掉通信天线。“好啦，天线关掉了。可是这艘飞船肯定每时每刻都在发送几十种不同的无线电信标，这些所谓的老板又怎么能知道他们看到的是哪类信号？”

“你的回波三角使用的是外太空部队的频率，”桑塔马利亚说，“我们不想让所有人都知道，这艘飞船与军事相关。”

我想起自己跟杰西卡打过那么多电话，胃里一阵紧缩。不过眼下我可来不及担心这个。

“你有没有注意过巴特尔特的行为举止？”桑塔马利亚问，“有没有什么细节暗示他来自哪个国家，或者具体接受过哪些训练？”

“哦。”我回想自己与杰瑞·巴特尔特的几个照面：先是吃晚餐时，然后是在那条过道上，最后是在他的客舱里。“没有，没有，美国口音——听起来似乎母语就是英语。和警卫周旋时，身体动作非常自然。不接受训练不可能做那么好，不过这可能出自任何一个国家的训练。”

“他的打斗风格也没有值得注意的特征，”杰米森说，“不过他当时是在一间很小的房间里跟罗杰斯厮杀。没有太多空间来周旋，压根儿就做不出多少动作。所以也看不出太多内容。”

“他倒的确说了一些奇怪的事情，”我说，“在第一天晚上，晚餐过后。说他以前怎样去过火星，去做生意，不过这次是私人旅行。”

桑塔马利亚捋着胡子，“嗯。”

“他还提到克隆过自己的狗，”我尽量回忆并且讲述他的故事，“用来掩盖身份似乎也太奇怪了。我不过是问了问他有没有妻子和孩子，结果他一口气给我讲述了他整个鸡飞狗跳的离婚过程。也许是他喝多了，不过对于专业人士来说，就像是说漏了嘴。”

“也许他真的是在放假，”杰米森说，“而杀死无辜平民只是一个爱好。”

“我敢打赌你在派对上绝对是个开心果。”我说。

“如果我们还要继续做推理，”桑塔马利亚说，“那我需要喝点咖啡。”

杰米森点点头，说道：“抱歉，长官。我们在外面等你收拾停当。”

她拖着我来到走廊，桑塔马利亚在我们身后关上门。过了一会儿，他穿着一身整齐的制服出来了。

“我们去报务室吧。”他一边说，一边沿走廊前进。杰米森跟在他身边，而我则在他俩身后在几堵墙上碰来撞去。“我会亲自给塔金顿指挥官发一封加密信件，并且附上巴特尔特的照片。国务院的公共网站上有一个秘密情报传送点。罗杰斯先生，你在上传我的压缩包的同时也把你要提交的报告发送出去，作为掩护。”

“好的。”我说，“要我发什么报告？”

杰米森转过头来，冲我皱着眉问：“局里没有给你编个故事吗？”

“我在放假!”我可不喜欢明明不是我的错，却被人指责，“鞭笞者给了我一张票，叫我走开。我有一些假身份文件，但也就这些了。我猜他也没料到我会卷进这些事情里。”

桑塔马利亚看看杰米森，“队长?”

“我们文件夹里有些文档，”杰米森说，她看起来不太高兴，“我会把它们发到报务室。不过在这之后，我想我们就该审讯巴特尔特了。”

“而且你说‘我们’，其实是单指我。”桑塔马利亚说。

“是的，长官。”

船长叹了口气。其实不完全是在叹气——他没那么感情外露——不过效果是一样的，让谈话出现停顿，表明他有多么不情不愿。“我们没有这类行动的授权。”

“我们会得到授权的。”杰米森说，“把这一请求放进你的压缩包里，一并发给鞭笞者。你知道不论你有什么请求，他都会同意的。”

“这可不一定。”桑塔马利亚说。

杰米森嘲笑地说：“那可是战后亲手把一枚勋章挂到你胸前的人。也是他给你起了个外号叫——”

“我们没有授权，”桑塔马利亚的声音绷紧了，“你自己说过我们对巴特尔特一无所知。万一他只是一个普普通通的精神病人呢?等我们把他折腾个半死，却发现他只是个平民怎么办?”

“很有可能啊，”杰米森说，“毕竟他不仅是个专业的小偷、电脑黑客，还在徒手搏斗中差点儿杀死罗杰斯。”

“嘿！”我抗议道。他们却不理我。

“我们每浪费一分钟时间来争论这个，他就会多一点时间来规划如何逃跑，而他的老板就会多一点时间起疑，”杰米森说，“我们必须摧垮这个家伙。”

“要收集信息，刑讯逼供并不是一种可靠的手段。”桑塔马利亚说。

“在火星上可不是这样。”杰米森说。

桑塔马利亚怒气冲冲地瞪着她。我浑身紧绷起来。我担心他会一拳挥向杰米森，而我要做好准备，随时闪身躲开。

最后，他重复道：“我们没有得到这种行动的授权。”

“好吧，”杰米森说，“我们什么授权都没有。睿智的官僚作风。不过你仍旧是德嘉·索雷斯号的船长，船上有一名乘客是一起导致两人死亡的谋杀案的头号嫌疑人，你有权去盘问他。也许你会注意到某些我们没注意到的细节。”

桑塔马利亚松开拳头，“很好。”

27

德嘉·索雷斯号——第 7 层甲板，游客舱段

我必须去见埃莉前整整 1 小时

我们在报务室里只待了几分钟。我已经打定主意晚点儿再溜走，去为我的豪华晚餐做准备。我还有时间。而且我绝不能错过观摩船长行动的机会。看着杰米森在审讯过程中如何把一个茫然无措的平民大卸八块是一码事；但是看桑塔马利亚审讯一个真正的秘密特工，那绝对不亚于看一场拳王争霸赛。

桑塔马利亚、杰米森和我飘到门口时，丹尼正在巴特尔特的舱房门外站岗。杰米森看了很不高兴。

“你让麦克跟他单独待在一起?”她一边吼，一边戳着门锁。

“我守着走廊，”丹尼说，“防止他还有别的同伙——”

“以后再说!”杰米森在锁板上狠狠戳下最后一个数字，门打开了。她一脚蹬离走廊的地面，翻转 180 度，头下脚上地站在了天花板上，同时拔出了电击枪。

我要毫不羞愧地承认，杰米森一开门，我就把自己紧紧地贴在房间外面的墙上。我听见麦克的声音："队长！出什么事了?"

"你他娘的在大衣柜里干什么?"杰米森说。

我把脑袋探进门里。麦克正蜷着身体待在床和厕所之间狭窄的衣柜里。衣柜空荡荡的，只有他和一个巨大的透明塑料袋子。那袋子里装的一摞衣服，被塞在衣柜的另一角。

麦克头顶上有一层搁板，架着一个用螺栓固定在墙上的小金属保险箱。保险箱的门敞开着，里面似乎也是空的。保险箱底部有一个方形的检修口，盖子已经打开了。麦克正拿着一台手持扫描仪对准里面的线路。

"我刚才在检查他的私人物品，然后是这个保险箱，"麦克说，"里面什么都没有——连锁都没锁上——不过这个检修口的盖子上有些划痕。看起来像是他把某种装置放在里面了。还不确定它是干什么的。"

杰米森把她的电击枪放回枪套，朝大衣柜飘过去。麦克把一个东西递给她。我跟着桑塔马利亚也进了房间。

"有哪些系统的线路经过这里?"杰米森问。

"没什么重要设备，"麦克说，"这间舱室的电闸，还有隔壁的电闸，环境控制传感器，还有 PCI。"

"PCI?"我隔着杰米森的肩膀看过去，问道。

"公共计算基础设施，"杰米森说，"相当于它可以绕过无线网络。他就用不着黑掉无线网了。”

她手里的设备是一个又小又扁的灰色长方体，既看不出有标签，也没有仪表。如果麦克是在垃圾堆里找到的，那它大概看起来就像是从别的设备上掉下来的连接件。方便藏匿，容易糊弄人，容易让人忘记曾经见过它。

就像奥利弗给我造的那些设备一样。

杰瑞·巴特尔特被绑在一把小凳子上。那凳子原本挂在桌子下方的墙上，翻下即可供人落座。他的手腕、胳膊肘、膝盖和脚踝上都绑着塑料束线带。他的小臂被宽胶带缠在大腿上，似乎也一并缠在了凳子上。麦克和丹尼真可算是即兴花样捆绑的专家。我们的俘虏向前弓着身子，那姿势不仅极其不舒服，而且根本无从借力来摆脱束缚。

我看着他的脸，本以为他的眼神中会充满怒火。可是他没有一丝表情，嘴上缠着宽胶带，胶带上方的脸鼓了出来。他那双毫无特征的棕色眼睛哪里都没有看，只是在放空，而且——

“他在眨眼!”我叫道，同时朝衣柜侧面蹬上一脚，头冲前方扑向巴特尔特。

我伸出两只手去抓他的头。他头一歪，躲开了，我的手指关节撞上了他身后的墙。我咒骂一句，伸腿去踩地板，把两只脚固定到书桌旁的魔术贴带上。我两只手抓住他头的两侧，把两根拇指戳进他的两个眼球。我可不像桑塔马利亚对我那样小心翼翼，巴特尔特透过缠在嘴上的胶带发出一声惨叫。我不做理会，两根拇指往上一拨，撑起他的眼皮，让他一直睁着眼。

这时船长和杰米森都飘到了书桌旁。桑塔马利亚在我左后方，杰米森则在我右边。

“这狗娘养的，”杰米森凑上前说，“真不敢相信，我之前居然没有发现。”

“他们故意让表层覆盖物很难被发现。”我一边说，一边检查他的两个眼球，果然发现了角膜植入显示器的栅格痕迹。“在这儿。在他的右眼里。”

桑塔马利亚拍拍我的肩膀，我往旁边侧身，让他能更直接地观察巴特尔特。我把右手从他脑袋上拿开，左手一直撑开他的右眼，不让他输入完之前正在输入的控制命令。他和他的笔记本电脑或者衣柜里的那个设备之间可能连有无线网络，但愿在我们离开这段时间里，他没有一直都在眨眼，做着一些无人知道的操作。否则的话，我们也许已经完蛋了。

“巴特尔特先生，”桑塔马利亚说，“我是爱德华·桑塔马利亚，德嘉·索雷斯号的船长。我想知道你之前为什么要杀死我们的两位乘客。”

桑塔马利亚在试他的反应。我打开眼内扫描仪，紧盯着巴特尔特的脸，可是什么都没看出来。他绝对是专业的。一个普通人一旦受到谋杀指控，肯定会以某些形式有所反应；就算他没有打哆嗦，他的脉搏和体表温度也会发生变化。

他的眼睛转来转去，挨个儿看着屋子里的每一个人。他猛一抬头，作冲撞之势。

桑塔马利亚抓住宽胶带，一把将它扯了下来。那声音让我浑身一抽，巴特尔特却没有一丝感到疼痛的表情。实际上，他正微笑着，直勾勾地盯着船长。

“很高兴见到你，哈迪斯。”

我都没有看见桑塔马利亚出手，只听见“咚”的一声闷响，然后巴特尔特的头猛地朝后一仰。我下意识地缩回手来。他的头撞到墙上，又向前弹了回来，前后甩了好几次。他的右鼻孔流出血来，血液飘在半空中，变成一串红色液滴。

“这他娘的是怎么回事?”我问，声音比我预想的还要尖。

杰米森把两根手指按在巴特尔特的脖子上，说：“他还活着。”

“好。”桑塔马利亚用右手揉着左手掌根，“已经好久没做过这种事了。”

“是啊，不过，你的手艺还在，”杰米森说，“丹尼！麦克！帮我把这家伙搬到禁闭室。”

“我以为你不想把他关进禁闭室呢!”我说，“陷阱怎么办?”

杰米森看了看床，问道“他醒来多久了，麦克?”

“你们走后五分钟左右，他就醒过来了。”麦克说。

杰米森又转回头来对我说：“他已经有足够时间来启动他在这里设置的所有东西了。现在我们需要阻止他再做别的事情。”

“如果你们一直对他使用镇静剂，那你们就没办法审问他了。”我说。

“他什么都不会告诉我们。”桑塔马利亚说。

“而且这也不是重点，”杰米森说，“对他用镇静剂就意味着要派人一直守在他身边，每过几个小时就要对他用一次药。我们不能冒险让他这么频繁地与人接触。”

“那你们想就这么捆着他？”我问，“反正你们也要派人二十四小时看着他。干吗不给他用四级镇静剂——”

“我们要把他关进法拉第笼里！”杰米森对着我的脸吼道。丹尼和麦克刚把巴特尔特从凳子上解下来，这时吃惊地抬起头来。

“法拉第笼是什么？”麦克问。

“我们还有法拉第笼？”丹尼问。

“见鬼。”杰米森说。

桑塔马利亚一只手按住杰米森的肩膀，不等她再说什么——或者，没准儿，朝我脸上揍一拳——就把她拉了回去。看样子，她肯定挺想揍我的。我都习惯了。

“埃格诺先生，布朗先生，我们需要你们的帮助，”桑塔马利亚说，“我们现在正在处理一些非常敏感的事情——关系到行星安全——我们需要知道，我们能不能放心地把相关信息告诉你们。”

丹尼和麦克交换了一个眼神，看起来半是震惊，半是掩饰不住的喜悦。我心想他们俩期待升职已经多久了。

“百分之一百放心，船长。”麦克说。

“一点儿没错。长官。”丹尼说。

“很好。”桑塔马利亚冲我点点头，“你们俩大概早就猜到罗杰斯先生的身份并不是他所说的那样。”

“是呀，显而易见。”麦克说。

“‘罗杰斯’是你的真名吗?”丹尼问。

“罗杰斯在飞船上监督从地球到火星的特殊货物运送。”桑塔马利亚说，“其中一个集装箱设置了电磁防护，防止其中的货物受到扫描。”

“你在替国务院走私货物?”麦克问。

我等桑塔马利亚插进话来。可他没有。

“不是走私货物，”我说，“把它当成是一个不同寻常的外交公文袋吧。”

“所以你在外面就是干这个，”丹尼说，“检查货物。”

我做出一副一脸抱歉的假笑，“小心驶得万年船。”

“他会把法拉第笼打包好，然后把它带到禁闭室，”杰米森说，“我们要把笼子安进一间牢房里，把巴特尔特关在里面。法拉第笼能阻止他发送或接收任何信号。”

她松开我，桑塔马利亚抓住我的胳膊，把我转过身，面冲着门。

“走吧，罗杰斯先生，”他说，“我来帮你穿太空服。”

28

德嘉·索雷斯号——飞船舱外，货运舱段

我大概晚餐要迟到了

局里会定期在太阳系里到处偷运物品——我自己就干过好多次快递的活儿——不过我一向都没有兴趣打听他们是怎样掩人耳目地运送所有这些货物的。

数据很容易到处传送。只要做好加密，你都用不着藏着掖着，因为数学能确保直到宇宙热寂之前都不会有人能够破解密码。而实打实的东西就比较考验手艺了。

许多东西可以拆成零件，要么变得人畜无害，要么可以伪装成人畜无害的样子。化学物品和某些电子器件就属于这一类。但是有些物品，例如武器级别的核材料，或者粒子光束炮的点火线圈，就没有办法拆解或者伪装了。我是局里目前运送这类物品时比较偏爱的人力，不过是个十分少见的资源。

桑塔马利亚帮我穿好太空服，并且把固定在德嘉·索雷斯号船壳凹陷处的货物的情况给我做了简单说明。我下载了一张标明带有编号的集装箱位置的地图，然后他就送我上路了。

我一路保持无线电静默，因为桑塔马利亚一直担心某些敌对团体正在监听我们的通信，而要想对太空服的通信进行加密可不是容易的事。我觉得他有点儿偏执狂，不过我不打算反对他的命令。

我要寻找的那个集装箱在货堆的最里层，集装箱的一头紧靠在船壳上。所有集装箱都按照“重力方向”码放，像一堵五颜六色的砖墙，紧靠着德嘉·索雷斯号蛋形船壳被切掉的那一侧砌好。

我把自己小心翼翼地拖进集装箱之间夹缝的脚手架，同时注意不要让保险绳纠缠在一起。我一把磁力靴固定在一根脚手架的栏杆上，就解开长长的绳索，把太空服腰上一截短一些的绳索固定在目标集装箱的顶部，就在两扇箱门的门缝上方。

这些集装箱并不是被设计用来在真空中打开的，不过它们也并非完全密封。所有货物都在离开大气层后才装箱，如果要装鲜活易腐货物，那这些货物也都单独装在巨大的金属密封盒子里。我在安全面板上输入船长的访问密码，用戴着手套的手握住门把手，稳住身体，向下转动两个把手，锁着集装箱门的长长的金属门闩吱吱嘎嘎地从固定位置挪开了。

箱门只打开了一条缝隙，就撞上了脚手架。我不得不侧过身去，一点点挤过门缝，进到集装箱里面，同时希望不会有什么尖锐的金属部件在我的太空服上划出口子来。

我一进入集装箱，就按动手腕上的控制按钮，打开头盔上的灯。集装箱内部就像桑塔马利亚所描述的那样：一摞摞纤维素板条箱紧挨着门里面码成一堵墙，把里面挡得严严实实，只在集装箱的最左边留出一条狭窄的过道。无论局里偷运的是什么东西，肯定就藏在这些看起来人畜无害、标着各种干货的板条箱里。

我始终不适应磁力靴吸附在地面上的感觉，只好笨手笨脚地移动，绕过用来做幌子的板条箱，一路向前迈进。这条过道不像外面那道门那样窄，不必侧身即能通过，我继续往前走，看见集装箱尽头有一个巨大的洞。

我花了好一阵子才看明白这出人意料的景象。我右边有一个巨大的金属网制成的立方体——法拉第笼——而长长的集装箱的另一头还有一些没有标签的货柜；有些看起来像化学品，还有一些可能是武器弹药。我用头灯的灯光扫过每一件货品，最后回到那个不该出现在这里的东西上：那个大洞。

这个货运集装箱的外部是一层厚厚的、镶有铅板的合金钢，被设计用来保护集装箱里的物品，使之免受宇宙辐射和宇宙尘埃的撞击。星际空间里没有太多固体物质，但是以几百万米每秒的速度，不论撞上什么，都会留下一道印子来。切开这种材料需要动用十分强悍的设备才行。我仔细研究着这个大致呈圆形的洞口边缘，看样子无疑是被高温切割机熔化的。

而在洞口的另一边，参照船壳上的标记来看，是一个通往飞船内部的船员用气闸舱。

天哪，我本来可以抄近道的。

“你这是什么意思，集装箱上有个洞？”

简报室里只有桑塔马利亚、杰米森和我三个人。我把法拉第笼带回来后，警卫们把它拿到禁闭室的一间牢房里组装好，把一直昏迷不醒的杰瑞·巴特尔特关在里面。此时我正在描述我在货运集装箱里看到的另外一些事情。

“稍等。”我把左眼里的视频传送到会议桌上，回放，定格，画面上清楚地显示着一个洞口。“考虑到它紧挨着飞船的船壳，而且那么圆那么大，所以不大可能是个意外。”

杰米森把脸凑到桌面近前，眯着眼睛看着画面。“狗娘养的。”

“船上有什么设备能切开这种合金钢吗？”我问，“如果有设备丢失了，也许我们可以搜查整个船员舱段，看看巴特尔特还干了些什么。”

“我去问问轮机部，”杰米森一边说，一边敲击着她的腕带，“不过我们在船员舱段的摄像头覆盖范围有限。既然这家伙清楚地知道该在哪个位置进行切割，取出货物，那他肯定也知道摄像头的盲区在哪儿。”

“你在集装箱里还看见了什么？”桑塔马利亚正低头观察着，不过他的目光像是透过了桌面。

我让视频快进。“其他东西都被固定住了，除了这一组绑带。”我指着四根黄色捆带的末端说，在零重力环境里，这些捆带像水草一样悬在半空，带扣全都松开了。“法拉第笼没有被动过。”

“我们需要仔细确认集装箱里丢了什么东西。”桑塔马利亚说。

“你不知道？”我说。

“切分情报。”杰米森说，“如果我们不知道自己在运送什么，那我们就不会把任务搞砸。”

我忽然想起另一件事来。“你们能控制装货的手续吗？不管是谁切割的集装箱，那人都清楚知道集装箱的位置，而且知道飞船内部哪个区域能够到那里。”

“书面工作由局里来做，”桑塔马利亚说，“我们运送的集装箱一向装在靠近集装箱堆中央的位置。这个位置能给货物更好的保护，防止受到辐射，或是被人意外发现。”

“那么，这些集装箱总是挨着船壳吗？而且正好靠着气闸舱？”

“是的。为了在紧急情况下方便取出来。以防万一。”

“哪怕里面装着危险物质？”

桑塔马利亚深色的双眼眼神一空，我看见他眼底闪过一丝严厉和愤怒，“我们从不运送危险物质。”

“肯定是局里的人，”杰米森说，“有人知道这次运送的任务。”

“内奸。”桑塔马利亚说。

“我们得联系鞭笞者。”杰米森说。

桑塔马利亚点点头。“是的。”

“不是说要避免引人注意吗?”我问。

“你刚才走神了吗?”杰米森喝道,“事态远比之前的严重。巴特尔特和他的神秘老板对我们在这艘飞船上的任务了如指掌。巴托尔特藏在衣柜里的那个设备接入了我们的内部通信系统。巴特尔特一直在监听船员们的谈话,很可能是用来确保自己可以避开所有人的耳目,在整艘飞船内流窜。”

“可是我们还是不知道他为什么要在飞船里乱窜,”我说,“你和詹妮斯·龙谈过了吗?”

“谈过了,她很干净,一个专业窃贼的替罪羊。而且我猜测巴特尔特之前是要溜去杀死艾米丽和阿兰·沃奇林,然后栽赃给阿兰的兄弟大卫。”

“这还是讲不通呀,”我说,“就算巴特尔特只想杀死阿兰·沃奇林,那他干吗不把三个人全都杀掉?又没有目击证人——”

“为了给我们一个十分可疑的嫌犯,阻止我们做进一步调查!”杰米森说,“但是等我们在这间办公室里了解到更多该死的情况后,我们的推测会更加清楚!”

“好吧,好吧!”我开始眨眼睛,调整到通信模式,“给我一分钟,启动回波三角。”

桑塔马利亚把十指按在桌面上，敲出一列字母和数字。“你用这个中继端口，与塔金顿指挥官的办公室建立直接联系，”他往下翻页，又敲出一组无意义序列，“然后用这个密钥建立到我房间的通话线路。”

我冲他皱起眉头，“等一等。你要用我的肩部电话，却不想让我旁听？”

“我很抱歉，罗杰斯，队长，”桑塔马利亚说，“你们俩都无权旁听这次通话。”

杰米森和我用加密手段把我的肩部电话连接到德嘉·索雷斯号内部无线网络之后便离开了。现在我可以随便到飞船上任何地方去忙自己的事了，这也不会影响船长与保罗之间的通话链接。

杰米森在简报室外的走廊同我道别：“不要熬得太晚。明天我们还要跟那犯人找更多乐子呢。”

“我们能聊聊纳米机器人的事吗？”我问，“我只想要一个名单。就这样。剩下的事我自己就能搞定。”

杰米森抓住一道扶手，在走廊里停下。“好吧。我就给你个名单。明天早上。在你对任何人采取任何措施之前，必须先把你那发疯的治疗步骤给我全程演示一遍。”

当然，我会让你相信我的。“我能再问你一件事吗？”

“什么事？”

杰米森不喜欢谈论那场战争。这一点她已经表示得十分清楚了。她也不喜欢和我聊天。我希望这两者相结合，能让她离我远远的，好让我不受打扰，顺利干完纳米机器人的活儿。

“刚才巴特尔特为什么叫船长‘哈迪斯’?”我问。

我们至少隔着三米远，但我敢发誓在她开口回答我之前，温度足足降了五度。“我们现在不聊这个。”

“我们以后会聊这个吗?听起来像是个很精彩的战争故事。”

杰米森左手握紧拳头，胳膊奋力一挥，吓得我往后一缩。她一弯胳膊，用另一只手在腕带上一阵忙活。

“你现在可以用拇指扫描进入船员舱段了。”她说，“船长一会儿可能还要见你。可我不想。别惹麻烦。”

我看着电梯门关上，然后冲回自己的房间，从口袋里取出离心机，甩出新复制出来的纳米机器人，把它们加进“红酒”里，又给两个饮料球装满加了料的佳酿。我希望自己没有让埃莉等太久。我花了好长时间才把礼服穿好。我当初干吗不买个带按扣的领结?

29

德嘉·索雷斯号——第 10 层甲板，散步区
晚餐迟到 20 分钟，真见鬼

这艘飞船上不是所有地名都用了糟糕的双关语，不过大部分地方名字都很烂。我想这正是火星公主游船公司的旗舰德嘉·索雷斯号想要的效果。

散步区上层，在“五光十色”和“钟楼怪帽”——这两家店都在卖你想象得出来的各种古怪饰品——之间，丝路盛宴餐厅门口的假翡翠龙头泛着绿光。我一路跌跌撞撞地飞下船员楼梯井，直到晚上七点五十分才上气不接下气地赶到这里。领班是一个让人目眩神迷的女人，身穿红色旗袍、头上插着一副花里胡哨的筷子。我跟她报了我的名字。

“啊，是的，欢迎光临，罗杰斯先生，”她说，“您的朋友几分钟前刚到。她正在吧台那边等您。您可以和她先在吧台待一会儿，您的餐桌准备好后，我们就来带二位过去。”

我谢过她，从绿龙的牙齿旁飘过，进入酒吧区。这里人很

多，我花了一分钟才找到埃莉。她穿着一身闪闪发亮、黑白两色的礼服长裙，样子如此不同寻常，十分迷人。她仍旧带着工作腕带和一双哑黑色的零重力袜鞋，不过这种搭配穿在她身上非常漂亮。

我之前一直没有时间为自己的迟到编出个理由。不能对埃莉实话实说，这一点显而易见；我永远都不能告诉她纳米机器人和安保工作的事。这一点我已经想通了。但是要完成眼下的这个任务，我需要扮成谁呢？“伊万·罗杰斯”要怎样才能让她喝下这杯价值连城的红酒，又不会被当成是古怪的追求者呢？

要不然别犯傻了，袋鼠。就当自己是在追她吧。

这个女人把我当成谁不重要。再过不到四天，我就下船了，也许我这辈子都再也不会见到她了。见鬼，看今晚的情形，也许在剩下的这段航程中，我都不会再见到她了。但是只要我让她喝下这一服纳米机器人药剂，以后见不见她都不重要了。

重要的是任务。重要的永远都是任务。

而不是今晚如何。

一直到我飘到吧台，来到她身边，递过去两只装满红酒的饮料球，埃莉才注意到我。

“可以请您喝一杯吗，女士？”我一边说，一边把两只脚固定在地板上。

她那双明眸看向我，微微一笑，“嘿，陌生人。你来得正是时候。”

“实在抱歉。我跟侍酒师聊得太久了。我想要为今晚挑选一支最完美的红酒。”

“我确信他或者她劝你不要怕破费。”

我把一个饮料球递给她，说：“您自己判断吧，小姐。”

我忽然想起来，我自己都还没尝过这种酒。不等我把我的饮料球放到唇边，埃莉就把一只手搭在我胳膊上，让我停下。

“等一下，”她说，“要喝这么好的酒，怎么能不举杯庆祝一下？”

“好啊。我们该庆祝什么呢？”

她举起她的饮料球说道：“为遇见新人干杯。”

我用自己的饮料球碰一碰她的，“为新朋友干杯。”

埃莉抿了一口手中的酒。我眨眨眼睛，调整到扫描模式，看着一注模糊的假彩绿色一路向下，进入她的躯体，又向外扩散，像分岔的闪电一样爬遍她深蓝色的身影。我猛然意识到，自己这样像是在盯着她的胸部，于是赶紧把头转向一边。

任务完成。接下来呢？

我不知道。

她把她的饮料球粘在吧台上，做了个鬼脸，“哇，这味道真不一样。”

我赶紧也喝了一口“红酒”，心想是不是变质了。隔绝空气的密封条肯定是完好无损的——我亲眼看着侍酒师确认全息密码，我也用自己的眼睛检查过了，但它也许原本就是品质欠佳的次品？埃里陨石坑里的辐射会不会对它产生了影响？

酒液冲过我的舌头，酒气微微升腾，其中混合着果香、苦味，以及熟悉而浓烈的酒味。它喝起来确实像红酒，但我必须得承认，我其实从来没有品尝过这么贵的东西。我怎么会知道它尝起来应该是什么味道？局里可没有把我们训练成美食家。

“还不赖，是吧？”我问。

这不重要。现在纳米机器人在她体内了。再过几分钟，它们就会开始修复她体内受到辐射伤害的细胞。它们会不断自我复制，直到完成工作，最后自毁。我的工作已经完成了。我可以现在就离开，继续工作，追查凶手，抓捕间谍。

可我不想这样。

“我跟你说，”埃莉说，“下一杯酒，我请。”

“好吧，”我说，“让你点，不过我来付账。”

“伊万——”

“我们部门替我付账。”这倒不是说谎。

她眯起眼睛，说“好吧。今天的晚餐你请。不过下次，我来买单。”

我难以自抑地微笑着。“那么，这儿有什么好吃的？”

埃莉仔细研究起丝路盛宴的新菜单。这份菜单在这次旅程才第一次启用，而且似乎已经成了船员间闲聊的话题。我半信半疑地听她描述充满异域风情的食材，其中一些就产自飞船上的水培植物园里。

刚才，她说“下次”。

和埃莉的这顿晚餐是我这辈子吃过的用时最长的一顿饭，不过还是结束得太快了。我们在丝路盛宴慢悠悠地点菜，吃掉每一道妙不可言的菜品，结束时都已经十一点了。我确信这时饭店要打烊了，因为我们的服务员本来一晚上都彬彬有礼，给我们送来账单时都没有问我们吃好了没有，而且脸上不带一丝笑容。

我在账单上签下我的房间号，既没有看，也不在乎花了多少钱。我们离开餐桌，我抓起那两个喝掉一半的红酒饮料球。埃莉意味深长地看了看我。

“嘿，我喜欢这种酒。”我说。谁会不喜欢尚在实验阶段的纳米技术呢？

她笑着摇了摇头，说：“口味偏好用不着理由。”

我们俩手拉着手，一起向船员电梯飘去。我可以从埃莉的肢体语言看出，她觉得我们今晚的活动结束了——她正变得越来越不放松，更加频繁地偷看她的腕带——可我还是想做最后的尝试。

“我好像刚才没讲，”我说，“你今晚真漂亮。”

“谢谢，”她轻轻地捏了一下我的手，“我还担心你是瞎了还是怎么的。”

“我想你现在得重新换上制服了。”

“是呀。在主轮机室里，穿一身像美人鱼一样的长裙可镇不住场子。”

我给了她一个狡黠的微笑。“需要人帮你脱掉这条裙子吗?”

她一阵大笑，把嘴凑到我的耳朵边，低声说道：“在零重力条件下做爱很难的。”

“我学东西可快了。”

“哦，这一点我毫不怀疑。可是再过不到四十分钟，我就要工作了。”

“当老大的就不能晚几分钟吗?”

“首先，不能。在启动反应堆、开始减速之前，我们需要对所有系统做全面检查。如果我们想要保持航线，对时间的把握就至关重要。其次呢，”——然后她又在我耳边轻声说——“就我想对你做的事情而言，四十分钟远远不够。”

“你这人可真是可怕。”

“是啊，我知道。”电梯到了，“我觉得你也挺可怕的。”

她松开我的手，向前飘去。时间似乎慢得像龟爬，而我则直愣愣地盯着这一幕，想要把这一瞬间的每一个细节都印在脑海里：长裙勾勒出的闪着微光的臀部曲线，她转过身时扫过她脸庞的棕色及肩长发，她微笑时露出的牙齿，还有她那双在灯光下闪闪发亮的眼睛。

“明天见。”她说。

"明天见。"

电梯门关上了，整个世界仿佛都黯淡了。

我直愣愣地望着前方，过了一会儿才低头看向手里两个饮料球。该回去工作了。还有好多人需要尝尝这支难以言喻的"红酒"。

首先，我要回到自己的房间，换下这身礼服。我只在和埃莉见面时才穿过它，我还想继续这样。也许这只是一种愚蠢的多愁善感。不过这个星期我想让自己愚蠢一点。我在放假呢。

我用火星公主游船公司免费赠送的帆布包装着这瓶纳米机器人加料"红酒"，前去船员舱段。所有高级船员都需要喝上一点。如果我能把他们当中某个人灌醉，就更容易追查还有哪些船员受过辐射。

一步一步来，袋鼠。

快到午夜时分，我来到舰桥后方的简报室。只有加尔布雷斯和罗根在那儿，正在会议桌的两头忙个不停。他们把桌面显示器分成两屏，每个人都在不断敲击和拖拽数据框，时不时地将数据框推给对方。

"你好，罗杰斯先生，"加尔布雷斯说，"睡不着吗？"

"差不多吧。"我说。我仍旧没有从与埃莉的晚餐中醒过神来。

“我们马上就要开始减速了，”罗根说，“你待在床上可能会更舒服点儿。”

得看跟谁。“我没事儿的。多谢提醒。”

“有什么事需要我们帮忙吗？”加尔布雷斯问。

有。我需要你们喝点儿酒，这样你们就不会死于癌症了。这件事说来话长。只管相信我好吗？

我正要开口说话，就听见“咚”的一声响。我环顾四周，这时又听见那声音在简报室里回荡——这个房间里不太可能出现回声——然后才意识到，这声音是事先录好的。“咚——咚——”不断重复，听起来就像一座古董时钟正在准点报时。

“这是老爷钟响了吗？”我问。

“是录音，”加尔布雷斯说，“船长喜欢古董。”

时钟刚敲完十二下，墙壁与天花板交接处就亮起了一圈红光。红光开始闪动起来，隐藏在房间内的扬声器突然发出刺耳的声音，接连响了五遍。

“出事了。”加尔布雷斯说。真是时候。

通往舰桥的门开了，桑塔马利亚飞进房间。他抓住桌沿稳住自己。

“罗杰斯，”他说，“你别走。艾瑞卡，杰夫，我们有麻烦了。”

他一只手狠狠捶向桌面，杰米森的脸出现了。她的样子就像是做好了上战场的准备。

30

德嘉·索雷斯号——B层甲板，高级船员简报室
午夜刚过，前往火星的航程过半

杰米森给我们发来一段主轮机室安全摄像头拍下的视频。视频中显示，夜班刚开始时，埃莉·加维兰身穿连体工作服飘进轮机室，和同事们挥手打招呼。我看见有六个人和至少六台机器人正在环绕着离子井的控制台前工作。这显然不是供游客参观的表演。晓，今天上午那位自诩的轮机室打手和植物园发烧友，绕过离子井的围栏，迎上埃莉，递给她一台平板电脑。

这时，一个人男人——从头到脚一身黑，连手套都是黑的，脸上戴着面具，只露出一双眼睛，背着一个背包——从埃莉身后猛地扑了上来，三个人一齐撞上栏杆，又向上弹去。袭击者用一条胳膊圈住埃莉，同时把晓踢开，推着自己和埃莉飞出屏幕底部边缘。晓撞上另一名船员，这才够到他的喷气背包控制杆，稳住自己。

警报灯瞬时全部闪烁起来。一定是有人按下了紧急呼救按

钮。视频记录里没有声音。轮机船员们全都一脸惊恐地瞪着屏幕外面。然后，一个接一个地越过黄黑两色的安全线，穿过轮机室主舱门，离开了。

晓留了下来，我看见他挥手让其他人赶紧离开，他的嘴一开一合。袭击者重新回到画面里，双脚踩上地板——有可能穿了带贴带的鞋子，用来固定自己。他一只手环绕埃莉，将她的双臂箍在体侧；另一只手则拿着一把刀顶住她的喉咙，她的喷气背包不见了。

我竭尽全力来对这一情况做战术分析。我告诫自己，这就跟战争期间评估战场实况录像是一样的。我的工作就是旁观，既不是做判断，也不是去干预。我要客观地记录下每一起恶劣事件的细节，这样其他人就不必承受观看一手资料的恐惧。

但这次不一样。屏幕上那个颈动脉随时会被割开的不是某个无名的士兵。那是埃莉。仅仅不到一个小时前，我们还在共进晚餐，而现在——

“这是什么时候的录像?”我问。

艾瑞卡指着视频一角的时间戳，然后查看自己的腕带，说：“三分钟前。”

三分钟。一旦他切开动脉，埃莉会在六十秒内死亡。加油啊，埃莉！打他！

但我知道结局并不会好。

袭击者的面具一动一动的。晓一边落到地上，固定好自己的双脚，他的嘴唇一边开开合合。他解下自己的喷气背包，把它丢到一旁，然后拍拍自己的胸口。

我能猜到晓在说什么——*放了她，来抓我吧*——我也知道这不可能。晓的块头跟袭击者差不多大。埃莉身材却要小得多，更容易靠蛮力制服。而且她是这艘飞船的轮机长。作为人质更有价值。

换成是我，我也不会做这样的交换。

争吵继续沉默地进行着。袭击者箍紧搂着埃莉的胳膊，摇晃着她的身体。我看得出来，埃莉在努力保持镇静，避免激怒他。我希望她是有意这样做的。我希望她正在思索计划。

晓的表情变得沉郁。他转身来到离他最近的控制台前，操作控制面板。通往主轮机室的舱门合上了。

“混蛋!”我听见自己说道。

袭击者又说了些什么，晓摇了摇头。袭击者把埃莉往前一推，刀子顶住她的下巴。她刀尖周围的皮肤绷紧。

晓转身对着控制面板，缓慢地操纵着各种控制开关。袭击者走上前去。近乎漫不经心地，他把刀子从埃莉身边挪开，把它扎进晓的后背。

我听见加尔布雷斯倒抽一口气。船长则好像在用另一种语言说着什么。我不确定。*刀子放平，从肋骨间刺进去，扎进肺里。这是训练内容。他是个训练有素的杀手。*

视频里，埃莉挣扎着想要摆脱袭击者的控制。袭击者一扭腰，把她的头狠狠撞上晓旁边的控制台。埃莉一个踉跄，袭击者又把她掼到地上。

一片深色的血迹漫过晓的后背。袭击者抓着晓的头，把刀子从他的肋骨间抽出来，划过他的喉咙。一蓬红色的液体喷到他们面前的显示器上。

袭击者把晓的身体从控制台前向后一甩，任由他翻滚着飞走。鲜血从他的脖颈喷涌出来，形成一道慢慢飘舞的缎带，又碎成深色的、震颤的、如红酒般的血团。袭击者弯下腰，又抓起埃莉。他对着摄像头扭过她的脸——*见鬼，他知道摄像头在哪儿，他还知道什么？*——用沾满鲜血的刀抵着她失去知觉的脸。这个信号非常清楚。

他把刀扎进控制面板，录像结束了。

信号切回到杰米森，她就在主轮机室门外。我看见她身后的警卫和轮机船员正在把工具塞进几个敞开的检修口。

“其他轮机员说，袭击者威胁说如果他们不离开房间，他就杀了她。”杰米森说。她的声音既坚定又冷酷。

“他想干什么?”加尔布雷斯说。

“我们不和恐怖分子谈判。”杰米森说。

“可是埃莉——”

“埃莉死了，”杰米森眼中的怒火能够烧穿玻璃，“就算她现在没死，那也快了。”

我双手握拳，指甲都掐进了手掌里。

“你根本不知道！”加尔布雷斯说，“她也许正——”

“我们不谈判！”杰米森说，“不论是因为人质，还是因为别的，我们都不谈判！我们绝不给这个杂种任何对付我们的筹码。”

加尔布雷斯转头看向桑塔马利亚，“船长。”

“杰米森队长说得对。”他说，却没有看向她。

加尔布雷斯瞪大眼睛，“船长！”

桑塔马利亚举起一只手，说：“我们假设加维兰轮机长还活着，以此为前提展开行动。我们要竭尽全力将我们的行动可能给她带来的危险降到最小。但是在营救一名船员的同时，我们不能无视四千个乘客的安全。

“我们的首要任务是夺回对飞船的控制权。而且我们绝不和恐怖分子谈判。都清楚了吗？”他扫视会议桌旁的所有高级船员。大部分人都沉默地点点头。

加尔布雷斯一巴掌拍在桌子上，又把手握成了拳头，回应道：“是的，船长。”

我知道他和杰米森是对的。这正是局里一直教我的东西：任何一个人都不值得你为之放弃任务。

好吧，我这个星期好像不怎么善于服从命令。

为什么我的脑子感觉像是在冒火一样？我以前也见过人死去。成千上万的人，如果你清点过我需要分析的战争视频的话。我甚至亲手杀过人。为什么这一次感觉不同？为什么这一次我如此感情用事？

因为你以前从来没有这样与人亲近过。

的确。我以前从来没有亲近过那些死去的人，无论是身体上还是情感上。他们要么是敌人，要么是盟友。没有人曾经与我进行过私人对话。

没有人去过我第一次亲吻埃莉的那片植物园。

每当我不得不除掉目标时，我也总是和他们保持距离。把他们丢进口袋里，从楼上推下去，从远处射杀他们。我从来不必亲眼看着一个人在我面前流血。我从来都不需要赤手空拳地结果谁。

可是我打赌我能。我会毫不犹豫地掐住这个劫船犯，把他活活——

“罗杰斯！”

是桑塔马利亚船长。他叫了我多久？

“是，长官，”我说，“对不起，长官。”

“下去扫描主轮机室，”桑塔马利亚说，“我们需要知道他在里面干什么。”

我到轮机室时，杰米森正在往回退。警卫们围着主舱门站成一个粗糙的半圆形，舱门则在黄黑两色的安全线上紧紧闭合着。三名手持喷枪的轮机船员正挤在门前，想要把门切开。他们的喷枪喷射出电弧光，在墙上投下忽明忽暗的影子。

我拖着自己来到杰米森身边，抓住一个把手。“队长。”

“罗杰斯。”她并没有看我，“告诉我里面的情况。”

“稍等。”

我已经调整好左眼的传感器，来看透这道屏障。从离子井释放出来的电力线十分明显，而且很容易清除掉，留下三个人形的干扰图像，那是三块深色的印迹，映在一片明亮的金色背景上。

那是晓的尸体，不受控制地翻滚着，由于血液的流失，正在慢慢变冷，因此图像颜色有一点不同。在他下方，我看见另一个人影，一动不动，紧挨着离子井旁边的围栏。

是埃莉。很可能被捆住了。仍旧失去意识。我还应该看见她手腕上腕带无线电波造成的干扰图像，但是那里什么都没有。劫船者一定是把它砸烂了。

还有第三个人影。劫船者。“他在房间左侧，”我说，“就站在那儿。他的胳膊好像正在动。那是哪个操作台？”

“紧急关闭操作面板。”杰米森说，“该死的。他了解这艘飞船。他知道安全摄像头在哪儿。他还知道怎样在零重力环境下活动。”

我听懂了她的言下之意。杰瑞·巴特尔特只是一个幌子，而我们忽视了真正的威胁。正如他们所愿。

而现在晓已经死了，谁知道这个劫船者还会对这艘飞船——还有埃莉——做什么。

“他们还要多久才能切开门?”我问。

“一切顺利的话，十五分钟。”她说。

劫船者的身形变了，我花了一小会儿才明白自己看见了什么。“他正在转身。我无法分辨他是在看向这边，还是看向对面，不过——”

我听见一阵警报声，距离很远，模糊不清。紧接着又一阵刺耳的金属剐擦声，一块黑乎乎的矩形落下来，占满我的整个视野，一边下落，一边抹掉那些黄色的电场线条。

“出事了。”我说。我不知道自己正在看的是什么。

“混蛋。”杰米森咕哝道。

主轮机室门背后发出“咣当”一声响，我的左眼黑掉了。我眨了几下眼睛，切换模式，来确认传感器仍旧有效。

“混蛋!”杰米森一边叫喊，一边用拳头砸着墙。她还有足够理智用另一只手稳住自己身体，所以这一拳的力道并没有推得她不由自主地沿着走廊飘走。我也有足够理智给她让开道，并且一直闭着嘴，直到她自己准备开口。

“他关上了防泄漏隔墙，”她说，声音嘶哑。“这些隔墙比外层船壳还要厚实。除非用脉冲激光，否则根本不可能切开。”她看着我说，“我想你的口袋里也没有吧。”

“没有。”此时我不想多做解释。

走廊另一头的轮机船员们破口大骂，许多人骂得比杰米森花样丰富得多。他们也挥着拳头砸着这扇门。警卫把他们拖了回来，以免他们弄伤自己或是弄坏设备。我很好奇警卫们会不会嫉妒他们可以宣泄情绪。

我脑子里却只想着晓的尸体，在轮机室里飘荡着，毫无生气，慢慢变冷。劫船者杀他时没有一丝犹豫，仿佛夺走一个人的生命根本不算什么。一旦埃莉醒过来，他会怎么对待她？如果埃莉不肯合作，他会怎样威胁她，又会怎样付诸行动？

还是说，他也会干脆杀了她，省去麻烦？

我刚才在逐个切换眼部的传感模式时瞥见了埃莉的身影。我不知道现在还能做什么，于是我重放缓存里的录像，想再看看她。

我正一格一格地翻看传感器的图像，不想错过这有可能是最后一眼的埃莉诺·加维兰的身影，就在这时，我发现一点闪光的颜色。

"他是个军人，"我轻声说道，"我这里有个读数，一个放射信号。他有一个能量植入物。"

有一会儿，杰米森一句话也没说。然后她猛地整个儿转过身来，面对着我说："是哪种能量植入物？"

我盯着悬浮在我眼前的平视显示器，费尽力气弄懂读数。"看起来像是一个粒子发射俘获——"

最后一个词卡在我的喉咙里。我感觉我的嘴半张着，杰米森则闭着嘴，紧抿嘴唇。

“医务室。”她说。

我们过来时，索尼医生正在为几位轮机船员治疗。杰米森都没有和他打招呼，就径直朝一个存放设备的柜子飞去，一把将柜门打开，扒拉着里面的东西，弄出很大的声响。

“队长!”索尼一边说，一边朝我们飘过来。我正在拼尽全力接住杰米森扒拉出来的东西。“你受伤了吗？你在找什么?”

杰米森停下片刻，说：“阿尔法脑波发生仪，我们之前在沃奇林一家的特等客舱里找到的那个。”

索尼不满地看了她一眼，转身去打开另一个柜子，取出一个透明的塑料袋，里面装着一个金属轮状物。杰米森一把抓过袋子，把它撕开，将那个装置在她手里翻了过来。

“请你小心一点儿，”索尼话音刚落，杰米森就把顶盖拽了下来。里面是一堆乱糟糟的电线，几块线路板，还有几个灰色的圆片。索尼叹了口气。

“这东西看起来像什么，大夫?”杰米森问。

索尼怒气冲冲地瞪着她，接过这个被拆开的装置，端详起来。过了一会儿，他皱起眉头，开始用手戳它，将电线拨到一旁，检查其他部件。

“这东西不是阿尔法脑波发生仪，”他说，“这里面连电源都没有。这里有一个凹坑，还有几个连接器，但是里面什么都没有。”

“大小跟俘获核刚好一样。”我说。

索尼猛一抬头，“原子能？这么个机器干吗需要这么强的能量?”

“这不是机器，”杰米森说，“这是个外壳。他们用它来藏匿第二个能量核。这东西看起来就像一件医疗装置，所以当它触发辐射扫描仪时，港口安检根本不会多想。大卫·沃奇林有个该死的处方啊。”

“我不明白。”索尼说。他的目光在杰米森和我之间来回打量，脸上满是关切，“为什么有人想要把原子能量核心偷偷带上这艘飞船？这跟劫持事件有联系吗?”他的脸一下子变得刷白，“劫船者想要毁掉这艘飞船?”

杰米森却没有听他说话。“阿兰·沃奇林想让我们认为他已经死了。这样我们就不会再去搜寻他了。他知道飞船走到中途，我们会像老鹰一样盯紧每一位乘客，而他想要躲起来，直到他做好突袭主轮机室的准备。”

“他自己的俘获核还在他身上，”我说，“我在轮机室里看见了。他用这个外壳把另一个俘获核偷偷带上飞船，这样他就可以把俘获核安在一具尸体上，让我们误认为那就是他。”

“慢着，”索尼说，“如果你所说的是真的，而且阿兰·沃奇林仍旧活着——那我们在他床上找到的那个人是谁?”

“这真他娘的是个好问题。”杰米森说。

房间里响起一阵颤抖的噪声，一道蓝色的灯光开始忽明忽暗，勾勒出地板的线条。我觉得我应该认得这个信号。

“我们是不是该担心这个?”我指着蓝灯问。

“这是加速警报，”索尼说，“准备好，要有重力了。”

“可我们不是还在中途吗?”

“他拿到了航行控制权，”杰米森说，“这个杂种正在改变航线。”

31

德嘉·索雷斯号——B层甲板，高级船员的简报室
遭遇劫持后19分钟

我和桑塔马利亚船长、加尔布雷斯指挥官、杰米森队长及游船总监罗根围坐在会议桌边，看着5028号套房的图像和我对主轮机室的眼部扫描。我已经把装着“红酒”的帆布包塞进了墙上的储物柜。现在准保没人有酒兴。

“只有我觉得这事儿荒唐透顶吗?”加尔布雷斯问。

“哪件事儿?”罗根问，“谋杀还是劫船?”

“我们再过一遍吧。”桑塔马利亚望着杰米森说，“队长?”

“长官。”杰米森拿起我的辐射扫描仪，之前它一直放在5028号房外的走廊里，“这是之前被认为是阿兰·沃奇林的死者的图像，没有更清晰的了。我们认为粒子发射俘获核心位于胸部，但进一步分析表明，该核心与脊柱基本持平。当它达到临界质量时，很可能烧焦了尸体。沃奇林明白，遭受灼伤和辐射的尸体几乎是无法辨认的。”

“能测试DNA吗?”桑塔马利亚问。

“要花时间。”罗根说，“索尼医生正在收集样本。他说可以把数据传回地球，但必须经过火星公主游船公司法务部和联邦调查局授权，保密解除后才能搜索符合条件的记录。”

“那得耗上好几个礼拜啊。”杰米森抱怨道。

“罗杰斯先生，”桑塔马利亚说，“你觉得国务院能加快进度吗?”

我点点头，“十有八九。”

“多谢。请配合索尼医生的工作。”桑塔马利亚说，“罗根，船上还有人失踪吗?”

罗根摇摇头。“我已经要求全体客舱服务员对乘客实行检查，很快就能有个总数了。安保部也在协同工作，确保每一位乘客都待在自己的房间里。”

“很好。”

“恕我直言，”加尔布雷斯在桌面上方挥动双手，“都说是阿兰·沃奇林弑母，他故意把大卫的药调包，致使后者昏迷，再趁母亲睡觉时下手。随后，他绑架并杀害了一名乘客，将尸体和一个他偷带上船的原子能核心放到自己床上。是这样吗?”

“是的。”杰米森说，“接着他把不省人事的兄弟拖进一艘救生船，把凶器放在他身边嫁祸给他。阿兰·沃奇林想要让人相信他兄弟才是凶手，没准儿还以为我们不会发现大卫，直到他死于服药过量。”

“这家伙杀害了母亲，诬陷了兄弟，”加尔布雷斯说得嗓子都哑了，“避开客舱服务和安全检查长达三天，现在又劫持了飞船，把轮机长加维兰挟为人质，和自己一起关在主轮机舱里？他究竟是什么人？超级大反派吗？”

我和杰米森互相递了个眼神，又偷看了船长一眼，对方只是盯着桌面出神。我们还不能对外公布嫌疑分子。阿兰·沃奇林的帮凶是杰瑞·巴特尔特，后者正是前者的指导者。

而他们两人背后，还有黑手在操纵。

“他参过军，”我说，“是特种兵。打仗时可能做过更龌龊的勾当。”

“船上大部分系统主要由主轮机室控制。”杰米森说，“补给还没有断，但外部通信、导航仪和推进器都不能用了。”

“他选择这艘飞船和这趟航行不无目的。”桑塔马利亚说，“艾瑞卡，新航道能确认了吗？”

“可以。眼下无法操控引擎，但仍能从导航系统中获取读数。”加尔布雷斯说，“新航道叫人费解。”

“怎么说？”

加尔布雷斯在桌面上移动双手，点触操作区。屏幕背景变黑，显示出一系列彩色小圆点和曲线，其中部分附带含有字母和数字的标识。我只看得懂“地球”和“火星”这两个词。

“这是原定航道。”加尔布雷斯指向桌面，循着一条白色曲线划过去，“从地球到火星，标准加减速过程，中途停航，行驶七天，在火星冲日点入轨。”

“但引擎重启后，飞船一直受到加速度推进。这是他制定的新航道。”加尔布雷斯指向一道正在远离中途标记的黄线，“我们正在加速飞向火星。如果不变轨、不变速，一天后就能到达。”

“为什么劫匪要带我们去原定的目的地？”罗根问。

“艾瑞卡，”桑塔马利亚低声说，“请放大导航界面，切到火星轨道。”

加尔布雷斯点点头，在导航图上操作。显示屏中央，火星从一个小红点变为大圆盘，白线标示出原始航道，德嘉·索雷斯号将会屁股冲前，进入环绕火星的轨道；黄线标示出的新路径则指向红色圆盘的边缘。

“他还是想去火星，”桑塔马利亚说，“只是不想在到达后停下来。”

“嗬。”罗根说。

“混账。”加尔布雷斯说，“所以他才上了这趟航班。他妈的。”

“这怎么可能？”我问，“星际运输轨道不该精细校准吗？”每次我问奥利弗能否改变航行计划，他都会对我吼这句话。

“确实。”加尔布雷斯说，“可按照目前的航线，火地距离是最短的。精准测算了两颗行星的公转轨道，抓准了时机。”

“冲日点。”杰米森带着骂骂咧咧的口气。

“船上一直有应急燃料储备。”桑塔马利亚说，“配合常规燃料，肯定够用。”

“而且绰绰有余。”加尔布雷斯敲敲桌子，上面显示出更多数据，“瞧见没？我们正在九成重力条件下推进，跟正常情况时一样，他只需重新校准飞船航向，正确测定加速度即可。原定航线是向火星外围推进的，现在偏离了 167 度。我们目前正向火星轨道前进，甚至——”

“太赞了。”杰米森说，“什么时候撞上？”

加尔布雷斯蹙起眉，“你说什么？”

“他不单想让飞船坠毁，”杰米森说，“他还想造成恐慌。目标肯定是人员密集的区域，或者是地标，或者两者兼备。查一下行星自转的情况。”

“这不重要。”加尔布雷斯说，“德嘉·索雷斯号重达九万多吨，能把半个星球撞成一个大坑。”

“那好歹得知道哪一面的人该撤离。”

“艾瑞卡，还请进行计算。”桑塔马利亚说。

加尔布雷斯瞅着杰米森说：“是，船长。”

“我们需要疏散乘客。”罗根说，“还剩多少时间？”

“25 小时 11 分钟。”加尔布雷斯回答。

“去吧，杰夫。”桑塔马利亚说。

“好。”罗根出了简报室。

一时间，只有空调发出的呼呼声和加尔布雷斯轻触桌面的嗒嗒声。船长突然笑了。杰米森瞪了他一眼。

“长官，笑什么?”她问。

“那人在发表声明。”桑塔马利亚说。

听船长的口气，“那人”显然不是阿兰·沃奇林，而是在地球上操纵这次行动的幕后黑手。桑塔马利亚希望我和杰米森帮他查出谁是主谋——我们该告诉保罗把谁拿下。

“没有警告射击，”桑塔马利亚接着说，“火星人一开战就让小行星坠入了地球的海洋。你们都没忘吧？连着好几天，沿海城市的居民都能近距离看见从海中升起的蒸汽柱。他们想让我们知道浮上岸的鱼的死因。人心惶惶，可到头来，地球人与其说是恐惧，不如说是愤慨。”

“他要引发新一轮战争。”杰米森说。

“不是。”桑塔马利亚摇摇头，“在他的意识中，上一场战争永远没有终结。”

这个“他”，渐渐不像是个代词了，而是直指某人。

“船长，”我在找借口跟对方私聊，“可否询问你对DNA的——”

“好嘞，算出目标区域了。”加尔布雷斯说。真是佩服，她居然还能一心一意地做轨道计算。

“我要回房了，有事要办。”桑塔马利亚从桌边走开。

“船长。”杰米森唤道。

她走去拦船长，可中间隔着会议桌和加尔布雷斯。桑塔马利亚出了门，杰米森在门关上的一刹那愣了一下，一手按着桌角。

他的房间里有什么洞天？队长，你怎么不跟上？

“刚才怎么了？”加尔布雷斯问。

“没什么。”杰米森敷衍道，“目标区域在哪里？”

“条件不太确切，我还要估算大气阻力——”

“你估计是哪儿？”

加尔布雷斯忽然变色，似乎不想回答，“位于希腊平原南缘的都城。”

只听杰米森恨得咬牙切齿，“谢了。罗杰斯，准备上救生船吧。”

“什么？”她绝对在说笑。“我不走。你们都得靠我。”我压低声音，“我有独门特技。”

杰米森抓住我的左手腕，“去外面说。”

我们带上简报室的门，来到走廊上。我重开话题：“到现在你才打发我走人？当真？”

“你不是全宇宙唯一一个有他娘的超能力的人吗？”杰米森恶狠狠地说，紧抓着我的胳膊，“你可是3A钻石级资产。按规定，我们不得让你受害。”

“我是特工，不是什么资产。”我才不需要所谓的保护。“现在尚不清楚对手是谁。不单单是沃奇林和巴特尔特的问题。

要是有一整个中队的人在暗中伏击呢?”

“没别人。”杰米森说,“沃奇林一摧毁舱外的传感器,我便派人采用了可视化扫描。任何比甜瓜大的东西,只要进入一千米的范围,我们立马就能知道。”

“那用什么作战呢?菜刀?”

“你口袋里有武器吗?”

“可能有。”

“好吧,”杰米森说,“留下所有装备和补给。记住在坠机前脱身。”

“我想跟船长谈谈。”*他在房间里干什么?目睹新航道后,他看出了什么?为什么不告诉其他人?*

“船长正忙。”

队长,你在隐藏什么?“忙啥?”

“不关你的事。”

我打量着杰米森的脸庞。她依然平视前方,不瞅我一眼,也不吐一语。她闭口不谈我为什么不对。怎么会这样?为什么不再大谈我有多不靠谱,或是我有多么离经叛道?眼下她没理由对我如此冷漠,除非——

“你也不了解情况。”我朗声道,“至于桑塔马利亚究竟在房间里捣鼓什么,你也毫不知情。”

“是桑塔马利亚船长!”杰米森回敬,“重申一遍,这不关你的事。”

“可这关你的事。”我用空出来的手指着她，“你是船长的得力助手。坐在这个位置上的人，既不是加尔布雷斯，也不是罗根，更不是那些平民。你就是当局的代表。你不是一个人在战斗。你们俩在奥林匹斯基地并肩作战，现在船长却撇下了你？他怎么会——”

杰米森猛地扭转我的身体，把我的脸摁到墙上，一边还紧紧抓着我的手腕，不晓得她是怎么做到的。她越压越用力，我肩上的筋腱疼得直作响。

“罗杰斯，我只说一次——”

哦，真见鬼。

我在她脸旁打开口袋——只有在我们面朝同一方向时才能实现，但我可以在她鼻子前两厘米处打开一个强真空缺口。我没有加光栅，所以杰米森眼前只有一个黑圈，气流扫过她的脸颊，遁入虚空。

不出所料，她浑身僵硬，没了声音。有那么一会儿，我让口袋保持状态，确保她能消化眼前所见。

朋友，那儿是深空。我是掉不进去，可等我把门洞开大，你就完蛋了。而等我关上口袋，你就只能独自困在口袋宇宙里，没有空气，没有光和热，也没有人来搭救。用科学部的话来说，在闷死之前，不论会不会先冻死，结果都一样。

老子可不好惹。

让对方领教后，我才关上口袋。

我费了好一通劲，才推开她，同时移开贴在墙上的脸，转过头去对她说话。不等她另一只手摸到后腰，我就握住了电击枪的枪套。我又不是傻子。

“我的代号是‘袋鼠’。”我说，“口袋总是有用的。”

杰米森放开我的手臂，把我推开。我靠墙站稳，扭身面对她。

“也许吧。”她说，“我是不懂这个口袋，可你的回波三角绝对少不了。”

那是当然。桑塔马利亚会希望得到新的命令，兴许还会请求增援。若要接通我的肩部电话，他只能动用舱外的通信天线，毕竟沃奇林和巴特尔特对此并不知晓，也无法远程摧毁它。

刚才提到这点不就行了？完全不用吓唬杰米森，她会窒息而死。

“来吧。”她折回我们来时的路，“我们去和船长聊聊。”

“谢了。”我一边说，一边走向电梯，“还好你明事理。”

“闭嘴。”她说，“我不信你那套，只是你提醒了我。得搞到船长的访问密码，绕开你的肩部电话，直接从报务室接入回波三角。完事后你再离船。”

“还是听听船长的说法吧。”

桑塔马利亚未必比她更有同情心，但我就想弄明白他突然离开，私下里到底在捣鼓什么。面临危机，时间紧张，没有充分的理由，身处此等高位的指挥官不会轻易离岗——反之亦然。

桑塔马利亚不愿走漏口风，让我觉得很不对劲。我要做好心理准备，免得又和人家相持不下，闹得不愉快。

32

德嘉·索雷斯号——C层甲板，高层船员居住区

飞船撞击火星前25小时

我和杰米森来到船长的住处，杰米森按下门边的信号控制板，等了十秒钟却没反应。她又按了一下，还把耳朵凑到门上。她八成什么也听不到，可我忍住了没明说。她暗骂一句，揿了揿领子上的无线电按钮。

“丹尼，”她呼叫，“犯人呢？”

无线电嗞嗞作响，丹尼回话：“还在牢里，队长。怎么了？”

“就想确认一下。”杰米森说，“通话完毕。”她用拇指抚过门上的控制锁面板，面板红光闪烁。

“船长！”她冲着门大喊。我们俩又等了几秒钟，依然没人应。“该死，快弄开这扇门。”

我用手指甲撬开控制锁面板，毫不费力，真是出人意料。估计游船上的人不会把船员想得无法无天。杰米森从腰带上取下一个电子工具，把一端接入端口，只听“嘀”的一声，面板

亮起绿灯，门“咔嗒”一下开了。

杰米森用肩撞开门，跃入特等客舱，蜷身落地的同时收起多功能工具，掏出电击枪，朝房里扫了一圈。幸好是她先行，我就把头探进门，好看清情况。

桑塔马利亚正坐在书桌前，桌面上空空如也，只有一台显示面板。船长只穿着短袖汗衫，摆在后面床上的制服夹克皱成了一团。他弓着身子，双眼紧闭。只见他塞着白色小耳塞，连着两根滑过脸颊的白色耳机线。

他在杰米森进来后猛地睁开眼睛，扭头看是谁发出的声音，随后重新看向门口，瞧见了我。从他的眼中可以读出恐惧，这是前所未有的。

他一手拔下耳塞，一手摸向平板显示器。

我冲进房内，踹一脚把门关上。就差一厘米，桑塔马利亚的手就要碰到面板了，我一把抢过来，低头看着显示屏。

面板上显示出杰瑞·巴特尔特的头像和一列重要的数据。很好。这是保罗传回来的记录查询结果，现在知道此人是谁了。

我又看见照片边上的说明文字，心中微微的喜悦便淡去了。我不敢相信自己的所见，于是下拉页面，想要浏览更多内容，然而已经没有后文了。我做出手势翻开了另一个文件，是一份写有日期的秘密货运授权书，签名很眼熟：E. 桑塔马利亚。

我望向船长，“活见鬼!”

“怎么回事?”杰米森把电击枪塞回枪套，起身问。

桑塔马利亚举起双手。微弱的铜管音乐从放在台子上的耳塞里传出。“听我解释。”

我才不管那么多。我受够了被蒙在鼓里，也不想次次都慢一拍，什么人、什么事都不去相信。我受够了总是被视作工具而不是被当人看待——这种感觉我早腻烦了。尽管身心俱疲，可我正在气头上，足够再爆发一次。

做决定时，我的潜意识占了上风。我比桑塔马利亚足足年轻二十岁，反应也更快。他不是在孤儿院长大的，但我经历过，我明白这不比在监狱里常年挨打好多少。而且我身手了得，也不吝啬阴招。

我丢下平板显示器猛扑向前，撞到桑塔马利亚身上，扬起手肘将他从椅子上推开，把他逼向小客舱的后墙，我们扭打在一起，一碰到舱壁我就借力让两个人都站起，我在船长身后，用前臂卡住他的喉咙。

我没打算勒死他。他还能发出声音，这就对了。

忽然有个又硬又冰的东西抵住了我的后颈。肯定是杰米森的电击枪枪口。

“罗杰斯，放开他。”她说。

“你一开枪，我和他都会被电晕。”我说。

“是啊，”她说，“把你电晕后，我只会砸烂你的下巴。”

一股怒火冒了上来，我顿时清醒，松开勒住桑塔马利亚的胳膊，趁杰米森挪开枪口的那一瞬，把右手伸到背后，猛地夺走电击枪，往对方的腹部就是一脚，将她踹开，同时用枪紧紧抵住桑塔马利亚的右侧太阳穴。

杰米森靠门而立，对我怒目而视。“罗杰斯，你死定了。”

我看到平板显示器掉在地上，就把它踢过去。

“先瞅瞅这个吧。”我说，“看完再决定想杀谁。”

她摇摇头。我发现她的肌肉都绷紧了。用不了一秒钟她就能从房间的另一头冲过来，不消几毫秒，我就会晕过去，只被揍了下巴都算走运了。

“是我开枪快，还是你扑过来快?”我吼道，“输入脑中的电压可有五万伏！看哪!”

我们双目胶着，片刻后杰米森屈膝俯身，动作迟缓，全程都在盯着我，难说是要去捡平板还是准备发动袭击。

她从地上拾起面板，又目光犀利地瞪着我，好一会儿才低头去看显示屏。

她没有睁大双目，但看得出她脸上的肌肉在极力掩饰她的惊讶。她眨了两次眼才抬头，似乎快哭了。

万万没想到她竟声音发颤，说：“船长，能解释一下吗?”

说完她便咽下了后话，仿佛嘴里五味杂陈。我把手松了松，垂下电击枪。假如桑塔马利亚现在惹事，杰米森会对付他的。

“他骗了我。”桑塔马利亚说。

“谁骗了你?”我没拦着杰米森发问。

桑塔马利亚呼出一口气，像是在我的掌控下没了锋芒。“特曼·萨克莱达。”

我没听错吧?不可思议。“特曼·萨克莱达?就是那个情报局长?”

“你认识局长?”杰米森问。这下我起码有个伴儿了。

“他骗了我。”桑塔马利亚重复道。

之后他跟我们讲起了来龙去脉。

特曼·萨克莱达和爱德华·桑塔马利亚是在海军陆战队候补军官学校里排队入学时相遇的。两人的姓氏按字母顺序排列，正好一前一后。他们的出身截然不同：桑塔马利亚来自贫民窟，萨克莱达则是大学毕业后，因为叛逆上层中产阶级家庭才去那儿。不过他们有个共同点，那就是都对战友情谊心怀浪漫的憧憬。

之前火星人的第一颗小行星撞击地球，致使一座所剩无几的南极冰川蒸发，萨克莱达正在坚忍号空间站执行太空港的建造任务。他马上发动全体手下转往前线，却还不知道，他的老朋友爱迪成了中校后，也自愿穿上宇航服，前去抗击小红人。

外太空部队的远征军当时还不存在，但这些最先部署到火星的部队是如今X-4部队的鼻祖。桑塔马利亚和萨克莱达都是最精英的战士。

当时的许多服役记录至今仍为机密。第一火星营执行过大量秘密任务，可数据看久了，就学会了解读被修改、被屏蔽的信息。

埃律西昂平原之战成为一场历史性的战役不是没有原因的：第一，火星军首次引爆核装置；第二，首次使用轨道卫星携带能量武器对行星进行轰炸。尽管地球联盟军最终得胜，但作战双方都损失惨重、元气大伤，往后几周都无法再度开战。

埃律西昂平原广袤平坦，古火山星罗棋布，其中海拔最高的是位于北面的埃律西昂山。火星非正规军被地球联盟军赶出希腊平原后便撤往东北方向，在埃律西昂山建立基地，还修了一座火星自由电台的广播塔。地球联盟军屡屡发动攻击，但均被逼退。

代号“1MB”的第一火星营在当周周末降落到希腊平原。地球联盟军驻扎在俯瞰埃律西昂平原的山崖上，此地位处无人区，夹在希腊平原的居住区和埃律西昂山的山巅之间。由于希腊平原的居民不希望军队拥入社区，军队也不希望平民——包括潜在的火星人同情者——过于接近作战根据地，这是唯一可行的方案，只是两边都不讨好。

埃律西昂平原之战始于周二早晨，终于周四日落时分的一次高能粒子集束轨道轰炸。地对空导弹火力网同时从埃律西昂山发射，盘旋升天，直指发动攻击的卫星。古火山再度喷发，几乎在同一时刻，一颗小型星在火星轨道上爆炸。

在最后一次交火中，火星非正规军的重武器遭受重创，损失了一整座满是军火和补给的山，士气也大不如前。最后自然是恢复了，但接下来的几个月过得无比艰难。地球联盟军的情况要好得多，他们损失了死光武器原型机，不过试射还是成功了。

双方在埃律西昂平原的死伤都很惨重。地球联盟军在卫星开始攻击之前清空了山中的士兵，但他们必须先在平原上杀出一条血路，上到埃律西昂山。火星军防御坚固，空中支援和重型装甲部队作战都不现实，地球联盟军的最高统帅要求立即给出解决方案。

那时他们还以为战争能在几周内结束。一群蠢货。

爱德华·桑塔马利亚是1MB在埃律西昂平原地面部队的指挥官。他做了无数极为艰难的抉择，连着两天命令数千男女士兵——连他的老友特里也没落下——进入人类史上最丑陋、最致命的一个战场，心里清楚多数人都将有去无回。

我终于明白巴特尔特为什么要把桑塔马利亚称作“哈迪斯”了——是他把部下送入了冥府。他派军队下到埃律西昂平原，士兵难逃一死，以英雄的身份长眠。

活着回到山崖的人不剩几个，萨克莱达是其中之一。他冲出地面，身后就是利用旧逃生地道绕开地球军防御工事、潜入指挥所的火星非正规军。一颗地雷把萨克莱达的小队炸进了一条这样的地道，他便和熬过轰炸的1MB战友一同迎战大吃一惊的火星侦察小队。萨克莱达等人后来钻出地面，距离桑塔马利亚的位置不过几米远，赶在火星部队攻来前几分钟发出了预警。

萨克莱达或许没能做出最好的战术安排。他本可以带领小队的幸存队员，利用作战服上的传感器躲避火星非正规军的巡逻，再进入直通埃律西昂山深处的隧道。而几小时后，地球联盟军终于以这种方式打入了山中。

局里的一些分析员表示，萨克莱达和三个剩下的队员没有足够的火力攻破据点，还有人认为萨克莱达的小队本可以提供极具价值的侦察情报，这样就能在以后的袭击中拯救人命。

这些都无关紧要。反正特曼·萨克莱达那天救了爱德华·桑塔马利亚的命。他们在埃律西昂平原之战中结下了深厚的情谊。自这天起，两人后来虽然在职业道路上分道扬镳，却一直是好兄弟，总是互帮互助，不容置疑，哪怕要把别人撇开。

“他骗了我，”桑塔马利亚说，“那个狗娘养的来到我家，在桌子旁一坐，就这么对着我撒谎。而我居然信了。”

他再度落座，直盯着杰米森放到书桌上的平板。我站在后墙前，杰米森则守在桑塔马利亚的椅子旁边。

这不只是人尽皆知的大新闻。这是一次改变了战场地貌的核爆炸。但我们都错了，本以为面对的是威胁国家乃至星球安全、妄图瓦解防线的敌对渗透势力，谁知却是内鬼，而且问题就植根在最高级别的大本营中，而我们还以为这里无懈可击。

这些人早就把我们的机密挖了个底朝天。那他们在这儿又有什么目的?

我望了望杰米森，被她的表情吓到了。她已经消了气，正目不转睛地凝视着桑塔马利亚，眼神中甚至透着绝望。她抄着手，眉头紧蹙，却无法掩饰眼中涌起的泪花。

“帮我看看我理解得对不对。”我放慢语速，心平气和，不想太惊动桑塔马利亚和杰米森。有时，我的性命就全指望我看人和拨弄人心的本事了，而我现在就深深感到自己正命悬一线。“萨克莱达局长叫你签署那份货单，允许一件密封货物登船，不查验，也不盘问。”

“货物其实没有登船，”桑塔马利亚说，“而是放在集装箱里。”

“抱歉。”我说，“但你知道集装箱会上德嘉·索雷斯号。”

桑塔马利亚点点头，“是这样约定的。要确保集装箱运到火星，卸下后保存在失物招领处，他再派人去取。”

“所以你也不清楚里面是什么?”

他为难地看着我，“对。”

杰米森干咳了几下。“长官，我也想相信你，可从头到尾——”她摇摇头，“你干吗要这么做?”

他抬起头与她对视。“安蒂，我也会为你做同样的事。”

“我永远都不会提这样的要求。”

“我知道。”

他们对视良久。杰米森展开手臂，伸出右手，桑塔马利亚握住她的手腕，她也一样握住他的手腕。有好一阵子两人都在进行无言的交流。

“那么这个杰瑞·巴特尔特，究竟是什么身份？”我问。眼下无暇顾及无谓的战友情谊。

桑塔马利亚松开杰米森的手，后者瞪了我一眼。船长说：“非本土地区情报人员。萨克莱达局长是巴特尔特的直属上级。”

“你的老战友为什么要把他弄上船？”我问，“他已经有了阿兰·沃奇林这个自杀式袭击者，干吗还要找一个特工？”

“因为沃奇林不专业。”杰米森说，“在运货的具体安排上，萨克莱达不信任他。”

“那么巴特尔特才是切割集装箱的人？”

“他还设法搞到了点东西转交给沃奇林。”

“好吧，怎样才能知道是什么东西？”我问。

“安保部已经在排查摄像头的监控画面了，以防有可疑的活动。”杰米森轻点腕带，“目前还没有收获。”

“沃奇林带着一把很大的刀和一个原子能设备。”桑塔马利亚说，“巴特尔特也有自己的电子装备。他们要偷运的家伙装不进行李，会是什么？”

我指了指桌上的平板，“货单上没有写明货物的性质吗？”

桑塔马利亚把平板递给我。“不妨解读一下。”

我再次浏览了全部授权文件，信息少得可怜，局里就爱这样：记录的数据越少，走漏出去的风声也就越少。然而地上的人们需要了解一些情况，加密的条目显然容易掩人耳目。

“看这里。”我突出显示了货单的一部分，“‘估重：70.23千克’。一般不会精确到小数点后两位，肯定是加密的参考数。”

“即便知道密码也没用啊。”杰米森说。

“这里还有尺寸。”我突出显示了另一串数字，“2.1米长，70厘米宽，60厘米高。如果测量准确，这箱子还真大，”我试着想象了一下，“能装很多东西——”

“不对。”杰米森盯着墙，若有所思，“这个尺寸，只能装下一个东西。”

桑塔马利亚起身盯着杰米森，目不斜视。“队长？”

“长、宽、高共计340线性厘米。”杰米森双目炯炯地说，“是军队的棺材。”

我欲言又止。杰米森的档案里说，在奥林匹斯基地，她基本都在监管货物作业，服役最后三年恰逢火星独立战争期间和战后。尸体自然算是货物。

棺材都要运回地球。她到底经手了多少，我无法想象。

“容我坐下缓一缓。”我说。

“他们总得找地方植入那个假的原子能核心。”杰米森在我晕乎乎地入座时说，“我敢说DNA测试的结果，必然是5028号房的尸体确为阿兰·沃奇林。他们克隆了他，尽量弄成人形，所以我们才能一个不落地在犯罪现场发现那几具尸体。”

“人体克隆不是很耗时吗？”我似乎回想起了几年前杰西卡冲着科学部大加抱怨的情景。

“又不需要克隆大脑，有个躯体足够了。”桑塔马利亚说。

他屈伸左臂，在手肘内弯上，另一处文身露了出来，是一个环绕着像素图案的双蛇杖，也就是肌肉活化的医学盘存标签。这不是他原来的胳膊。我很好奇他的脏器是不是也被克隆过。

“我们此前不得不停止对他的搜寻。”桑塔马利亚边说边踱步，在原地兜圈，“他们知道我们会在中途密切监视每一位旅客，避免零重力条件带来的闪失。登机人数清点完毕，结果只是方便了沃奇林把自己藏起来。”

“那也不用杀了他全家吧。”我揉了揉太阳穴，“阿兰·沃奇林干吗不装死？何苦烧光那间该死的客舱？”

“‘何苦’？言之过重了。”桑塔马利亚说。

“难不成是闹着玩的？”

“未必。”桑塔马利亚不再踱步，“沃奇林受巴特尔特指使。下命令的是后者。”

我感觉头痛好点儿了，便起身道："我们在他的衣橱里发现了一件设备。他在飞船现有的网络内隐藏了通信器。"

桑塔马利亚颔首道："没经验的特工不会总是把命令执行到底。"

"也就是说，沃奇林失手了，巴特尔特只好赶来补救。"

"这在恐怖组织中很常见。"桑塔马利亚说，"狂热分子就得严加管制。"

"巴特尔特在罗杰斯去见他时确实臭着一张脸，"杰米森说，"还很生气。"

"行、行，意思就是局长才是背后的主谋?"我的头又开始疼了，"他是非本土地区情报局的头子，一手管着局里的监视任务和全太阳系的侦察资产。如果这是他干的，肯定会有源源不断的计划，他也想得到巴特尔特和沃奇林可能会被抓。"我真该移开对着船长的视线，"他明知道你在船上，岂能以为纸可以包住火？不然是为什么？除了撞上火星引发战争，没有别的后果了吧？这又对哪一方有好处?"

"好吧。"桑塔马利亚说，"我知道该去问谁了。"

33

德嘉·索雷斯号——船员电梯
飞船撞击火星，再度引发大战前 24 小时

电梯降到下层甲板，杰米森接到了一通无线电呼叫。我和桑塔马利亚等电梯停下后就走了出去，只有杰米森还留在里面。

“我要去维持船上的秩序了。”她说，“现在谣言纷飞，乘客们都很恐慌，有些人还不愿进救生船。得把人驱散，免得他们聚众闹事。”

“去吧。”桑塔马利亚说。杰米森在电梯门关上时点点头。

守着杰瑞·巴特尔特的人是丹尼和麦克。丹尼靠墙站在电梯间外的走廊上，一看到我和桑塔马利亚走近，就上前立正。

“船长，”丹尼说，“罗杰斯先生。”

“稍息，艾格诺先生。”桑塔马利亚说，“犯人有情况吗?”

“报告长官，没有。”丹尼说，“麦克每隔五分钟检查一次，没有发现异常。”

“这是标准流程吗?”我问。酩酊大醉、胡作非为的乘客也配得上这种左右不离的关照？真是难以想象。

“不是。”丹尼回答，“队长说这人很危险，要求我们盯紧了。”

“确实危险。”桑塔马利亚说，“开门。”

丹尼点头领命，轻触无线电按钮。“麦克，让他们两个进去。”

门开了，带着气动装置的“咝咝”声。我注意到这不是单纯的铰接门，要强行破门不太容易，可能还装有连锁，以防断电时无法关闭，仿佛杰米森已经料到会有危险的犯人被关押在这里。

巴特尔特的牢房在舱室深处，最里面六个小铺位装的是亚克力门板，麦克正站在最后一间牢房门前，背靠门，两手抱着后颈。

桑塔马利亚低声咒骂一句，赶紧呼叫丹尼。我冲向前，眨眨眼，进入扫描模式。那个法拉第笼虽能干扰扫描频率，却无法阻止被动传感器显示其余电磁波谱。

透过牢房的透明门能看清每间囚室的面貌，大概是为了把犯人图谋不轨的可能性减到最小。每扇透明门板中间都打了一连串气孔，洞口不大，比手写笔大的东西都塞不进去。这些小孔的作用只是通风。

纵然保护措施严格，杰瑞·巴特尔特还是把一圈压电线伸出气孔，设法缠住了麦克的头颈。我看到了线头在巴特尔特右手腕上发光的轮廓。这一定是纹索植入物，但皮下的卷盘肉眼不可见。

这时我才意识到：不是所有东西我都能瞧见。在当前的设置下，我的眼睛应该可以分辨出巴特尔特通过外科手术隐藏在体内的大部分装备：电脑核心、电源、至少一个植入式通信包，更别提那个纹索装置了。但是到头来，却一无所获。

只有靠近了点，我才发觉巴特尔特浑身都散发出传感器的微弱光亮，那是一片嵌入皮肤的干扰网，屏蔽了特定的电磁频率。我看得到他的生物热点图，但这种植入技术做过伪装过。我曾听杰西卡和奥利弗说，科学部正在研发可以“掩盖”外勤特工植入设备的方式——这个研究领域是他们两人平时少有交集的专业技能的共通之处——目前还摆脱不了危险化学品和不稳定电源的使用。

所以，杰瑞·巴特尔特要么把有毒的纤维融入了表皮，要么接受过能够改变体内化学反应的有毒基因治疗，这可能会在他四十岁时害死他。不管怎样，此番侦察的关键结论是，他疯了，指使他的人更是疯得不行。

“匡蒂科[①]来的?”巴特尔特直盯着我问。这时桑塔马利亚

① 匡蒂科（Quantico），美国弗吉尼亚州威廉王子县的一个小镇，美国海军陆战队匡蒂科基地、美国海军陆战队大学、美国联邦调查局学院等美国军方、政府要所所在地。

刚好来到我身边，丹尼紧随其后，拔出电击枪瞄准牢房，虽然没希望射中什么，但我理解他需要做点什么的心情。

“你在跟我说话？”我问，希望能拖住他，让桑塔马利亚有时间想办法。

“你是情报局的人。”巴特尔特说，“你的眼睛里有扫描仪，锁骨下植入了一个通信器，身上还有无线植入设备。你在哪儿学的近身格斗？”

“让我想想。”我说，“嗯，是上个礼拜，在迈阿密海滩边的一座廉价汽车旅馆里，和你妈学的。她控制力不行，但两腿做了点有趣的事。”

眼下我不太在状态。*船长，但愿你能想到一个妙计。*

巴特尔特唯一的反应是他脸上那一抹如浮油般慢条斯理的狞笑。“开门，否则就拧掉他的脑袋。”

他可能觉得跟我扯皮没有意义，于是望向桑塔马利亚。

“放了你，你也会杀了他。”桑塔马利亚说。

“也许会，也许不会。”巴特尔特说，“你敢冒险吗？”

我搞不懂桑塔马利亚的算盘，这就麻烦了。来之前我们没想到会碰上挟持人质的状况，因而没有准备。巴特尔特倒是一个人在牢里，花了好几个小时谋划越狱。

越狱。他想逃跑。这表明——

原来如此，你个狗娘养的。

我走出角落，靠近巴特尔特，抢上前问：“劫船的内情你了解多少?”

我从眼角的余光看见桑塔马利亚朝我死瞪了一下。哈，他觉得我怕了，一犯蠢，非但没有撬开巴特尔特的嘴巴，反倒自己说漏了嘴。但愿他能理解我的做法，然后配合我。

“劫船?”巴特尔特问，“我屁都不晓得。”

他不笑了，而是皱皱眉。装得是很像，但不是天衣无缝。我突然抖出这么重要的信息，把他打了个措手不及。看得出他在撒谎。如果我能识破这一点，船长想必也能。

桑塔马利亚把手搭到我肩上。我侧过脸，希望他能读懂我的表情。*船长，我可不傻，快反应过来啊!*

他那汪阴沉的眸子深不见底，我看不透。我扬起眉毛，眼睛往上一瞟，仿佛要看穿天花板，直视杰米森前去协助疏散乘客的方向。*救生船。撤离。快啊!*

桑塔马利亚凑过来说：“让我来处理。”他侧过身，把右脸颊转向巴特尔特，又用左眼飞快地对我示意。

我竭力控制住长舒一口气的冲动，不能表现出如释重负的样子。

桑塔马利亚转而面对巴特尔特，“你知道我是谁，我也知道你的头子是谁。别浪费时间了，他到底要什么?”

巴特尔特轻笑道：“搞错喽，船长。”

“他威胁要消灭半数火星人。”桑塔马利亚说。

“不是他，是你。”巴特尔特说，“埃律西昂平原的英雄还对那场战争耿耿于怀，这不足为奇。你的豪言壮语会成为明天的新闻头条。”

桑塔马利亚咬牙切齿道：“那他彻底疯了。”

“很多火星独立战争的老兵都是这样，不同意休战的条件。”巴特尔特说，“因为信仰上的斗争从未停止，哪怕是背地里的。”

“什么信仰？”

“统一全人类。”巴特尔特口气郑重，仿佛在发誓，“一个种族统治多个世界。”

“地球人未必能赢第二次。”桑塔马利亚说。

“又搞错喽，但不打紧。”巴特尔特笑道，“战争本身才是重点，船长。你把历史课学到的东西都还给老师了吗？武装斗争推动文明进步。对大规模杀伤的恐惧，是最能激励革新的东西，各方都能获益。”

“有意思，讲下去。”桑塔马利亚说，“我现在改换阵营会不会太迟了？”

巴特尔特隐去笑容，“开门，否则你的人死定了。”

麦克双目圆睁，不知是缺氧还是怕死。他看看我，又看看桑塔马利亚，再望向丹尼。他的手在压电线上又是抓又是摸，却怎么都握不住。线已经嵌进了他脖子，一滴滴血从显露的伤口里流下。这种线能否切断骨骼尚不可知，但显然没人急于去搞明白。

桑塔马利亚后退一步，“先放了他，我们再开门。”

巴特尔特摇头晃脑，“休想。”

“看到这些门板上的铰链了吗?”桑塔马利亚说，“它们会缩回房顶里。你要是把线绕在他脖子上，你们俩都会被拉上去。”

“反正死的不是我。”巴特尔特说。

“你必须松开这条线，不然没法出来。”桑塔马利亚说，“这样很容易被放倒。”

“不会。”巴特尔特说， “另一个警卫会把他的电击枪给我。”

“为什么?”

巴特尔特显然愈发烦躁，“他又不能透过这个法拉第笼电击我——”

“法拉第笼又是啥玩意儿?”

“你别侮辱我的智商。”巴特尔特喝道，“他的电击枪没用的。他不缴械，我就干掉他朋友。”

桑塔马利亚又盯着巴特尔特看了一会儿，这才转身对丹尼说：

“把枪交出来。”

丹尼一时不知如何是好。

“交出来!”桑塔马利亚重申。

丹尼畏畏缩缩地放下手臂。他只是犹豫了一下，没道理被这么吼，可我看懂了船长的手法：他在营造内讧的假象。先是我主动提供消息，丹尼又如此勉强，那就更入戏了。但愿桑塔马利亚能收个好尾。

电击枪脱手，滚到了地上。

“这才像话。”巴特尔特说，“开门吧。”

他把绞索的两端都握在右手心，空出左手去握电击枪。有那么短暂的一瞬，我很好奇他是怎么出入法拉第笼的，随后才记起导电网纱并不十分结实，不是独立使用的。不论是在货物集装箱里还是在牢房内，它需要另一个更强大的围护结构作为支撑。牢门滑开后，巴特尔特就能一拳砸穿网纱，拿到电击枪。

桑塔马利亚佯装深呼吸的样子，再叹了口气。他举起双手，叫丹尼开门。

“遵命，长官。”丹尼憋闷地说，用食指划过控制锁面板，输入代码。

接下来发生的事叫我应接不暇。

首先，巴特尔特牢房的透明门忽然开了，动作不快，却把我吓了一跳。不出桑塔马利亚所料，麦克和巴特尔特双双被缠在麦克脖子上的线吊起，然而巴特尔特没等头撞到房顶就松开了手。

待麦克碰上房顶又往前落下，巴特尔特便扑向地上的电击枪，我、桑塔马利亚和丹尼也立马开始行动。距离麦克最近的人是我，我要接住他，不让他妨碍桑塔马利亚接下来的动作。丹尼则尽忠职守地履行警卫的职责，去抓自己的武器，以防其落入敌手。

桑塔马利亚朝巴特尔特飞奔而去，用右臂拦下丹尼，把他撞到一边，随后伸开左臂，触到了法拉第笼的边缘。

这时巴特尔特冲了出去，刚摸到地上的电击枪，桑塔马利亚就拉住他的头发，把他的脑袋往后一扯。巴特尔特哼哼着，两人向后退去，撞上了牢房的后墙。丹尼赶紧握住自己的电击枪。麦克摔到我身上，我搂住他，往后一转作为缓冲。

麦克这一下，害我一时喘不过气。过了一会儿，我恢复了视力，扭头四顾。

桑塔马利亚用右臂勒住巴特尔特的脖子，后者不断挣扎，又踢又踹，但船长毫不放松。只见巴特尔特变了脸色，再过几秒钟就会失去知觉，除非他经过了疯狂的人体改造，可以憋几小时的气。

还好不是这样。他的身体逐渐无力，桑塔马利亚松开他的脑袋，放下左臂。我不由得小小松了一口气。不过桑塔马利亚一直卡着巴特尔特的脖子，只见他又抬起左手，握着一把明显是古董的猎刀，刀刃长十厘米。

我一阵发蒙，惊得说不出话来，眼见桑塔马利亚把刀子抵到巴特尔特的肩上，我终于忍不住了。

“喂!”我说，“人死了就不能审问了!”

桑塔马利亚狠狠地白了我一眼，“我才不会杀人。”

我抬起双手，“好吧，那刀子又是怎么回事?”

“我只是想移除他的通信包。”桑塔马利亚回答。

我眨眨眼，“你要切断肩部电话?”

“对。”

“就用一把猎刀? 还不麻醉?”

“你和丹尼要按住他。”

“船长，恕我直言，你得先查查自己的脑子有没有坏。”在余光里，我看见丹尼和麦克靠了过来，但吃不准他们会不会持相同意见。这艘飞船是民用的，但违抗命令仍是犯上的行为。“如果不想让他用通信器，我可以用我的发射机干扰他的频率——”

“该死，罗杰斯，”桑塔马利亚说，“你怎么会以为他想出去?”

“他总要离船吧? 因为他明白——”

桑塔马利亚冲我皱眉，“这是一次自杀式任务。这两人不会离开的。”

“他想从法拉第笼里脱身，”丹尼说，“这样就能用通信器了。”

巴特尔特通过肩部电话只能联系上一个人，而桑塔马利亚想要移除该电话而不是简单地干扰频率的原因也只有一个。

就连我也没想到过这么糟的点子。

“他会知道我们的身份的。”我说。

“只要你把工作做好，他就不会知道。”桑塔马利亚说，“丹尼，压住他的腿。麦克，还撑得下去吗?”

“可以，长官。”麦克嗓音嘶哑，但话中没有怯意，“我要抓牢他的胳膊吗?”

“拜托了。”

丹尼和麦克各就各位，按住巴特尔特的四肢。桑塔马利亚用刀缓缓划开巴特尔特的衬衣，然后用手一撕，露出下面的皮肤。

“好啦，不妨停下来想想，”我说，“他的通信包是非常专门化的硬件，不能就这么拿到报务室里再接上，得有能连接的——”

桑塔马利亚笑了，这就悬了。

“我觉得在这种情况下得找个医务人员在场。”我说。

34

德嘉·索雷斯号——D层甲板，医务室
飞船撞击火星，所有人完蛋前23小时

手术耗时不长。公开表达强烈反对后，索尼医生把我和巴特尔特并排放到两张手术床上，施行局部麻醉，在我们的肩膀上开出同样浅的切口。医生吸走了流到体外的满是纳米机器人的血泡，我畏缩了一下。

“快好了。”他误解了我的不适。

这时来了一个长着黑眼睛，留着褐色短发的瘦削船员。桑塔马利亚介绍说，他叫弗里茨·菲舍尔，是临时的代理轮机长。菲舍尔打开便携电脑，索尼医生接入数据线，链接巴特尔特和我的植入通信器的皮下访问端口。

“罗杰斯先生，感觉如何?”索尼问，把便携电脑放在连着两张床的托架上。

“感觉胸口上有个洞。”说完，我低头看了看缠住我左侧锁骨的绷带，有一点血渗了出来。

但愿这些纳米机器人不会在医用废品里闹出岔子。现在没空担心，以后再问外生吧。

索尼让我愈发靠近敌人，这不是我想要的。麦克打开我旁边墙上的检修盖板，把巴特尔特衣橱里的设备接入内部的网络线缆。便携电脑亮了起来，我接上另一个肩部电话。

“电话通了。”我报告。

还是花了不少时间。检测结果表明，巴特尔特确实有个局里标准级的植入式通信器，跟我一样，但他完全有可能放弃使用标准的密钥。萨克莱达的疑心病到底有多重?

我左眼的显像闪了一下，字母和数字在我眼前迅速滚动。我不由得呼出一口气。

“进去了。”我开始梳理巴特尔特数据块的内容。

桑塔马利亚吩咐麦克和索尼医生离开房间，把门关好，还叫弗里茨把我眼内的图像同步到连接着便携电脑的平板显示器上。我抢在弗里茨之前摸到平板，一手拿起。“船长，你确定要这么做吗?”

他点点头，“我倒要看看他们都对彼此说了什么。”

“行。”我说，“但你还有条狗，船长。”这可能会让你的伪装露出马脚。

桑塔马利亚瞅了我一眼，“火星上可住着两千万人。”

我把平板递了过去。

所有通信记录中，特工和接头人对传的信息显而易见。巴特尔特这几天来没有打出或接到任何电话，信息都是纯文字，数据较少，这样更方便隐藏在网络流中。这个窍门是我们在和火星人的战争中学到的。

我慢慢滚动通信记录，一字不漏地仔细阅读，寻找任何可疑的密码和可能泄露沃奇林快速掌控引擎的方法的语句。看来巴特尔特在每一个步骤上都给予了沃奇林指示，造成现在的后果，要么是这个新手记性不好，要么是指挥官不想在不必要的情况下透露任何细节。

眼见沃奇林在房内放火，之后遭到痛斥，我不禁笑了。不给予别人信任就要别人听话，往往都是这个下场。狂热分子都该严加管理。但巴特尔特并没有心存龃龉，而是把精力都放在了任务上。他一五一十地告诉沃奇林该藏在哪儿才能避开船上的监控摄像头，以及在船员轮岗时如何择机行动。

几秒钟后，我得停一停，于是移开视线，清理思绪。

“死混蛋。”弗里茨越过桑塔马利亚的肩头看着信息，小声骂道。

“别，菲舍尔。”桑塔马利亚说，“这些人好歹是内行。他们在执行计划。”

“这人可能是，”弗里茨指了指不省人事的巴特尔特，“另一个就是个天杀的变态。”

“请退下，菲舍尔先生。”

“读这该死的玩意儿到底有什么用？”弗里茨敲敲平板，

“这是在浪费时间。得赶快想办法停船。”

桑塔马利亚放下平板，瞪了弗里茨一眼，“菲舍尔先生，刚才我说请你退下，什么时候你想回房了，就请便——”

“不。”弗里茨说，“我告诉过你，这事不解决我就不走。”

“如果你执意不走，”桑塔马利亚说，“就请你有个行家的样子。”

“船长，我给你的分析可是最准确的。”弗里茨气冲冲地回应。

“不，你刚才失态了。”桑塔马利亚说，“你发火了，这正是他们想要的效果。他们就想让我们发火，蒙蔽判断力。我们对抗的对象不是小打小闹，而是邪恶的势力。这种势力都是有套路的。”他举起平板，“只要看破他们的计划，就能出手阻止。今天可不能再死人了，明白了吗?”

弗里茨深吸一口气，“明白，长官。”

桑塔马利亚转过身，向我点头，“请继续，罗杰斯先生。”

我硬逼自己读下去。我想起了自己是怎么搞定那些最恐怖的战时分析任务的，那时我还在处理火星战场上军用头盔所记录的原始数据。别动情。忽略个别，只看大体。要有战略思维。就算明天早上会厌恶自己，还是得把活儿干好。

尽管感到难受、气恼和无助，但我还是把信息滚动到底，截止到桑塔马利亚打晕巴特尔特的时候。巴特尔特给沃奇林的最后一条留言是一串数字，又是一个密码，我和桑塔马利亚都不认得。

“他其实可以告诉沃奇林自己被抓了。”我盯着发光的数字，想要找出规律，却一无所得。

“不可能。”桑塔马利亚说，“表示终止的信号应该短促且简洁，这里却有大量数据。”

“46 位数，”弗里茨说，“可能是一句口令，或是一串密钥。”

“主轮机室里的一切设备已经随他左右了。”桑塔马利亚说，“如果这是密钥，那它一定是用来解锁沃奇林随身携带的东西的。”

“每做一步，巴特尔特都会给沃奇林详细的指示。”我说，“沃奇林可能一直带着数据装备，把经过编码的文件存入电话中，或是使用其他个人设备。虽然未经破译不可用，但被搜身时也不会显得可疑。”

“该死。”弗里茨说，“可能是某种软件。”

我瞠目结舌地望着他，“他能重写飞船的程序?”

“不尽然。”弗里茨说，“重要的设施，像主反应堆和生命维持系统，都是闭锁的，但他能干扰别的系统。”

“比如?”

“比如船上的公共显示屏、楼梯间的地图触摸屏、电话和广播系统。”

“那他房里的控制锁面板呢?”我问。

“也许能吧。”

"这些都不足以威胁生命，也不会对操作造成严重后果。"桑塔马利亚说，"他怎么能让形势进一步恶化?"

弗里茨蹙眉，"不知道。"

桑塔马利亚看着我，"那你最好问问他。"

弗里茨恍然大悟。"慢着，他要扮成这个人?"他指指巴特尔特，"还要通过他们的通信线路和劫船犯对话?"

"要不你想个更好的主意。"我看了一遍巴特尔特发出的信息，检查重复的语句。

"信息都是纯文字的。"桑塔马利亚说，"罗杰斯只需模仿他的行文方式。"

"他在国务院受过这方面的训练吗?"弗里茨问。

"罗杰斯先生的资质绰绰有余。"桑塔马利亚说。他的话未必是真，但这份信任值得称道。

"信息会留下缓存。"我调出了通信界面，"在我发信息给沃奇林之前，你们能见到我在平板上输入了什么。还请随意，那个，头脑风暴。"

"这太疯狂了。"弗里茨说。

"罗杰斯，你准备好了的话，我们随时奉陪。"桑塔马利亚说。

我在左眼平视显示器的角落置入定时器，提醒自己不要花太长时间斟酌字句。我先吸气，再吐气，输入：通报最新情况。然后点击发送键。

像是过了很久，回复才显示：快到回来的点了。你到底去哪儿了？

我输入：被船员扣着。你怎么样？

几秒钟后，沃奇林问：为什么被扣？

误会。不打紧。我等着弗里茨或桑塔马利亚出言反对，但他们什么也没说。快通报最新情况。

近十五秒过去，沃奇林传来新信息：你在哪儿？

“他在检查摄像头。”弗里茨说，“他想亲眼看到巴特尔特被释放了。”

“嗯，这就麻烦了。”我望了望身边那个神志不清的人。

“跟他讲你还藏着，发信息时不想被人看见。”桑塔马利亚说。

“好。”躲在洗手间里。没有摄像头。快通报。

这次，对方的回复延迟了近半分钟。乔治，说兔子的事。

“什么鬼玩意儿？”弗里茨说。

“肯定是暗号。”我的脉搏加快了，“无法识别。”

“我知道是怎么回事。”桑塔马利亚说，“准确输入下面这句话。”他对我细细道来。

我输入并发送：莱尼，它们会是一小片苜蓿地。“船长，这对你有什么特殊意义吗？

“那是他最爱读的一本书[①]。”桑塔马利亚说。听这口气，

① 指美国作家约翰·斯坦贝克的小说《人鼠之间》。

他似乎不想详述。

沃奇林回复：大卫还活着吗？

“是说他兄弟？”弗里茨问，“他不是要杀光船上的人吗？怎么又关心起他兄弟来了？”

“不能跟他说实话。”我说。

“同意。”桑塔马利亚说。

死了。我的手指停在了发送键上方。巴特尔特决不会同情他兄弟，但他会不会嘴贱，从而反复提起？

不。他只想让沃奇林专心地执行任务。我点击发送键。

计时器跑过快 20 秒，沃奇林才回复：也好。你懂我非这么做不可的原因吧？

“当真？”我大声说，“真要这样吗？”

“别跑题。”桑塔马利亚说，“巴特尔特这人一根筋。”

“行。”我发送：明白，行动吧。快通报情况。

沃奇林不买账。先说你懂。

“这家伙到底想干吗？”我问。

“现在牌都握在他手上，他知道的。”弗里茨说，“在之前的信息里，你也见识过巴特尔特是怎么骂他的了。眼下他控制了整艘飞船，就想让巴特尔特向他赔不是。道个歉好咯。”

“行不通。”桑塔马利亚在我开始输入时说，“巴特尔特不会道歉的。”

“嗯，确实不是他的风格。”我赞同道，“沃奇林也清楚的。

那他想让巴特尔特说啥？”

“跟他说他做得对。”桑塔马利亚说，“沃奇林希望得到认可，那就顺了他的意。”

我点点头，输入：我懂。你做得对。

沃奇林回复：你要说出来。

“他们什么时候一定私下里谈过。”桑塔马利亚说。

“谈了什么我们也不知道呀。”弗里茨说。

“总能想明白。”必须要弄明白。我凝视着巴特尔特那张昏迷不醒的脸。“沃奇林干吗杀掉自己的母亲？”

“呃，因为他是变态？”弗里茨回答。

“变态也不能无故杀人吧？”桑塔马利亚说，“尽量猜吧，罗杰斯先生。”

我把眼睛闭上片刻，集中注意力。阿兰·沃奇林没必要杀害母亲、诬陷兄弟。要是他没有痛下杀手，又会如何？如果他和巴特尔特只是用克隆体和另一个粒子发射俘获核心伪装了阿兰的死，那么艾米丽和大卫就会以为——

“懂了。”我说。

我输入：你放过了你的家人。没必要让他们看见。

“不错吧？”我问桑塔马利亚和弗里茨，他们双双点头。我点击发送。

几秒钟后，沃奇林回复：没错。他们不会理解我们的任务的。我听到弗里茨重重地呼出一口气。

“说到任务——”我低声道，接着输入：你现在情况怎样？

沃奇林回复：轮机室安全，软件已上传。

“见鬼。还得弄明白他在捣鼓哪个系统。”弗里茨说。

“没错。”你在测试新程序吗？

怎么测试？难道有别的指令？

“帮帮忙？”我说。

“我在思考！”弗里茨在原地绕圈踱步，“问他，重新编程操作的输出结果是什么，运行结束后屏幕上出现了什么。咳，就是结果代码！问他结果代码是什么。”

“好。”我深知时间紧迫，于是用最快的速度输入信息，之后点击发送。“这样就能知道是哪个系统了？”

“还不行。”弗里茨说，“这样只能争取时间。还要问他点别的。让我想想。”

“拜托快点儿。”我说。

绿灯又亮了。结果代码是0。这表示运行正常？反正你是这么说的。

“好吧，弗里茨，这是什么情况？”他正两手抱头。

“测试套件取决于系统。”弗里茨喃喃道。

“所有系统都通用吗？”我问。

“大概吧。对了！叫他运行内存检测程序，”弗里茨把指令码一一相告，“再叫他一字不差地转录输出结果，这样就能知道他在搞哪个系统了。”

我输入信息，点击发送。沃奇林回复：电脑要30秒完成检测。

“要是没用呢？”我问弗里茨。

他蹙眉道：“不过是内存检测。要是行不通，说明软件已经把系统墙掉了。”

“不是的，”我缓缓道，“我是说，如果检测结果没有我们想要的信息呢？接下来问他什么？”

弗里茨琢磨着。“要不问他在看哪个控制面板？”

“可以。”桑塔马利亚说，“只要知道他在轮机室的什么位置，就更能找到突破口。”

“我还以为那边的舱壁是坚不可摧的。”我说。

“要进去的话，还有别的途径。”桑塔马利亚说。

弗里茨摇摇头，“你也知道，如果我们强攻，那人会……”他忽然不说了。

“不妨问问轮机长是否还活着。”我说。

过了好一会儿，桑塔马利亚才说：“首先得问沃奇林，他是否扣了人质。这一点巴特尔特也不知道。”

我稳住手指，输入：你扣了人质吗？

沃奇林回复：对。她还活着。先不杀她。

我胃里一阵翻腾，于是赶紧提醒自己别冲动。她配合吗？她会……

弗里茨往墙上捶了一拳，“船长，说真的，我他妈恨死这人了。”

哥儿们，我也是。

“记着了。”桑塔马利亚说。

没等我询问下一步行动，我的显示屏就亮起来，仿佛我在输入下一条信息。然而我根本没在输入。屏幕上满是一个词：

伯父伯父伯父

“什么玩意儿？干吗发这个？”弗里茨说。

“不是我发的！”我回答，“我也不晓得——”

我立马扭头去看巴特尔特。他眨眨眼、动动手，居然醒了。我冲桑塔马利亚和弗里茨大吼。

我的平板电脑变暗了，显示屏上瞬时闪过什么东西，像是报错信息。我胸中一热，有种烧心的感觉，但又不完全是。

没等我从肩膀里拔出数据线，连接着我和巴特尔特的便携电脑就迸出火花，一种前所未有的痛苦袭上我的躯干。我的视线突然变得朦胧，只能看到巴特尔特的胸口冒出烟来。

接着发生的事有些模糊。门“哐”地开了，传来一股塑料融化和肉体灼烧的气味。有人在嚷嚷，叫喊声中混杂着高分贝的电子噪声，有人拔下我肩上的数据线，拿一块冰凉的东西敷在皮肤上。熟悉的麻木感又回来了，那是防烧伤的凝胶。

我抹去眼中的泪花，发现杰瑞·巴特尔特的心肺部已经烧焦了，显得一塌糊涂。他脸上皮肉松弛，死气沉沉。要不是他死前还在想法子搞我们，我本该高兴一下。

“你们俩真以为那荒谬的计划能成?”杰米森问。

我和她回到船长住处外的走廊上，等桑塔马利亚换上干净的制服。索尼医生匆匆处理了我的伤势，不过这肩伤不疼死我几个礼拜是不会好的。

“的确能成，不过还要几分钟。”我说，“本来都快撬出内情了。”

“可最后还是失败了。”她说，“现在巴特尔特挂了，想联系地球都没辙了。”

她不是在指责我，只是在冷静地陈述事实，没有拖泥带水，可我还是吓得汗毛直竖。“失败归失败，我们握有的情报倒是比以前多了。埃莉还活着。”

“是十五分钟前还活着。眼下怎样我们不得而知。”

“劫船犯的身份已经核实。”

杰米森轻笑道：“哈，蠢蛋退伍兵，想要杀了他全家，还有他妈的情报局局长铺路。不错嘛，这料够猛，谢谢。”

“听着，队长——”

我话还没说完，门就开了。桑塔马利亚狠狠瞪着我们俩，“汇报。”

“正在同时装载所有救生船。”杰米森说，“布雷文斯在第

10层甲板，他会先发射一艘，等验证后就能尽快送出剩下的，同时给自动驾驶仪也还能撑一会儿。”

“多久能准备好?”

杰米森看了一下腕带，“二十分钟。”

“这计划好。”我也想插一句话。

“是吧?”杰米森盯着墙壁，“计划都是好的，结果却都不成。”

“罗杰斯先生，”桑塔马利亚转身对我说，“你的回波三角还在船体外壳上。是标配的X-4野战通信器吗?”

“是的。”我一口气说出奥利弗几个月前让我背下来的型号，“可是，没有能用的和局里密钥配对的肩部电话，一切都是徒劳。”

“无法跟局里通话。”桑塔马利亚说，“不过还是得要个无线电收发机。”

“对。”我一打响指，“没错！可以把硬件重新调至其他频率。”说完我的兴奋之情减退了点，“可这有什么用？在这个距离上，收发机不足以切入地球的无线电通信。”

“我不想联系地球。”桑塔马利亚说，“我希望你重新对准回波三角，向‘火星特洛伊’发送求救信号。”

消化他的要求后，我眨了好几次眼，“哦，好吧。这我还是做得到的。”

35

德嘉·索雷斯号——外层船壳中部
飞船撞击火星前 22 小时

站在德嘉·索雷斯号的船壳上，景色真是美不胜收，就如几天前我偷跑出去在太空中所见到的那样。那是第一次，那时候我还没有遇到杰米森，飞船也没有被劫持。

现在可没空欣赏风景。有活儿要干。

“所有救生船都满载了。”罗根说。我太空服头盔的平视显示器有两个视频频道，他的影像在其中一个里面移动。所有高级船员都围在简报室的桌边，摄像头就在上面对着他们。另一个频道显示布雷文斯和安保队正站在一艘救生船敞开的门外。“布雷文斯，就等你了。”

“全体乘客都已安全。第 10 层甲板，12 区。”布雷文斯说，“正在进行最后阶段的硬件检测。”

“谢谢，布雷文斯先生。”桑塔马利亚仰视摄像头，冲着我看，“罗杰斯先生，你那边情况如何？”

“正在拆卸回波三角。”我说。最后一颗螺栓脱离船壳，掠过固定天线的凸缘，从我手上的多功能钳上滑落。

我去抓螺栓，却没能用太空服肥大的手套握住它。它打着转掉进虚空，以九成重力坠落。

“不要啊。”我咕哝道，想象出扳手的一侧，在螺栓的另一侧打开口袋。它越过事件视界，遁入黑暗。

我关上口袋，想象扳手的另一侧，再打开口袋，转了转，前门进，后门出。螺栓飞出口袋，以九成重力减速。我在它到达抛物线顶点时伸手抓住它，塞进腰带。

“罗杰斯，你敢再说一遍?”在无线电里，杰米森的口气比真人更加不依不饶。

“抱歉，队长。”我朝另一个方向打开口袋，把碟形天线塞进去，“我还在收拾家伙，马上要去新的位置。预计五分钟到达。”

我关闭靴子里的磁铁，荡着拴在上方气闸处的安全绳，在船壳上小跑。头盔的平视显示器亮起了用绿色标出目的地的图层，还有一个在黑色天空中闪烁的红圈，表示天线的瞄准方向：火星特洛伊，又称奥德赛基地。

奥德赛基地是外太空部队的自由飘浮空间站，火星独立战争的停战协定就是在那儿签署的。空间站位于火星的“特洛伊”点，那是火星与太阳之间重力平衡的稳定位置，也是唯一一个有希望在德嘉·索雷斯号坠毁之前发射拦截飞船的地球前哨基地。

无线电仍在发出杂音，我来到目标位置，打开口袋，再次用螺栓固定回波三角。我花了几分钟设置新坐标，等待电脑控制的引擎重新调整天线。这道工序并不复杂，有了平视显示器的图层，等于是在做数字画，不过目前只有我知道设备的密码。

“回波三角正在重新指向。”我报告，“还有一分钟就能传送。”

“谢谢，罗杰斯先生。”桑塔马利亚说，“你能看见第一艘救生船的图像吗?”

我轻触太空服腕部的控制面板，平视显示器亮起一个黄色光标，指向第 10 层甲板 12 区。“能。正在发射。”我打开直播，连接简报室。

“看得到直播。”杰米森说。

“各位，”桑塔马利亚说，“所有情况都考虑周全了吗?”

一时全场沉默。我们恐怕遗漏了某个关键要素，这会危及数千即将被送入太空的平民的安全。

“每一艘救生船都经过了全部检测。”杰米森说，“没有任何问题。除非篡改固件，歹徒无法一一混入。目前没有发现异常。”

一阵停顿后，桑塔马利亚说：“很好。布雷文斯先生，发射第一艘救生船。”

“正在发射。”布雷文斯说。他的微小影像转而冲着救生船喊：“出发啦，各位!”

他打开控制面板，用手掌一按。提示音响起，指示灯一阵闪烁，舱门“嗞嗞”地关闭。其他气密门也纷纷关闭，我听到了闷闷的咔嚓声。

忽然，一道火光从船壳上迸出，紧接着就是一波剧烈的震动。救生船脱离德嘉·索雷斯号船侧的发射点，升空而去。

船壳上有动静。我低头看去，是另一艘救生船?

三道亮光在白色船体和黑暗太空的交界线上腾起，救生船发射点尘埃弥漫，向上射出三根耀目的光线，迅速在救生船上交汇。

救生船从米色变为红色，再变为橙色，最后变为黄色，然后在沉寂中爆炸。

一秒之后，冲击波袭上船壳，我的靴子又震了一下。

船壳上的光亮消失了。救生船的残骸顺着惯性飘离飞船。谢天谢地，我没看清多少里面的人体残肢。

杰米森的尖叫声传来，但我听不清她的话。我的头又痛了。有人在哭。

我耳中传来无线电的嘈杂声：“队长！我是艾格诺，第3层甲板！救生船的舱门刚刚自己关上了！要自动发射了!”

又是一阵颤动。我扭头四顾，寻找发射点。就在我背后，往上。我的平视显示器将其标记为第3层甲板6区。

我为靴子消磁，顺着安全绳全速往上爬。我要近距离使用口袋，打开 15 米宽，接住救生船。但我得先靠近。

“是劫船犯。”杰米森的声音回荡在另一个即时影像中。她肯定在向全船广播。“他在利用救生船触发航行偏转防护系统。”

我们这下也知道了沃奇林升级软件后到底对什么进行了重新编码。

第二艘救生船也解体了，可我还在半途上。我停止移动，重启靴子的磁力，关闭太空服的麦克风，扯嗓大喊。

“疏散乘客，”杰米森说，“所有人离开救生船。再重复一遍，疏散乘客，所有人离开救生船！速速撤离！”

另两艘救生船同时发射，我没法都接住。我调整头盔的平视显示器，令其描绘装有航行偏转防护装置的位置。在我前方 10 米，有一个突出船壳的蓝点。我从腰带上取下最重型的多功能工具，朝那边移动。

偏转防护装置的支架比想象中要结实，得用工具狠狠敲上五六次，才能击碎激光发射器。不过不用摧毁整个装置，只需阻止其开火。

当我奔向下一个偏转防护装置的支架，又一艘救生船在发射后爆炸。虽然不能及时处理全部装置，但不能坐视不管。

通报响起，其中夹杂着人们的哭喊声。杰米森肯定暂时修复了普通的安全信道。传来的声音层层叠叠，数字没一会儿就失去了意义。

“第 10 层甲板 1 区，乘客疏散完毕——”

“第 9 层甲板 10 区，已疏散 40 名乘客，8 人死亡——”

“第 5 层甲板 4 区，乘客疏散完毕。只要能卡住舱门，救生船就不会发射!”

“第 2 层甲板 12 区。乘客疏散完毕，3 人受伤——”

清点乘客的工作不知道要持续多久。不论是否载人，救生船始终没有停止发射。

“所有位置确认完毕。”杰米森说。

我拖着沉重的脚步走向下一个偏转防护装置，又累又气。多功能工具相当沉重，脚上的靴子有如灌铅。

“多少人?”桑塔马利亚问。

“93 名乘客下落不明。”杰米森说。

又有一艘救生船爆炸了。虽然这个偏转防护装置已瘫痪，可我还是拿多功能工具敲个不停，直到工具断成两半。我想我又尖叫起来了。

“那是最后一艘救生船了。”罗根悄声道。

断掉的多用工具从我手中滑落。我只砸掉了四个偏转防护装置，没有拖慢它们的攻击节奏，连时间都没争取到。

“船长呼叫罗杰斯。”桑塔马利亚说。

我又骂了一句，打开麦克风，回应道：“我是罗杰斯。请讲。”

船长说：“回来操作回波三角，发送求救信号。”

我在气闸舱外遇到杰米森，浑身大汗。她摘下我的头盔，我也脱下太空服。反正她什么也没说，我也就不管她有没有发现我刚才一直在摔摔打打的。

“回波三角的控制链路运作正常。”她说，“艾瑞卡正在联系火星。你能——”

“奥德赛基地命令X－4的飞船紧急发射。”我脱下靴子，“十二名船员，一门等离子光束炮。预计十小时后抵达。”

“应该够了。”杰米森说。等离子光束炮可不是闹着玩的，不到一分钟就能洞穿防护舱壁。俗称“X－4”的外太空部队远征军向来被视作太阳系内最生猛的兵力。

她递给我一件船员的连体服让我换上，在我们回简报室的路上告诉我最新情况。

索尼医生正在料理伤员，他们都是在匆忙混乱中下救生船时受伤的。罗根和其他船员正在尽力安抚乘客，维持秩序。我一点儿也不羡慕他们。船上有四千茫然若失、胆战心惊的平民，我们却给不出可信的答复。

这种无助的感觉我能体会。

桑塔马利亚船长和加尔布雷斯指挥官正在简报室里等我和杰米森队长。我向他们做了汇报。杰米森领子上的无线电按钮嗡嗡作响，她立即回答：

“队长，我是布雷文斯。我们从乘客里募集了二十名工程和技术人员，罗根已经排查了他们的背景。我们正在组装设备，应该能够同时抵达所有的炮塔。预计还要两小时。”

“谢谢，布雷文斯。请继续。”她关闭频道。

“单纯要破坏偏转防护系统，根本用不上内行。”我说。

“你先前就是这么做的。”桑塔马利亚说。

“沃奇林对航行偏转防护系统做了什么，我们不得而知。”杰米森说，“要破坏这些激光炮，我们唯一有把握的方法便是切断能源。”

“要确保X-4运输船在抵达后可以正常对接。”我说。

“不止如此。”桑塔马利亚说，“奥德赛基地还传达了来自火星轨道当局的消息。”

“他们发射了六艘远程控制拖船，要和我们会合。”加尔布雷斯说。

“好吧，”我说，“既然德嘉·索雷斯号的引擎不能用，那就只能借别人的了。”在外太空设施上，拖船机组常被用来引导推进器运转不良的大型飞船。

加尔布雷斯点点头，说：“拖船体量不大，无法使飞船减速，但能从侧面推进，使飞船偏离原来的航道。这样足够避免我们与火星相撞了。”

“拖船什么时候到?”

桑塔马利亚看了看墙上的钟，“5小时后。在X-4运输船抵达之前，还有时间锁定歹徒。”

说不定我们真能挫败这起劫船案。萨克莱达或许想到了一个妙计，让很多看似偶然的事件发生，然而我们也有可以随时调动的人力和资源。阿兰·沃奇林现在没有帮手，只能全靠自己了。他总不可能胜过集体的智慧，是吧？

“歹徒想必已经充分考虑到了这类局面。”我说，“沃奇林不会没有对策，他绝对料到了我们会采取措施。”

桑塔马利亚点点头，“沃奇林现在是单打独斗。他的接头人死了，他非但要扣押人质，还要盯着每一个引擎控制台——”

“前提是人质还在。”杰米森说。

“我是说，他已经乱了手脚。”桑塔马利亚说，“我们只需惹恼他，让他犯错，好让我们有机可乘。”

“这明智吗？”加尔布雷斯问，“加维兰轮机长可能还活着。要是办法行不通，沃奇林也许会莽撞行事。”

“劫船犯不会一时冲动，他在执行计划。”桑塔马利亚说。

“可是，你刚才还说要惹恼他。”加尔布雷斯说。

她和船长继续针锋相对。他们不会真的吵起来，最后的结果我心知肚明：桑塔马利亚要么会说服加尔布雷斯自己才是对的，要么就会命令她退下。我没理他们，而是盯着桌面上显示的倒计时。

该如何惹恼沃奇林？又该如何分散他的注意力？尤其是，一旦他要对埃莉动手，该怎么办？

局里曾教给我们一些在封闭空间内“扰乱”气氛的常用策

略。散发臭味，就是让人在不甚可疑的情况下离开房间的好办法。迅速升温也很有效。但问题在于，我们无法进入沃奇林那间密室，行动也就无从谈起。

要不然呢?

“恕我插一句。”我说。待桑塔马利亚和加尔布雷斯停下话头，我无视他们的臭脸，接着开口：“主轮机室前的防护舱壁有多厚?

“1.5 米。”杰米森说，“钛合金制。我想你没有带重型切割工具吧?”

“没有。”

不过我曾在一个人挤人的广场的另一侧打开过口袋，两头相距近十米远。我不需要看见门洞。我当时估计了自己的站位和手雷落下的地方之间的距离，在它炸死几十人之前就把它收入口袋。

但愿我还拥有过人的预判力。

“我另有主意。”我说。

36

德嘉·索雷斯号——第20层甲板，轮机舱段

飞船撞击火星，或是庆贺没有惨死前20小时

就算我的左肩没有二度烧伤，待在维修管道里也还是很不舒服。

这个圆形竖井并不宽，我差点儿没钻进去。我还需要小心移动，以免身上佩戴的设备掉出来。离子井周围屏蔽很强，无线通信靠不住，我便在连体工作服的腰带上绑了一个音频包。包里的电线和数据线都缠绕在一根用于太空行走的安全绳上，这根绳索从入口处荡下来，不论我是完成任务还是遇到麻烦，杰米森和她手下的警卫都会把我拉回去，所以我不是孤立无援。

“还好我没有幽闭恐惧症。”我大声说。

“怎么了，罗杰斯?”杰米森的声音从耳机里嗡嗡传出，在我左耳边响起。

“我好热，浑身是汗，还想上厕所。”麦克风就系在脖子

上，痒死我了。

“我不是跟你说要先上好的吗?”

“但你没逼着我去上啊。”我说，“明显是你的错。我现在在1A区。”

“再深入几米。”杰米森说，“回来再跟我抱怨。”

管道在安全闸口戛然而止，那里已经在沃奇林控制主轮机室时关上了。我扭过头，转动头灯，调整光线。钛合金板上没有任何标记，但根据杰米森先前给我的指令，还有蚀刻在金属壁上的位置码，是这里没错。

“我到闸口了。”我说，“这里固若金汤。”

在我化身管道鼠辈之前，我们花了近一小时策划和练习。其实不用闭眼的，可我还是这么做了。反正睁眼也没用。

闸门有150厘米厚，我把头靠上去，想象一个黑红相间的赌盘，在离自己两米远的地方打开口袋——但愿没算错。我把门洞开到手掌大小，没有加光栅。

“口袋开啦。”我说。

轮机舱段里的空气通通流入口袋宇宙，没有遇到阻力。安全闸也封住了通风系统，所以主轮机已经在循环送风了。只要不超过两人在轮机室内呼吸，氧气就足够维持几天，而不至于危及生命。

然而，打开一个19厘米宽、通往强真空的洞，就能在两分半钟内排空所有气体。

我在左眼的平视显示器上调出倒计时，不让自己因为口渴而感到紧张。阿兰·沃奇林不太可能会往轮机室的这个角落看，不过，就算他瞅见一面飘浮在半空的碟形镜子，他也不能拿我怎么样。

依据杰米森的说法，生命维持系统的警报器会在主轮机室的被动传感器侦测到氧气含量低于20%时，或是气压低于900毫巴时自动响起。但愿沃奇林一开始不会知道这些声音和灯光意味着什么，然后浪费宝贵的时光惊慌失措，好让埃莉挣脱束缚，抢先取得应急呼吸器——她肯定清楚距离窒息还有多久。

密室的空气跑光后，沃奇林会怎么样？我是这么想的：要是憋气，他的肺会因为压力差而炸掉；他的黏膜和多数体表的毛细血管也会破裂。他会七窍流血，15秒后会因缺氧而昏迷。在X-4赶到并切穿安全闸之前，他就会窒息而死。

我压根儿不觉得这有什么不好。

平视显示器上的计时器在闪烁。“再过2分30秒，空气就没啦。”我说。

“收到。”杰米森说。

以防万一，我又等了几秒钟，之后才关上口袋，准备在靠近我这一侧的安全闸那里再次打开。现在有点儿难搞了。

混蛋，瞧你都干了什么。

我有一件应急装备是奥利弗设计制作的全向间谍相机，看似是赌场里的筹码，其实边缘处藏着数个镜头，能实现成像阵列，按一下即可启动，像掷硬币那般把它抛到空中，让其中的加速计侦测到旋转运动，这时相机打开，在半空翻转时就能从各个角度拍摄静态图像。接住落下的相机，便能获得周边环境的全景鸟瞰图。

然而闭着眼睛，在零重力条件下做这件事，感觉可有点不同。

我想象出五张牌的组合——每张牌的花色都是特定的——接着打开口袋，把手伸过光栅，去取相机。我按了一下让它开机，再把它弹开。我已经把左眼切换到电磁感应模式，以便看清相机是否启动。我望着它翻转，测过速后才关上口袋。

现在得打开围绕着相机和离我较远的那一侧安全闸的门洞了。舱室里现在应该不通风，所以无须光栅也能打开口袋，也不用担心相机会被吸回口袋里。把它扔进前门，它便能从后门飞出。

难点在于要确保门洞距离安全闸足够远，让相机在侦察过程中取得舱室的最佳视野。门洞也大小合宜，确保相机弹离安全闸后不论往哪儿飞都能接住它。控制口袋的用法是我的长项，但我无法设定具体的数值，只能凭感觉估测。

我抬头往安全闸上靠，想象出之前那五张牌的背面，随之打开口袋，在安全闸的另一侧转了一下，再一边祈祷好运，一边数到十，并关上口袋。

“任务完成。”我说，“准备——”

背后传来“锵锵”的声音。竖井颤动着，我的身体左侧感受到一阵波动。我紧贴竖井的对面，把下巴放低，回望通道。

头灯的光圈闪过一片深蓝色的皱布。方才的响动变为了窸窸窣窣的剐擦声。我把头灯移到一侧，瞧见了一张脏兮兮、黑乎乎的脸。我认出是谁了。简直难以置信。

“埃莉?”

她眨眨眼，眯眼看我，“伊万?”

“罗杰斯，再说一遍。”杰米森的声音在我耳边响起，“你似乎说了——”

“埃莉在这儿！轮机长加维兰！她在管道里呢!”我转动头灯，免得灯光直接照在她脸上，随后一扭一扭地朝她后退，直到我的脚碰到她出现的地方才停下来，“你是怎么逃出来的？到底——”

她摇摇头。我发现她脸上的脏东西是干掉的血渍。她说：“现在别问。你能接通安蒂吗?”

“能，可是——”

“劫船的是阿兰·沃奇林。他还没死。”

“我们已经知道了。”我说。

埃莉眨眨眼，“他改写了系统软件。叫我的人断网，在计算机中心的第十号机架上进行全面检测。”

我向杰米森重复她的介绍之后，问道：“他们在弄了。你没事吧?”

“会没事的。”埃莉蹙眉道，“你怎么在这儿？算了，以后再告诉我吧。得走了。”

“没关系的。”我离她很近，差点儿就能碰到她了，“我刚才把轮机室里的空气全吸走了，沃奇林会闷死的——”

埃莉抓住我连体服的袖子，“什么？”

我笑道：“我把空气搞没了。”

一阵尖厉的鸣响传来。

埃莉说：“噢，真是狗屁。”

一阵疼痛袭上我的全身，随后我眼前一黑。

我醒来后，发现自己被医务室的床包着。杰米森在我左边轻触平板电脑，弗里茨·菲舍尔在我右边。其他床的病人我都不认识，但看着像是乘客和船员，多数都只有些轻微的擦伤和瘀青。

“到底是怎么搞的？”我问，口渴得要命，嘴里仿佛先被棉球滚过，再被钢丝球擦了个干净，“埃莉人呢？”

“不清楚。”杰米森说。

我没听错吧？“什么意思？不清楚？她刚才就在我面前，都跟我说话了。”她还碰了我。

“冷静。”杰米森瞪着我，“她有没有受伤？”

“她——”我的任务记录仪在劫持事件发生后就开始运作了，不过我不想现在去查视频记录，“她脸上有血迹，已经干了。不知道是不是她的。”

当时她还活着。不久前的事儿！刚才我是不是害死了她？但是我们不知道，我也不可能知道——

“除了通信器传回来的话，她还说过别的吗？”杰米森问。

我的头隐隐作痛，“她说了‘狗屁’。”

“嘴巴放干净点儿。”

“她真的骂了一句‘狗屁’，不是我在爆粗口。”我连忙解释，“我说我已经把轮机室里的空气都吸走了，这不是很好吗？可她却说：‘噢，真是狗屁。’后来我就晕了。到底怎么搞的？”

“维修管道的管壁也是电磁铁。”弗里茨说，“可以通上电，清理任何松散的金属屑和脱落的设备。”

“沃奇林已经探明通电的方法了。”杰米森说。

这就能解释我感觉被人在近距离用电击枪击中的原因了。“没找到埃莉吗？”

“我们派了一台摄像机器人进去，没见着人影。”弗里茨的语气有些紧张。

“肯定不是幻觉。”

“我只是在陈述我们的发现。”弗里茨厉声道。

“沃奇林在主轮机室里的动向要了解。”杰米森把防窥屏幕转到我的床边，画面上有她和弗里茨。我猛然发现他们都在飘浮，飞船内又失重了。“罗杰斯，让我们看一下照片。”

“现在飞船没有加速了？”我问。

“劫船犯已经完成变轨。”弗里茨愤恨地说，“要是不改变航道，还有18个多小时就要撞火星了。”

“快给我们看照片。”杰米森说。

我望了望弗里茨。“要这家伙盯着吗?”

“怎么？你还害羞不成?”弗里茨喝道。

“船长已经知会菲舍尔了。他明白你有虫洞设备。”杰米森说。对哦，就连我的口袋也有掩护说辞。欢迎来到局里。“看照片。”

我点点头，集中精力。这次得用光栅了，不然医务室的空气也会被吸光。五张牌。口袋开了。但愿先前的调节都是对的。

我把手伸过光栅，起初没有感觉，之后缓缓移动，手心里碰到了什么。我一握拳，在那东西冻住之前把手抽出来，再关闭口袋，这才发现自己正屏着呼吸。

“拿到了吗?”杰米森问。

我摊开手，相机赫然躺在手心。杰米森抄起它插入平板电脑，我松了口气。

“简直……”弗里茨看着我，目瞪口呆，“这技术多久前出来的?”

“机密。”我没有说谎，“到底是怎样的机密，船长想必讲得很清楚了?”

弗里茨做了个鬼脸，“对，是军事情报机密。”

“保密肯定有理由。”

“那也不表示理由很充分。”

“你们两个给我闭嘴。”杰米森说，“看这个。”

她把平板电脑转向我们。自动拼接成的画面黑糊糊的，全是噪点，但显然有个大个子站在控制台旁边。

“他穿着增压服！”弗里茨说，“他妈的增压服啊！”

“但是——”我摇摇头，“自己穿增压服需要至少10分钟。”

“他已经做好最坏打算了。”杰米森说，“尽管他不确定我们能否搞坏他的生命维持装备，他还是不想被打个措手不及。”

“接着你排光了氧气，”弗里茨对我们俩怒目而视，“发现加维兰轮机长还活着。报警器炸了以后，犯人四处找她，但她已经不在那儿了。”

杰米森瞪了回去，“这有谁知道啊。”

“我们搅黄了她的逃生机会。”弗里茨说，“明白吗？如果没有这些事儿，她可能已经逃出来了——”

“别跟我来这套。”杰米森斥道，“我们只能着眼当下。”

“好吧。来过一遍我们目前掌握的信息。”弗里茨抬起手，做出“一”的手势，“首先，那个混蛋穿着增压服”；他数到“二”，“其次，埃莉已经不在维修管道里了”；他亮出三根手指，“再次，那件增压服是绝缘的”。

他的一根手指上戴着银戒。怎么这么眼熟啊？

“假如沃奇林把埃莉带回主轮机室，她肯定已经闷死了。”

杰米森说，“都两小时过去了，别忘了那边没空气。”

“可以戴呼吸面罩啊，”弗里茨说，“要么放进救生舱——”

“我都懒得重复了。别放马后炮。”

“你们看看沃奇林的行为，他根本不想让她死！”

“我们——不——谈——判！”

吵来吵去可没用。我的头疼得更厉害了。

“就不能再去轮机那边再瞧瞧吗?”我问，“我可以穿太空服——”

“不行。”杰米森说。

“可你明明说那是绝缘的。”

杰米森望着弗里茨，“你跟他说呗?”

弗里茨抄起手。“他把每条通往主轮机室的管道都通上了电，最短的一条也有 20 米长。太空服经不住与导体过分接触。”他最后扭头看我，“还没靠近摆弄虫洞，你就会被电死。”

“没法断电吗?”我问。

“整个区域直接由离子井供电。”弗里茨说，“从外面是关不掉反应堆的。”

“那接下来怎么办?”我的视线扫过愁眉苦脸的两人，“都过去两小时了，你们也该想出新主意了吧?”

“我们还在等。”杰米森说。

我愣了片刻，之后眨眨左眼，调出时间。

“在等拖船?”

杰米森点点头。“航行偏转防护系统现在不能用了，但还有时间偏移航道。”

到这儿我就派不上多大用场了。拖船将由一名飞行员远程控制，与德嘉·索雷斯号对接，完毕后飞行员会开足拖船火箭发动机的马力，推动巨型游船偏离航道，令其与火星擦肩而过。一旦进入火星领空，就能得到更多飞船的协助。

“完了。”弗里茨冷不丁地说，“完了。”

我左看右看，杰米森似乎也糊涂了。“什么?”

“我们在旋转，”弗里茨看了一眼腕带，“飞船正在旋转。”

“沃奇林为什么要这么做?”我问。

“给引擎点火。”

“可你说过——”

“是拖船，他要朝拖船喷火。”弗里茨说。

杰米森破口大骂，猛地转回防窥屏幕，冲出了医务室。索尼医生停下手上的工作，好奇地看着我和弗里茨。

“怎么了?”索尼问。

“我得去简报室。”说话间，我从床上挣脱。

“我不同意。”索尼向我的床走来，“你的伤还没痊愈。”

我咄咄逼人地瞅了他一眼，但愿还有威慑力。“医生，要是不夺回这艘船，谁的伤都不能痊愈。”

弗里茨勉为其难地扶我走出医务室，来到最近的电梯。他揿下代表简报室的按钮。

我忽然发觉，他的戒指我以前见过：银制，一节一节的，刻有星光的图案。就是晓戴的那枚，他们的婚戒。

弗里茨·菲舍尔的丈夫死了。

接下来是几秒钟的尴尬沉默。弗里茨呼吸急促。他心神涣散，头脑不清。这种感觉我能理解，可他得尽快放下，因为不光是这艘游船需要他的帮助，火星的都城也是如此。

“你能察觉到飞船在动？”我问。

“是惯性。”弗里茨盯着墙壁，“劫船者在启动 RCS 推进器，改变飞船的航向。我们在飞船里呈飘浮状态，所以能感受到。”

“是你能感受到。”我纠正他，“肯定是很细微的移动。RCS 又是啥？”

“反推力系统。运用的是喷射装置。”

他的精神肯定不集中，得让他专心。他正在用尽全力抑制怒火，眼下肯定没法思考。我要让他消消气。

决定了，得换个话题谈谈。

“节哀顺变。”我说。

弗里茨仍旧死盯着电梯门上的显示屏。

“你丈夫是英雄，”我接着说，“他在执行任务的过程中献出了生命。不知你看没看过监控录像，哮的表现异常英勇，他保护了大家，你会引以为豪的——”

弗里茨从电梯的另一侧扑过来，把我摁到墙上，一手撑着栏杆，另一手卡住我的脖子。

“好痛。”我说。

“他叫晓。”他说。我还是听不出区别。

“弗里茨——”

“闭嘴。”他说，冲我脸上啐了一口，“我才不管你怎么想。”

我真讨厌被人吐唾沫。

我活动胳膊，把他压在我脖子上的手肘推开，极力甩了他一巴掌。弗里茨尖叫一声，一拳捶在墙壁上。我利用他向后的惯性，转而把他的脸摁到墙上。没一会儿，他就抽抽搭搭地哭了起来。

等他消停了，我问：“好点儿了？”

“我没事。”

他从我手下挣脱。我也不再抓着他。至少他没有再哭了。刚才差点儿成了笑话。

“你怎么知道的？”他抹去睫毛上的泪水。

“你们戴着婚戒。”我指了指他的手。

弗里茨涨红了脸，扬起一抹微笑。“他非要我们戴对戒。他就是喜欢事事公平公正。”

“他是英雄。”我重复道。

“我可不希望他成为英雄，”弗里茨说，“我想要他活着啊。”

“我也很难过，”我说，“可他已经走了。我们必须帮助船上的好几千活人——”

“我没有因为悲痛而失去判断力。”弗里茨厉声道，“可我就是看不惯人人都觉得加维兰轮机长已经死了。她并非手无寸铁。”

“她是工程师，不是军人。”尽管我也想相信埃莉不会输给阿兰·沃奇林——

“埃莉诺·加维兰不会死的。”弗里茨说，“她死了，我丈夫的牺牲就毫无意义。我不信。”

他的眼睛红通通的，透着怒火，而非伤痛。我明白他的感受。我见识过太多英雄了。

“好吧，她没死。”我干脆同意他的说法了，“不过，最好的情况是，她被困在救生舱里，动弹不得。现在她就指望我们了。也指望你。说吧，她希望你怎么做?”

弗里茨怒气冲冲地望着我，随即眨眨眼，扭头注视墙壁。“她希望我们拯救这艘船。”

“行。”

“再严惩杀害晓的凶手。”

“必须的。”

“我不是闹着玩儿的。”弗里茨又转身面对我，“那可是上帝的愤怒。”

真不该怂恿他记仇的。只是我跟人打交道，从中学到了一点，那就是报复心会成为一种强大的推动力。长远来看，这不是做人活命的最佳之道，但我也不关心弗里茨明年需不需要心理治疗。我仅仅是希望他今后能有机会去担心这个。

而且，我也想治治沃奇林。

“好吧，”我说，“让我们去教训那个混蛋。”

37

德嘉·索雷斯号——B层甲板，高级船员的简报室

全船完蛋，拉半个火星垫背前18小时

简报室比平常更明亮，从平板灯到控制面板，角角落落灯火通明，但围在桌边的桑塔马利亚、杰米森、加尔布雷斯、罗根和菲舍尔，脸色都很难看。我们用了三种不同的方式挫败沃奇林的计划，结果都失败了。

加尔布雷斯回放外部监控视频和雷达显示记录。视频上，有几个微弱的光点——可能是恒星，但更像小行星——变成几道亮线，与此同时，飞船在旋转，把正在靠近的拖船甩到身后，正对主引擎。

在引擎点火后，画面波动了一下，整个屏幕上亮起一道两千米长的白色等离子轨迹。与此同时，雷达显示屏上三个最近的光点消失了；其余光点改变方向，但飞船又开始转动，调整引擎方向。只有一个光点逃逸了。

伴着红光和颤音，我们再度失重。我抓紧会议桌，准备迎

接进一步的加速，当我发现没人在这么做，便不做了。

“他为什么不把引擎打开?”我问。

加尔布雷斯指向桌面上的战术示意图说：“我们已经在离速飞行了。现在纯粹是弹道飞行。”

“若还要在失重条件下管理乘客，手头资源不足，别的事都干不了啊。”罗根说。

“我已经把最后一艘拖船移出了射程。”加尔布雷斯说，“它在平行的轨道上，但离得较远，无法对接。”

“除非同时破坏 RCS 和雷达系统，”杰米森说，“否则 X-4 也没有机会。”

“可以摧毁船头的主航空电子设备。”加尔布雷斯说，调出德嘉·索雷斯号的构造图，“但轮机舱里，有个后备装置我们接触不到。而且 RCS 装置与航行控制系统是通过硬线连接的。可以派人穿增压服过去，但在六小时内无法破坏所有设备。”

“什么？航行偏转系统只用了两小时就摧毁了。”我说。

“航行偏转装置的激光运行靠的是内部电力，”加尔布雷斯说，“只需切断船内的电线。RCS 装置安装在飞船外部，每一个装置都配有独立的计算机和燃料供应。船上到处都是。”她用一系列红点突出显示飞船的内部构造图，“飞船这么转动，要耗费大量推力。”

听罢我满脑子都是“妈的”。

“再过六小时，就轮不到我们纠正航线了。”加尔布雷斯说。

“那要破坏多少RCS装置?”我问。

“做不到。”弗里茨说，“即使80%的RCS装置脱机，RCS系统也还能运行。”

“那你招募的乘客顶什么用?”我问，“不是有一大群民间工程师在拆除偏转装置吗?”

“增压服不够穿。”罗根说，“没法及时给所有人。”

“不是还有服务机器人吗?”我问。

“都离线了。”加尔布雷斯说。

“什么？为什么?”

“电脑核心检测时查到了病毒。”弗里茨说，“他试图给机器人重新编程。”

“又是航行偏转防护系统那一套。”杰米森抱怨道。

“还有救生船的发射系统。”罗根补充道。

“具体多少机器人感染了病毒还不清楚。”加尔布雷斯说，“安全起见，我们关闭了所有机器人。”

“他重新编程后，到底要干什么?”

加尔布雷斯蹙眉道：“没人想干等答案。”

“得破坏驱动火箭。”弗里茨说，“他要把它们当等离子炮用，而且会朝任何一艘靠近的飞船开火。要是不能夺回航行控制权，就得强行让这些火箭下线。”

“同意。那要怎么做?”桑塔马利亚问。

“X－4 舰队会有一架战斗机护航。”杰米森说，“可以朝主引擎发射导弹。”

“等等，”弗里茨说，“我说的是‘破坏’，不是‘摧毁’——”

“没得选。”杰米森不理弗里茨，而是对桑塔马利亚说，“爆炸会把离子井向上推进船内，这样应该足以破坏防护层。”

“可能还会破坏燃油管道和等离子管道。”弗里茨说，“爆炸会危及飞船的上部结构，将飞船撕成两半。”

“这帮人很会瞄准。”杰米森对弗里茨说。

“队长，这不是重点。”我在电梯里说的打气的话可能起了点作用，看这架势，弗里茨好像要杰米森去外面单独解决。“爆炸这么靠近反应堆，结果难料，不能冒险。”

“不冒险，火星上两千万人就完了。”杰米森说。

“爆炸造成的裂痕可能会让飞船解体。”弗里茨说，“然后你就能欣赏到好几个足以毁灭天地的玩意儿了。”

“你这是夸大其辞——”

“喂，谁他妈才是工程师？”

“你们两个，够了。”桑塔马利亚大声说，“船上还有六千多条人命。不准发射导弹。”

杰米森嘟哝道：“是，长官。”

“艾瑞卡，剩下的那艘拖船还能用吗？”桑塔马利亚转身问加尔布雷斯，“我想把它用作动能导弹。不引爆，只冲撞。”

“能量不够。”加尔布雷斯说，将桌面切换到导航图，显示处在平行轨道上的德嘉·索雷斯号和拖船，“要先让它离开，再让它加速冲回飞船。到时撞击的动量不够，不足以击穿外部船壳和离子井防护层。而且，沃奇林事先会料到，他还是可以让飞船闪开。”

闪开。

我还记得奥利弗对我喊过这句话，随即就有一枚重型导弹从口袋里飞出，直中我的胸口。当时我虽然穿着太空服，但还是痛得铭心彻骨。

闪开。

我们在科学部研究的“翻转难题”是这样的，由于门洞锁定了口袋宇宙里的物体和我自己在我们宇宙中的位置，我其实是无法闪开的。只要我打开口袋，门洞就永远存在，与我的身体保持固定的相对位置，我也只能面对着它打开。

不过，我可以选择在哪儿打开门洞的位置，还可以开得特别大。它也不需要一直都正对着我。

闪开。

天哪，这真不是个好主意。但我们似乎也想不出更好的了。

“船长，”我说，“能私下聊聊吗?”

“罗杰斯先生，你要是想聊虫洞设备，”桑塔马利亚说，“那就直说吧。你的技术，我已经跟这里所有人解释过了。”

我望着他，他和保罗估计谈了不少话题。

“如果不需要动拖船呢?”我问。

“不明白。”加尔布雷斯说。

“如果在冲撞前有足够的空间可以让拖船一路加速呢?”我在导航图的拖船旁边画了一个圆圈，又画了一个箭头，从拖船指向圆圈，“先由我打开虫洞，由你引导拖船进入门洞，令其在另一端加速几小时；接着我再次打开虫洞，将拖船翻转180度。”我画出第二个圆，引出一个箭头，指向德嘉·索雷斯号，“门洞会锁定拖船的位置，而不会影响它的速度。它会以高速再次飞出。这正是沃奇林想不到的。”

加尔布雷斯面露喜色，“大概可以吧。”她敲击键盘，桌面上满是数据和弹道，“赞！行得通。”

围在桌边的人纷纷点头。能够带来希望的感觉可真好。

“虫洞通向哪里?”加尔布雷斯问。

“星际空间。”我回答，“离这里好几光年。路还长着呢。”

“究竟在哪里啊？只是好奇——”

“机密。”

“慢着，”杰米森说，“我想你打不开不面对着你的虫洞。”

“这倒是。”我说。

“那么等你第二次打开虫洞，拖船就会以极高速度冲向你。”

“就是这样。”

“那你自己怎么闪开?”

我看着雷达地图，“我正在琢磨呢。可能需要一点儿帮助。”

桑塔马利亚船长联系了X-4运输船，解释了方才的计划。对方也同意这是他们听说过的最疯狂的事，但在桑塔马利亚展示了右臂上的“1MB”文身之后，就没人敢不听命令了。

加尔布雷斯没法让我快点儿穿上太空服，我便说我一分钟后再见她，然后把杰米森拉到一边。

“不。”杰米森说。

“你压根儿不知道我要问什么。”我说。

“不管怎样，肯定荒唐可笑。”

我打开口袋，取出包在保温袋里的帆布包，拉开拉链，递给杰米森那瓶“红酒”。她瞪大了眼睛。

“别告诉我这是你偷来的。”她说。

她能这么想，我真是受宠若惊。“当然不是。我买的。”

“可你是怎么——算了，现在不问。”

“里面有纳米机器人。”我指了指酒瓶，“你要让每一个受过沃奇林房里俘获核辐射的人都喝一口这个。”

杰米森目瞪口呆地看着我。“你知道吧?我们可能就快完蛋了。增不增加骨癌风险都无所谓了。”

“去他的。”我说，“这艘船我们一定要救下，你也要抱上孙子。”

她冲着酒瓶蹙眉挤眼。“我讨厌小孩儿。”

“全宇宙都爱说反话。”

杰米森伸出一只手，我把帆布包递过去。她本想把酒收好，却顿了顿，拔出软木塞，仰起头，喝了一大口。

我将眼部调节到感应模式，看着纳米机器人进入她的血液循环。她肢体的轮廓泛出绿光。

“谢谢，队长。”我说。

“你给埃莉喝过吗?”她问道，没有看我。

“嗯，就在昨晚吃饭的时候。”这段记忆恍若隔世。

“她爱喝吗?”

我张口欲笑，但及时打住了，没有演变成别的。“她不爱喝。”

“事情交给我处理。”杰米森说，“你先滚吧。”

“我也会想你的。”

“先救下这艘船吧。”她塞好“红酒”的软木塞，把酒瓶放进包里，“以后我买点儿真材实料的给你喝。”

38

德嘉·索雷斯号——A层甲板，维修气闸舱

我下船前10分钟

我和加尔布雷斯在德嘉·索雷斯号顶部的气闸舱里等候。杰米森派队伍去破坏航空电子设备，在雷达的覆盖范围内制造一小片盲区，好让我穿过。没人希望我被引擎烧死，我不能死，至少还要撑四小时。

理论上，这个计划很简单：我先从德嘉·索雷斯号跃入太空，再登上X－4运输船，打开口袋，让这艘拖船全速飞入，随后关闭口袋，等三小时再打开翻转了的口袋，翻转后对准德嘉·索雷斯号，不等沃奇林做出反应便让拖船呼啸而出，摧毁离子井。X－4部队登船拿下沃奇林，其余飞船则将德嘉·索雷斯号推离撞击轨道。

说起来是简单，但做起来就可能出千百种岔子。

加尔布雷斯的声音通过太空服的无线电传来：“罗杰斯，准备出舱活动。”

说得真他妈委婉。

“明白。”我回答，“开始吧。”

“祝你好运。”加尔布雷斯说。

“呼啦[①]!”我回答。她一脸怪相地看着我，走出气闸舱，关上内舱门。

气体“呲呲”地流出舱室，现在我只能听到太空服里的声音：我的呼吸声、打开外舱门时衣料的窸窣声，还有靴子踩上船壳时发出的闷响。

这次我背着喷气背包，行动变困难了。我到达船顶准备开工，想要尽量处在雷达的盲区内。

“我就位了。”我来到船头，已经有种处在外太空的感觉，往下看也只能看见船体。

“没问题。”加尔布雷斯说，“准备好就走。”

我屈膝关掉靴子的磁铁，两腿用力一蹬。在维修通道里遭电击后，我的肌肉依旧很痛，我敢肯定刚才自己勉强地“哎哟”了一声。

我飘离游船，低头看着它渐渐坠落。这只是相对运动。我还在飞向火星，那个远处的小红点，但总感觉自己在往相反的方向急速移动。

我的影子在船壳上划过。好像不对劲。

---

① Oorah，美国海军陆战队战吼，作战前的鼓舞士气。

“他在调转船体!”加尔布雷斯喊道。

“那根本不是盲区!”我一边回答，一边胡乱摸索，想要操作喷气背包。

“快跑！快跑！快跑啊!”加尔布雷斯说，却是徒劳。

我摸到发射键，用拇指一按。“推进!”

几道短气流将我翻转到位，推进器启动，将我推离德嘉·索雷斯号。头盔的平视显示器上出现一个秒表。加尔布雷斯说燃料能维持 50 秒的全速推进，足以把我推离引擎的射程。我们原先还以为我在盲区的时间不会多于四五秒。

倒计时显示，还有 40 秒。我回头望见蛋形的游船在翻转，船身上的影子在变动。

该死！这个喷气背包能不能给点力啊？如果是在大气层中，我还可以尝试在身前打开口袋，希望里面的真空能把我往前吸，只是我也不清楚这样能不能行。*提醒自己：要是这趟活得下来，记得以后问问奥利弗。*

该死！该死！该死！

还有 30 秒。我俯视蜂窝状的巨大钟形引擎，它们已在发光，但还未点火。要是换作别的时候，我没准还会欣赏这等非凡工程的美，可是现在，我急都急死了。

“正在直视他妈的引擎。”我冲无线电说，“我安全了吗?”我听见自己的声音颤抖起来。

“还有 10 秒。”加尔布雷斯说。

引擎里耀眼的白光正要喷涌而出。

“操。”我随便骂了句。

完蛋了。只能等死了。我闭上眼，想起一切还未经历过的事。

最起码我去过了“传奇故事乐园”。

最起码我邂逅了埃莉·加维兰。

我呼出一口气，周围似乎沉默下来，黑暗、平静，令人感到惬意，仿佛在叫我不要担心。不管接下来会发生什么，都不是我能控制的了。

我脑后传来了爆裂声。

我下意识地睁开眼睛。这声音来自头盔外部，叫人扫兴。是喷气背包吗？用量超过额定限制，设备不是过热就是坏了。

头盔的平视显示器上出现红字，遮住了远处的星球。出问题的不是喷气背包，而是生命维持系统背包。氧气在泄漏。肯定有东西磕破了氧气罐。我可能撞上了小石块和尘埃。在这里，速度才是杀手。

“碎片碰撞。”我大声说。尽管不确定这有什么要紧，但如果不汇报，还是会觉得麻痹大意。“氧气正在流失。”

“马上就好。”加尔布雷斯说。我知道她在撒谎，但我很感激。

我的身体忽然向前一动，我的鼻子猛地碰到了面罩上。喷气背包是不是出故障了？要么就是没燃料了。这时我一阵加速，胃都掉下去了，却没有停下。

“什——么——鬼!”我话都说不出了。不是喷气背包的问题。就算经过了弗里茨的改装，这玩意儿的推力也才不到二分之一重力。可眼下我却感觉至少有两倍重力，也可能有三倍重力。

加尔布雷斯通过无线电在喊着什么，我听不清，可她的口气……似乎很开心?

在我下方，德嘉·索雷斯号主引擎点火，十几团耀眼的光芒喷薄而出。巨型蓝白色等离子光柱朝我射来，带来一阵静电干扰，我的无线电连接中断了。太空服的面罩自动变暗，以免致盲。然而我已来到射程之外，从雷达上能看出来。有 2200 米，并且还在远离。

周围一片黑暗，只有平视显示器还在显示读数。氧气含量已降到 80%。太空服的密封性还完好。推进器不再运作，更多红色警报亮起。没燃料了。

可我还活着。我的睾丸很痛，可见我还在加速。

刚才到底发生了什么?

“罗杰斯!”加尔布雷斯通过无线电喊道。沃奇林肯定关闭了引擎。这说得通。他也不愿让飞船过于偏离航道。毕竟开火半秒钟，就能把我烧化。

“罗杰斯，你还好吗?”

“还——活着——”我是不是快喘不过气了?“到底——”

话还没说完，我就被一阵加速给打断了。

“罗杰斯，坚持住。”加尔布雷斯说，“援兵刚刚到了。”

过了好几秒钟我才不喘了，总算弄明白了该怎样手动控制头盔的自动极化过滤器。加速停止后，面罩恢复清晰。我环视四周，发现了两个眼熟的铁灰色尖锐物体。我曾无数次看到它们在战场上俯冲，或是在地球殖民地的前哨站周围巡逻。

是 X-4 部队的运输船和护航战斗机。

“呼啦!”我随口一说，放声大笑，“呼！啦!”

我朝两艘飞船挥手。战斗机轻晃机翼，向我致意，运输船翻转船体，使气闸舱正对着我。我这辈子从没见过比这更美的景象。

加尔布雷斯告诉我运输船的频率和扰频器的密码，我切换太空服的无线电频率，缓缓飘向飞船，雷达显示速度为 0.5 米每秒。飞行员对运动矢量的直觉一定非常灵敏。

我把手臂伸到脑后，摸到一个夹住我的背包把我拉起的东西，估计是某种钩爪。我发现自己和 X-4 飞船之间的缆绳变松了，就把它拉紧，当成拴绳，再转动身体，让飞船处在下方。

“刚才那一下可真刺激。”一个声音通过无线电传来。

“说的没错，上校。”透过驾驶舱的窗户，我望见了分遣队指挥官制服上的条纹。虽然穿着臃肿的太空服，我还是尽力向他敬礼。“是杰米森队长叫你把我叉起来的吗?”

对方利落回礼，说道：“不是，少校。船上有你的伙伴。”

“太棒了。”

“宇航员卡普尔会在船壳上见你。我们现在就把飞船开到你下面。”

“来吧。”我说。

透过眼角的余光，我看见推进器点火，飞船悄无声息地驶到我下方，如梦似幻。我还能望到远处的德嘉·索雷斯号，游船距离这儿一定有几千米远。

宇航员卡普尔原来是个女人，脸部棱角分明，透过太空服的头盔可以看见她的大圆眼。她收起夹住我背包的缆绳，把我拉向运输船，然后一把抓住我的太空服，力气很大，我连气都喘不上了。我感到她往我的腰带上系了一根救生索。

“长官，欢迎上船。”她让我转身面对她。

“谢谢，宇航员。”我说。

“请启动磁力靴。”

“好。”我放开原来死死抓牢喷气背包的手，轻触太空服的腕部面板，启动靴子。我的脚“砰”的一声踩到船壳上。

卡普尔帮我卸下失效的喷气背包。我遥望德嘉·索雷斯号，游船似乎很平静。那是一艘载有六千多名乘客的巨型人造蛋形飞船，不愧是技术奇迹。

这艘蛋形飞船一旦撞上火星，就会在太阳系内引发大战，即使国王的兵马全部到来[①]，也阻止不了。

火星独立战争爆发以来，时局已然改变了。星际和次星际殖民地越来越多，舰队的规模也越来越大。瞄准地球的小行星轰击，我们能阻止多少次？外太空部队能投入多少飞船去木星卫星之间巡逻？两军交火又会波及多少内陆地区的平民？

是得出手阻止了。

“你能控制拖船吗?”我问卡普尔。

“能，长官。”她抬手指了指左边，“拖船还在 1100 米之外。几分钟后就能靠拢。”

我将眼睛调节至无线电感应模式，发现了拖船的航行信标。“我看到了。”

“长官，好眼力。”她似乎还不信。

“你知道计划是什么?”我问。

“知道，长官。路上我们就了解了。拖船一进入范围，我就会给它布置遮罩。你要人协助操作虫洞设备吗?”

“不用。”我说，“控制器已经植入了我的身体。”

“好，长官。”

“你们的保密权限有多高?”我问。我得知道要拿哪种“虫

---

① 原文为“All the king’s horses and all the king’s men”，出自英国童谣《昏弟敦弟》(*Humpty Dumpty*)。这首童谣亦是一个谜语，因而又译作《蛋头先生之歌》。

洞设备”的幌子去糊弄这些宇航员。

“船上每一个人都拥有绝密级别[①]银色向日葵，长官。”

这话可不常听到。我的能力不光是局里的最高机密，更是“敏感类别信息”。这句不同寻常的暗号表示 X-4 有权知晓有关口袋的一切，除了它本身不是技术产物之外。

“长官，我能问几个有关这个设备的问题吗？”卡普尔问。

“请说。”

“据说在虫洞的另一端，有一个……平行宇宙？”

“说是这么说。”

“所以才要制造设备方便探索？”她问。

“不是制造出来的，只是偶然。”我回答。

卡普尔皱着眉说：“那怎么就知道这不是远处的那部分宇宙？”

“另一端的宇宙背景辐射不一样，那里也没有星球。”重新向别人介绍的感觉真不错，“在科学家看来，那个宇宙完全是空的，除非我们通过门洞进行传送。

“太疯狂了。”卡普尔头盔的平视显示器上亮了起来，“长官，可以走了。”她指向我身后。

我转过身，吓了一跳，幸亏打开了磁铁，不然我就会一蹦

① 原文为“TS/SCI”，即 Top Secret/Sensitive Compartmentalized Information，美国最高保密级别。

飞离船壳。拖船和 X－4 运输船保持相同速度，悬停在离我不到一米远的地方，火箭式引擎喷出火焰。我们正处在强真空之中，自然听不见飞船靠近的声音，也感受不到引擎的热量。

这些大型遥控推进装置仅在外太空使用，根本不是流线型的，看着就像一个小飞行器尺寸的大金属盒，船头有个铲斗，所有表面上都随机分布着突出的传感舱。

“拖船有多宽?”我问。

“对角线为 12.85 米，长官。”卡普尔说。

这下棘手了。我只打开过直径不超过 15 米的门洞，而且不能不对着我。门洞会随着我的身体——尤其是我的脑袋——倾斜，所以我不可能离开。不过，我可以偏移门洞，让它到一边去。

拖船处于中心位置时，离我的脑袋会刚好超过一米远。这里也是之后它以 1000 米每秒的速度飞出来的地方。如果我无法在一瞬间内将口袋打开到相同尺寸，拖船就会撞飞我的头，可能还会削去我的部分躯干。

我是不是说过这不是个好主意？我错了。这也许是史上最烂的主意。

但乐观地想想，这估计会创造新的个人纪录。

“清场完毕。”卡普尔轻触太空服的控制面板，“两船速度相同，隐形遮罩启动。”

拖船火箭式引擎的火光暗了下来，运输船的引擎停下，船壳随之微微震动。船头伸出一根金属杆，船尾处在主推进火箭式引擎之间的部分也是如此。每根金属杆的末端各有一颗小灰球，等金属杆伸展完毕，两颗球就打开外壳，露出扭曲的灰幕，分别在船头和船尾延展成穹形。

两个半球幕展开 60 米，尺寸几乎是运输船的两倍，之后在船体中部定型、会合，形成一个环绕飞船的球幕，就像盛着马丁尼酒的饮料球。不过这个球幕是不透明的，我们被包裹在一片黑暗之中，太空服上的灯正好能让我和卡普尔看清彼此的动作。

"确认信号屏蔽。"卡普尔说。隐形材料吸收了能量，将一切隐藏起来，同时也切断了我们和外界的联系。"看你的了，长官。"

"我们就这么关心会不会被看见吗？"我问。遮罩能够让我在使用口袋时不被望远镜观测到，但拖船重新飞出的时候，别人总会看到的。

卡普尔笑道："长官，如果我没理解错，这艘拖船在被你送出去后，移动速度可会比高速飞驰的子弹还快。看到的人都会以为我们带着目前最小型的电磁轨道炮。"电磁轨道炮利用电磁力让金属弹丸极致加速，通常需要数百米的超导导轨。"要弄清原理，他们会抓破头的。"

我点点头。"虫洞设备开启后，看上去就像个白色的圆环。你要把拖船送到正中的位置，与门洞绝对垂直。明白了吗？"

但愿X-4的神射手名声不是盖的。

“明白，长官。”卡普尔点击腕部控制面板。

我想象出一面上过漆的木盾——一个有两个面的参照物，便于稍后翻转——尽量把口袋开到最大，使其远离自己。这比平时更耗费精力，而且不止一点点。

隐形遮罩内，我面前张开一个被白色光圈环绕的黑色洞口，比我的人还高。我敢保证之后头会疼到死。

“卡普尔?”我盯着口袋问。现在我的头动不了，否则门洞也会跟着移动。

“我在，长官。”

“你有没有——啊!”我抬眼一看，吓了一大跳。飞船径直从我头顶飞过，这次离得更近了。她肯定是故意的。

我向卡普尔重申了让拖船处在“虫洞”正中位置，并使其与门洞所在平面绝对垂直的重要性。然后我老实站好，让她在我身边走动，用测距仪作测量。

以前我还没有长时间把口袋开到这么大过。我的脖子开始痉挛，视线开始模糊，这时她才完成测量，向我竖起大拇指。

“可以了，长官。”她说。

“那就开始吧!”我说，“快点儿！成吗?”

“准备启动拖船推进器，三，二，一，启动。”

拖船飞入了口袋。我试图不去想它从这里看上去有多大，也不去想它再度飞出时速度有多快。每次只能担心一件事。

等拖船完全穿过门洞后，主火箭引擎发动，拖船全速远离，化为了深空中的星光。我从 30 开始倒数，给自己一点出错的空间，数到 0 时合上口袋。

“接下来就等吧。”但愿我没有抖得太厉害，“除非你更想玩‘饥饿河马’①。”

“我可以查一下数据库里有没有，长官。”

没人懂我的笑点在哪里。

① “饥饿河马”是一款桌面游戏，适合二至四人玩家。该游戏概念由玩具发明家弗雷德·克罗尔（Fred Kroll）于 1967 年提出，于 1978 年推出。该游戏规则为：每位玩家让自己的“河马”“吃”到最多的弹珠则为胜者。

39

护航德嘉·索雷斯号的 X-4 运输船

我以为自己要被烧死后 25 分钟

我和卡普尔通过背侧的气闸舱进入飞船。两名宇航员帮我们脱下太空服，磕磕碰碰的。在豪华游船上待了一周，再要适应现在的狭小舱室可有点儿困难，更别提那种气味了。所有飞船的空气循环系统都会排出二氧化碳，但较难除去有机体散发出的臭味，X-4 也不会愿意把宝贵的液态水浪费在冲澡上。

卡普尔带我穿过内舱门，来到逼仄的走廊上，没想到见到了一张熟悉的脸。我顾不上称呼他的军衔，就招呼道："奥利弗?"

他像是几天都没睡。想想也是。审查期间，在我和杰西卡对话时，他要是还待在办公室里，保罗肯定会让他搭上高重力军用航天器跟我会合。胸口感觉像是压着头大象，想睡好也很难。

"很高兴见到您，少校。"他把最后一个词说得很重，大概想要提醒我，我们还处在伪装状态下。

我看了一眼他那件皱巴巴的外太空部队制服上的军衔条纹，之后回答："抱歉，上尉。没想到会在这里见到你。"

"我们都是不速之客。"奥利弗说。

"'我们'?"他带来了什么机器人吗?

他飘到一旁，身边竟站着杰西卡，我看得心脏病都要发作了。杰西卡也穿着外太空部队的制服，神色疲惫，要不然就是很生气。有时她的表情很难猜。

她直直地盯着我，微微摇了摇头，似乎只移动了不到一毫米。我明白了：装家还不知道纳米机器人的事。

"长官，"我说，"真没想到您会来。"

"是啊，说来挺逗。"她一本正经地说。

我恍然大悟，理解了宇航员的话。船上有你的伙伴。早说过了。

我真想抱抱奥利弗。

"你救了我的命。"我说。

他依旧面无表情。"似乎是的。"

我忽然不想抱他了。"你冲我头上丢了一根叉子!"

"不是，是冲着你的脑后，没危险。你的推力矢量是恒定的，计算起来很容易。"他耸耸肩，"再说，即便行不通，你也没法抱怨。"

记住了，下次得灭了他。"无线电呢?"

“停。”杰西卡说，“宇航员，请容我们单独谈话。”

卡普尔和另外两个 X－4 成员从我们身边经过，走出舱室，杰西卡关上防火门。

“禁止通信。”她说，“鞭笞者的命令。”

我皱眉。“可我们要联系德嘉·索雷斯号。”

“袋鼠，你是没关系，”奥利弗说，“我和外科医生可不行。不能被人知道我们在这儿。”

“为什么？”

“安全起见。”

“萨克莱达蠢蠢欲动，”杰西卡说，“这水有多深，我们也不知道。不小心来个导弹，我们部门就要损失四分之三的人手。”

“好吧，”我说，“我来联系。还有什么话不能说？”

奥利弗耸耸肩。杰西卡说：“别犯蠢就行。”

“多谢提醒。”

杰西卡和奥利弗带我去舰桥。布鲁特拉格上校迎接我上船，我通过无线电让桑塔马利亚船长通报最新状况。X－4 运输船和护航战斗机在德嘉·索雷斯号周围飞行，我可以用我的应急通信天线与游船联系。

战术显示屏显示，距离德嘉·索雷斯号经过“零号航路点”还有三个多小时。“零号航路点”是 X－4 对临界点的戏称，过了就要走上不归路，届时目之所及的太空载具将无法把游船推离撞击轨道。口袋内的拖船还需要足足三小时才能攒够可以突破德嘉·索雷斯号反应堆防护层的动量。

我们只有一次机会。不对，只有一次机会的是你，袋鼠。别有压力。

“很好。”桑塔马利亚说，“谢谢，罗杰斯先生。”

“沃奇林被吓到了吗?”我问。

“还没有。”桑塔马利亚说，“但愿他能以为是X-4运输船搭载了拖船。”似乎说得通。这艘飞船大得足以容纳多艘小型太空载具，沃奇林从轮机室里只能看见一个光点从雷达上消失。

“万一这个计划失败了，谁能想出更好的办法?”

“不妨问问你那边的朋友吧。”

好极了，就会利用我。“稍等。”我把麦克风调至静音，转而对奥利弗说，“你们不是有进展了吗?”

“我们联系了火星轨道管理局。”奥利弗说，“他们正在疏散轨道上的所有飞船，并勒令来往的载具改道。前来拦截德嘉·索雷斯号的，有四艘拖船、一艘护卫舰和几艘货船。”

我传达了他的话。

“货船?”桑塔马利亚问，“私人载具也被征用了?”

我回看奥利弗。他瞪了我一眼，指了指控制面板。我又调到静音。

“就说他们是自愿的。”他说。

我打开音量，转述给桑塔马利亚。

“我不会再拿平民冒险。”他回复，“叫他们别来。”

“别挂啊。”我又调了静音，就等奥利弗爆发。

“他懂‘自愿’二字的意思吗?”他说，“火星轨道当局命令这些货船撤离，却被拒绝了。就算一整个美国外太空部队的舰队都不见得能说动他们。船长莫非想亲自告诉这些火星人，为什么不要花大力气把他们的星球从大毁灭中拯救出来吗?”

“行，我劝劝他。”我说。

“赶快。”杰西卡说，“我们得私下里谈谈。”

*真不怎么期待。*我回望控制面板，没有看她。

“货船的船主拒不听从火星轨道当局的疏散命令。”我说，“不确定老家没事，他们哪儿也不会去。”

过了一会儿，桑塔马利亚说：“请代我们说声‘谢谢’。”

“船长，你还是亲自向火星人道谢吧。”

“行。”

除了驾驶舱，X-4运输船有四层甲板和一个可大可小的货运舱段。奥利弗带着我和杰西卡来到用餐区。针对我们拯救游船和火星的疯狂计划，X-4早有准备。

我问起局里接受审查的经过，奥利弗用一根手指抵住嘴巴，取出一个小型碟形设备，等杰西卡闭锁通往用餐区的两扇舱门，就把碟形设备装到墙上摆弄起来。

我吸了一口气，正想吐槽他们疑心太重，却闻到了什么味儿。附近似乎有食物。

不知是由于压力，还是最近一个半星期吃得太多，导致胃肠功能紊乱，我快饿瘪了。我从储藏柜里拿出两包口粮，没有加热就狼吞虎咽地吃下去。当我回过头时，杰西卡正举着一个装着红色液体的饮料球。

“里面是电解质。”她说，“喝吧。”

我接过饮料球，咽下了所谓的食物。室内全是嗡嗡的颤音，过了一会儿我才发觉那是“杀虫药”，也就是防窃听的背景杂音。奥利弗的仪器发出不可捉摸的不规则音，还会震动接触的表面，以免隔墙有耳。

烦死人了。

“这真的有必要吗？”我问奥利弗。

他盯着我看了片刻，说：“别忘了情报局长。”

我望向杰西卡，她正在点击一台触屏平板电脑。“接下来要谈什么？”

“你感觉怎么样？”她问。

“挺好的。”

“你脱水了。快喝完球里的液体。”

行吧。我老是忘记杰西卡能够全权遥控植入我体内的控制设备。我总觉得自己的隐私受到了侵犯，后来才记起，自己在干活时没有隐私可言。

“上一个门洞有多大?”她问。

“直径 15 米。”奥利弗回答。

杰西卡看着我说：“打开宽 15 米的口袋是你的极限，上次这么做的时候，你还晕倒了。”

“可现在我好着呢，你瞧啊。有操练总会有回报。”科学部总爱让我连着好几个小时在不同的模拟环境下开闭口袋，还要同时监测我的大脑活动。

“你脱水了。”杰西卡重复道。她翻转平板电脑，给我看一堆医学数据。“皮质醇水平还在上升，乙酰胆碱的饱和度很低。再喝两轮维生素水，喝完睡一下。留给你的恢复时间只有不到两个半小时了。”

“我不需要恢复。跟你说我好着呢。”我喝完红色饮料，随手把饮料球放到最近的桌子上。

杰西卡放下平板电脑，点点头。“那好吧。那现在打开口袋。”

“什么?”

“打开口袋。”

我耸耸肩，“你想让我拿什么?”

“不用拿。”她说，“只要打开口袋，告诉我你已经完全恢复就好。”

“要不要加光栅?”我问。我不想承认她是对的，便尽量拖延时间，但愿过个一两分钟事情会有改观。

“袋鼠，快打开你那该死的口袋。”

我瞪了她一下，转身看着另一边的墙。我奋力集中精神，想要打开口袋，但无济于事。

“那声音太烦了，瞧。”我指了指奥利弗的“杀虫”装置。

杰西卡冲奥利弗点头示意。他轻触碟形设备，室内随即静得出奇。

“继续吧。”杰西卡说。

我伸出一只手，集中精力，再次尝试，结果还是没反应。我过了一遍一下子能想到的参照物，什么都想弄出来：粉红象、蓝象、橘黄象、白象……

没一会儿，我就捶了捶桌面，骂开了。

杰西卡打开冰箱一阵翻找，取出一个蓝色的饮料球。“接下来喝这个，”她又取出一个绿色的饮料球，“再喝这个。”她把两种饮料放到桌上，拿走了空的那瓶。

“这是要把我的舌头全染黑吗?”

“每种颜色都代表不同的维生素和电解质。”她说，“一定要多样，你的身体机能才能重新得到平衡。不睡觉可不行。”

那干脆照着办吧。我大口喝下蓝色液体，做了个鬼脸。“我还以为你不会随身带酒。”

她蹙眉道：“跑任务时禁止喝酒。”

“我只是说，借着酒兴，这些玩意儿喝起来才够味。来点儿烈的，也更容易入睡。”

“这你就别操心了。”奥利弗说。

等我意识到他在说什么时，我已经喝完蓝色液体，绿色液体也喝了一半。“不。糟了，你到底在——”

话还没说完，我的肌肉就没力气了。天杀的外生。

40

X-4 运输船——船员舱室

抵达“零号航路点”前 90 分钟

我醒了，发现自己躺在下层甲板的睡袋里。吃完药小睡一阵子，感觉确实好多了，但我绝不会对杰西卡说。

我挣脱出睡袋，觉得胸口上硬硬的。我解开连体服，在里面找到了一份局里的编码文件。

我下意识地藏起塑料文件，环顾四周，确认没人。这完全没必要，因为文件的显示界面肉眼是看不到的，只有使用相应的植入式扫描仪才能读取里面的内容，不过我还是会条件反射。

这肯定是奥利弗和杰西卡留下的。为什么不直接给我？我眨眨左眼，进入解码模式，输入口令，等待我体内的植入设备处理文件。不一会儿，我的平视显示器在文件上加载了一个图层，局里的标志显现，通过影像控制即可翻阅浏览数据。

我翻到第一页，愣是读了两次，才确认自己能看懂。

翻到第三页，我发觉自己太用力了，抓在手上的塑料文件都开始变形了。

我做了好几次深呼吸，让自己平静下来，好好读完。之后我去了舰桥。

我在那儿找到了奥利弗、布鲁特拉格上校和飞行员。我询问可否和奥利弗私下聊聊，我们沉默着来到用餐区，等他打开“杀虫”装置后，我把他重重地推到墙上。

“这他妈怎么回事！”我朝他脸上晃了晃文件。

“鞭笞者还以为你知情。”奥利弗说。

“鞭笞者，”我说，“就是个爱摆布别人的两面派，骗子，混蛋。”

奥利弗蹙眉，“这还新鲜吗？”

“他是会骗别人，”我决定不发飙，只是能不能忍住就很难说了，“可他不会骗我们。”*他不会骗我。*

“看完了？”奥利弗问。

“你以为你他妈在跟谁说话！当然看完了！”

“那你想必明白他不会冒险！”奥利弗说，“鞭笞者清楚局里的安保有漏洞，但他不确定到底是情报泄露，或是内鬼作祟，还是技术漏洞。你说要查阿兰·沃奇林的服役记录，鞭笞者就顺藤摸瓜，扯出了沃奇林和情报局长的关系。”

我感到一阵自豪。没有我，他们就发现不了。给违抗命令的袋鼠加一分。

“然后宪兵队来了，把我和外科医生带出办公室。”奥利弗接着说，“他们把我们绑在美国外太空部队的高重力飞船里，这时我们才意识到自己没有危险。然而，在和 X-4 会合之前，我们一直被蒙在鼓里。”他阴沉地看着我，“最起码你有海鲜自助餐可以吃。”

自助餐很美味。我摇摇头道：“鞭笞者应该相信我们的。”

“他没有不相信我们啊，只是不能说而已。天知道有谁会听到。”奥利弗指了指文件，“除了我们三个，他还重新部署了 38 名特工，让每个人都在非官方身份的掩护下行动。这可是个浩大工程，他包办了所有笔头工作，肯定一个礼拜没睡觉了。”

“我本可以早点儿让沃奇林和巴特尔特暴露。”我说，“调查货物时真不该拖，我本可以阻止他们劫船的。”*我本可以救下晓的。*

我本可以保护埃莉的。

“你差点儿就死了。”奥利弗说，“要帮你做准备，不可能不引起怀疑。你可能会独自面对两名训练有素的杀手，而他们会解决任何妨碍他们的人，包括你在内。”

“你又不知道。”*我本可以再试试的。*

奥利弗摇摇头，“你看看，沃奇林在劫船后的应急措施到底有多少，那时你和船员还想夺回轮机室。萨克莱达已经酝酿这个计划好几年了，你最大的优势只是巴特尔特和沃奇林不知道你的身份和能力。只有等到恰当的时机利用口袋，才能取得最大的战果。”

“你可能有所不知，这里一直有人死。”我愤恨地说。

“我们当时并不知道他们究竟想干什么。到底是想偷走，还是摧毁飞船？抑或是想绑架乘客？不清楚他们要怎么出手，我们就无法进行防范。”

我知道他说得对。这才是最糟的。保罗从不出错。

“不来个更高级的猜测吗？”我说。

“留到审问的时候吧。”奥利弗没好气地说。我也就这一次有他受的。“还有活儿要干。好了吗？”他把文件抽出我的手心。

“为什么现在才告诉我们？”我放开塑料文件，“我们都会生气的呀，他又不是不知道。就是遭到背叛的感觉。”

“他的决定也让我好奇。”奥利弗触摸文件边角上的隐形控制键，使其化为一团刺鼻的烟气，“鞭笞者说他想通知每个人，让他们知道自己实际上已经被安排了任务，随时待命。他也想叫你注意你的任务目标，分清轻重缓急。”

尽管在气头上，我还是扑哧一笑，“我的任务目标再清晰不过，那就是防止德嘉·索雷斯号撞向火星。”

奥利弗盯着我说：“你应当优先考虑火星。”

“什么？”

“这是选择两千万人还是六千人的问题。”奥利弗徐徐道。

我简直怒不可遏。我提醒自己，奥利弗只是传话的。“我数学不太好，”我说，“飞船上还有我朋友。”

“我们会尽力拯救所有人，”奥利弗说，“然而如果非要做选择——”

“那就让我来做！”我朝舱壁上捶了一拳，瞬间就后悔了，真结实啊，“这是我的责任，上尉。”

奥利弗叹了口气，“去舒展一下腿脚吧。”

我们穿好太空服，来到船壳上。只有一小时的时间可以过一遍行动细则，之后我就要打开口袋了。

实际上，眼下我无法进行真正的练习，打开孔径 15 米的口袋太费力气。基于我的生命体征判断，但愿我的身体还有充足的时间可以恢复。现在只能做测量、装配拴绳，复习操作步骤，直到都不耐烦了。

布鲁特拉格上校在距离“零号航路点”还有一小时的时候向我们做了一次汇报。假如计划失败，火星轨道管理局就准备调用星际防御平台，把德嘉·索雷斯号切成碎片。这也不保险。被切成碎片的飞船未必能显著减少火星上的伤亡，但好歹有一线生机。

而这两千万人的生命是用六千人的生命换来的。

去他妈的。我要拯救所有人。

不成功，便成仁。

奥利弗呼叫卡普尔和另两名宇航员确保运输船外壳上的绳索牢牢系在我身上。他们检查了一遍，又检查一遍，然后再检查一遍，简直没完没了。

“完毕。”卡普尔喊道。总算好了。

“我要离开船壳了。”说着，我为靴子消磁。

运输船已经到位，就等传送了。德嘉·索雷斯号距离船尾五千米远，看起来就像个玩具。护航战斗机来到运输船后方，离开工作范围。在战斗机的另一侧，我看到了几十艘形态各异的载具。我眨眨眼，调至无线电模式，只见五彩斑斓的航行信标在闪烁，有民用船、商船和军用船，都是从火星赶来的，准备在我们破坏德嘉·索雷斯号的引擎后将游船推离撞击航道。

宇航员已经在X-4运输船旁边设置了一圈直径为15米的信号浮标，奥利弗将其对准德嘉·索雷斯号。这就是我的目标。

我顺着绳索来到尽头，猛地一停，距离浮标只有一米远。我深吸一口气。一米意味着出错的余地很小，可我还不知道自己能不能将口袋置于偏离身体重心的地方。这已经很难了，我在实验室里只成功过一次。

好吧，只有一次机会，最好能搞定。

我通过头盔里的饮水器喝了一小口水，眼下没什么用，但也不会少块肉。感觉还是有点儿好处的。

“我就位了。”我汇报。

引擎熄灭了，隐形遮罩再度部署完毕，将我置于黑暗中，只有那一圈浮标还在闪烁。

“生命体征正常。”杰西卡通过无线电说。

“准备好了就启动虫洞设备。”奥利弗说。

“明白。”

死在这里也不错。因公牺牲。我运用自己的能力去做了别人做不到的事，而且是为了拯救无辜的生命。

然而我不想死在这儿。我想活着出去。

我想活捉阿兰·沃奇林。

“准备传送。三。”我大声说。

我要让沃奇林为他的杀人罪行付出代价。

“二。”

我要惩罚沃奇林。谁叫他把埃莉·加维兰挟为了人质。

“一。”

我要把沃奇林往死里整。

“传送。”

我注视着目标浮标环的中心，想象出木盾未上漆的一面，这一面没有直接面对我，而是处在我上方，15 米宽，与信号浮标连成一线。*就在那儿。就在上面。离我远去。飞出后门。*

我打开口袋。

距离最近的几个浮标消失在门洞的底边，视界在我面前不到 0.5 米的地方闪现。

拖船已经全力加速了三个小时，冲出口袋的速度超过了

10万米每秒。还好我们处在真空中，否则光是音爆就可能会要了我的命。

拖船击穿了隐形遮罩，我浑身发抖。一眨眼，它已朝德嘉·索雷斯号冲去。

我转身去看的时候，爆炸几乎已经停息了。破裂的遮罩脱离运输船，打着转，飘远了。那团残骸渐渐散开，围住德嘉·索雷斯号的船尾，清晰可见。

“传送已确认!”杰米森通过无线电喊道，“离子井已脱机!”

“这一发神了，长官。”卡普尔一边说，一边把我往回拉。

“谢谢夸奖。”我说，不想压抑颤抖的身体。

“宇航员，扶少校进来。”杰西卡说，“他吓坏了。”

这托辞不怎么样，但可信。我匍匐在船壳上，很想吐。卡普尔抓住我的肩膀，以免我失去平衡。

“不妙。”另一名宇航员说。

“重力恢复了。”杰米森说。

这不对劲。主引擎被破坏后，不可能会有显著的加速度。

我眨眨眼，切换到望远模式。只见德嘉·索雷斯号的所有机动推进器都在点火，船体开始沿长轴翻转。接着，推进器朝另一个方向点火，使船体来回两头转动。推进器持续点火，增加飞船的自旋速率，使之绕着三道轴线旋转。

“噢，你在逗我吧。”我说。

只听杰米森骂骂咧咧的，之后无线电就被切断了。

41

X-4 运输船——战情室

抵达“零号航路点”前 21 分钟

卡普尔领我们回到舰桥后面的战情室。布鲁特拉格上校及其分队成员、奥利弗和杰西卡都在，所有人都阴沉着脸。

布鲁特拉格站在一个墙面大小的战术显示屏前。德嘉·索雷斯号正在疯狂旋转。真不知道这艘巨型游船能承受多大扭矩。

“德嘉·索雷斯号每旋转一次都要承受三倍重力。”布鲁特拉格说，“船上的人会晃得很难受，不把肠子吐出来都算好的了。”

“不止如此。”杰西卡说，“船上有四千个根本没受过重力改变训练的普通人，就像布娃娃那样被甩来甩去，会导致骨折、脑震荡和割伤——”

“船体的旋转多久变化一次？”我问。

“赫什？”布鲁特拉格转而叫飞行员回答。赫什是个瘦高个，眼睛颜色很浅，下半张脸上长满了胡楂。

“每隔三到五秒就有新矢量。”赫什说，“我估计人都给转晕了，压根儿顾不上操作了。”

这不断变化的旋转不可能允许其他载具和德嘉·索雷斯号对接。我们也无法瞄准船壳上的通信天线。这下真的和桑塔马利亚及其船员完全失联了。

“我们在绘制旋转模型图。”奥利弗说，“变化得很快。劫船犯绝对在用电脑设定程序，也就是说，旋转变化是伪随机的，应该可以预测，但还要花时间收集数据来运行反操作。”

“船上可有四千人。”杰西卡目光犀利地看着我们，“时间拖得越久，他们的伤势也就越重。有些人会死的。”

“还有一种选择。”布鲁特拉格说。

“说来听听。”我说。

“我们船上有两座等离子光束炮。”布鲁特拉格解释道，“每一座都能拆为五个独立的组件，宇航员可以一人携带一个，抵近到距离德嘉·索雷斯号 500 米之内。护航战斗机协助掩护，干扰游船的传感器。宇航员两两跃起，每一组携带两个相同的光束炮组件，用钩爪扣住游船的船壳。

“成功攀上船壳的宇航员都要爬向气闸舱，登船装配武器，冲进轮机室带走劫船犯。”

这计划真是疯了。我本该告诫他的，但是想想刚才自己做过的事，我也无权批评人家。

“距离抵达‘零号航路点’还有15分钟。”我说，“来得及吗?”

“其实不需要让飞船大幅偏离轨道。”赫什说，“还是可以让飞船飞离大气层的。虽然会很艰难，但会多一倍的时间。只要计算无误，我们就连块漆都不会掉。”

“万一计算失误呢?”

赫什望了我一眼，不悦地抿起嘴巴。“长官，那也只会损失一艘船，得救的可是一整颗星球。”

我的头从没像这样疼得天崩地裂。

“必须联系所有尚在火星轨道上的载具。”奥利弗说，“让他们协调拦截事宜。”

“还需要四千人的医疗分诊设备。”杰西卡说，“上校，请批准开放与火星轨道管理局的通信连接。”

“我会连通双方。”布鲁特拉格说，“赫什，务必保证计算万无一失。”

“是，长官。”

拿到航天飞行资格证之前，我曾长时间待在“多轴飞行训练器”里。这个装置用来模拟失控飞船的疯狂旋转，目的是让我保持15分钟不呕吐。

我花了整整一周，考了八次才通过测试。眼下，德嘉·索雷斯号上的人能吐个痛快就算是万幸了。

布鲁特拉格上校向护航战斗机发令，为奥利弗和杰西卡架设发往火星轨道管理局的文字通信，之后带着我去了下层，希望能多一双眼睛盯着，毕竟这番部署很不寻常。我飘浮在主货舱上面的观测舱里，布鲁特拉格则换上太空服，加入到十位已经穿戴好、将光束炮组件捆在背包上的宇航员的行列中。

那边的是卡普尔，她的体型和优雅的动作很好认。全体宇航员以小组为单位行动，配合默契。确认光束炮的情况后，他们将小型武器固定在套子里，前去检查其他装备，包括和小臂相连的大得离谱的金属钩爪。

货舱的门开了，我探出头，眼前是体积庞大、转个不停的巨型德嘉·索雷斯号。隔着500米，运输船相形见绌。游船的推进器继续点火，不停地翻转大船。货舱转了过来，我发现有几个集装箱不见了。但愿这艘船能挺住，宇航员们还要完成他们的任务。

布鲁特拉格上校大声发令，我没有调至X－4的通信频道，所以听不到。宇航员们两两成组，靠在敞开的舱门边。

布鲁特拉格扬起手臂，两名宇航员沿着一个脚手架去往开放式货舱的中央，倒转身体，弯起膝盖，准备跳船。

布鲁特拉格放下手臂，那两名宇航员就跃出了货舱，同时外面闪过几道光，那是护航战斗机的反制措施。

我眨眨左眼，进入无线电感应模式，拨入宇航员的定位信标，这样就能看清每一名接近德嘉·索雷斯号的人。

没一会儿，货舱里就只剩布鲁特拉格上校了。他转身冲我挥手。“少校，你看得到他们吗?”

“看得到。”我回答，用左眼看着闪烁的红点，“已有八人登船，还有两人准备接触——见鬼!”一个红点从船壳上弹开，“有人被甩出去了。一名宇航员被甩下了船。”

“赫什，有办法吗?”布鲁特拉格问。

“有，长官。我们正在过去。”赫什通过无线电说。

敞开的货舱外面，景象随着游船的转动而改变。在我们实行追踪的同时，我望着那个闪烁的红点，其速度显示为 52 米每秒。那个宇航员肯定是在德嘉·索雷斯号旋转发生变化时登船的。虽不至于造成伤害，但足以把他震得七荤八素。

赫什让敞开的货舱靠近那宇航员，后者抓住脚手架回到飞船。他的金属钩爪已经面目全非。

“拉住他了。”布鲁特拉格说，“我们重新就位。”

“是，长官。”赫什说。

布鲁特拉格关闭货舱舱门，扶那个宇航员落地。舱内又充满空气后，我走出观测舱，来到他们身边。

宇航员名叫林奇。他浑身冒汗，在我们帮他摘掉头盔时蹙了一下眉。里面的医疗数据显示出很多红线。

“肋骨好像断了。”布鲁特拉格说。

我从林奇的太空服上卸下钩爪，翻过来检查损伤情况。“嗯，至少知道哪里出问题了。”

“明白，长官。”林奇说。

我把眼睛切换到医疗监控模式，确保林奇没受内伤。于是看见他的心率急速飙高。

布鲁特拉格开始帮林奇脱太空服。我正想把钩爪放回设备柜，却发现有些不对劲。我又眨眨眼，进入另一种扫描模式，证实了自己的怀疑。

在把林奇安全送进医务室之前，我什么也没说。之后我带布鲁特拉格回到货舱，将林奇的钩爪给他看。

“瞧见没?”我指了指三钩爪的一根爪尖，“如果是剪应力的作用，表面不该这么平整。一定是他在跳船之前就把它削掉了。”

赫什的声音通过“嗡嗡”的无线电传来，“上校，顺利登船的两个小组已经通过气闸舱，到达游船内部。现在没有信号了。”

“明白，赫什，谢谢。”布鲁特拉格说。他松开拇指，关闭内部通信系统，转头对我说：“我就知道林奇不积极，反正他也快走了。谢了，少校。”

他那种事不关己的态度让我疑惑，“你就不担心吗?”

布鲁特拉格脸上的表情像是被逗乐了，“担心他搞砸这次行动?”

“是啊，上校。”我说，“我就直说吧，他弄坏了自己的钩爪，根本不想上那艘船，这样就大大减少了你们带着第五个光束炮组件登船的机会——”

“如果哪一个小组没能跳上那艘船，我们会抓住他们再试一次。林奇不是不知道。倘若他想阻止我们，只会先破坏光束炮，等我们发现就来不及了。”

“要是他另有打算呢？我们眼下只有最基本的船员配置，他可以制服我们，夺下船的控制权——”

布鲁特拉格抬起手说：“少校，你的疑心病一直都这么重吗？”

“当然不是。”然而考虑到情报局长正想拿飞船撞火星，我现在的怀疑合情合理。

“我了解自己的手下，少校。”他说，“林奇还年轻，老婆刚生了个女儿，他想回家。这我能理解，可我不太理解的是，他没有讲明自己的想法。不过，每个人做事都有自己的方式。”

“他就不会叛变吗？”

布鲁特拉格皱起眉头，“我了解自己的手下。林奇不是危险分子。”

我觉得是时候打住话头了，“上校，那就信你一回。”我还可以叫杰西卡盯住林奇。

“人都是社会动物。”布鲁特拉格说。

她这么一说，我倒奇怪了。“你说什么？”

“我们都想找到归属感，”布鲁特拉格接着说，“都想融入群体，不管是家庭、种族还是队伍。不是所有人都适合加入远征军。对群体的归属感随时间而变化，人是会变的。林奇眼下更顾家了，自然不想留下来。”

“好吧。”不知道这支部队是不是经常开人类学课。

“听说劫船犯是退伍军人，对吗?”

“对。陆军特种部队士兵。”

“而且他被开除了军籍?”

“因为违抗上级和偷窃。”

布鲁特拉格点点头。“少校，被开除出远征军的人我见得多了。有很多血气方刚的年轻人，都想和火星军干仗，但加入X-4不单单是干仗，更是成为集体的一员。对我来说，这是最难学会的，比零重力条件下的近战和轨道力学还要难。有些人没有能力通过训练，还有些人没有军事头脑，然而其余的，都是没办法融入集体的人。”

“上校，听你这番话，阿兰·沃奇林难道是因为军队才去劫船杀人的？不会吧?”

“不是，少校。”布鲁特拉格说，“阿兰·沃奇林本身就不合群，但我相信他是拼了命想要融进去的，只是军队狠狠拒绝了他，比大多数组织更决绝。”

这样他就成了特曼·萨克莱达的理想目标。情报局长可以假惺惺地迎合沃奇林的需求，那个傻瓜永远都不会知道自己被耍了。

“搞得他怪可怜的。”布鲁特拉格说。

在我的记忆中，我只看清过阿兰·沃奇林一次。当时他冲进德嘉·索雷斯号的轮机室，平白无故地杀了人。

“不，”我说，“我才不可怜那个混账。”

布鲁特拉格点头道：“那就不可怜吧，少校。”

有句话我不禁冲口而出：“给我一套太空服。我要跳到船上。”

布鲁特拉格有些吃惊地眨眨眼，“少校?”

“你们不是有一名宇航员没去成吗?”我说，“不想把最后一个光束炮组件送上德嘉·索雷斯号吗？我受过宇航员训练。快弄套太空服给我。”

42

X-4 运输船——货舱
抵达“零号航路点”前7分钟

“太荒唐了。”身在观测舱的奥利弗说。

“有什么稀奇的?”我在货舱回话。

“少校,”杰西卡站到奥利弗旁边,“我强烈反对你再干危险的事。”

“那你愿意顶替我吗,少校?”我问,“没时间吵了。”眼下她的军衔不比我高,保罗是不是故意的?

“现在戴头盔。”布鲁特拉格把太空服的最后一部分举到我头上。见我颔首致意,他便把头盔扣下来,固定在颈圈上。

“已知其余九人均已上船。”奥利弗说,“所需的部件都到位了,他们没准儿已经切穿了舱壁。”

“那边的情况我们还不知道呢。”我在布鲁特拉格绕着我检查太空服时说,“X-4的人可能会受伤,光束炮也可能受损。”

“少校说的对。”布鲁特拉格说,“他自己愿意跳的话,我会力保手下成功。”他拍拍头盔的一侧，“可以出发了。”

我点点头，俯视接在太空服一侧的光束炮组件，那东西足足盖住了我半个身体。只有在失重条件下，我才能带着它行动。

“你们真会带着这些玩意儿训练?”我问领我去敞开的货舱的布鲁特拉格，德嘉·索雷斯号赫然出现在我下方，看起来比之前更大，移动速度也更快。

布鲁特拉格笑道:“少校，走运的话我们就只需要训练了。”

“少校!”奥利弗喊道，“我再说一遍，求你别去。”

我仰望观测舱。“这可能是我这24个小时里干过的最不危险的事。你干吗要扫我的兴?”

奥利弗瞪着我，“因为这不是你的任务。”

“话是没错。”我说，“我本身就没有任务，我他妈在放假啊。”

我看看他，又看看杰西卡。她什么也没说。她什么也不能说。

“到了就赶快站起来。”她说。

我感觉眼里好像进了沙子。要不然我才不会流眼泪。

“你一登船，就会被甩得很厉害。”杰西卡接着说，“固定磁力靴，站直，动作要慢。”她转头对奥利弗说，“上尉?”

“该死。”他闭眼摇头，“在你进气闸舱之前，我们都会在你耳边陪你。之后，你的太空服会和 X-4 的通信器同步，他们会告诉你怎么走。”

“别伸手。”杰西卡补充道，“船晃得那么厉害，你会下意识地保持平衡，但在三倍重力环境下，这会让你骨折，手撞到墙上便会折断手腕。得用肩膀缓冲。”

“记得抱头。”奥利弗说。

“谢谢二位。”我眨眨眼，挤去泪花，回身对布鲁特拉格说，“上校，我们走。”

“你头盔里的平视显示器已经预设了德嘉·索雷斯号的甲板平面图。”布鲁特拉格一边说，一边带我去脚手架，“第 15 层甲板上有两个气闸舱，都会标黄。我会把你这边的显示同步到观测舱，给你的队友看。”

“明白。”我说。一个发黄光的矩形“嗖”的一下在我的透明面罩上划过，没想到移动得这么快。

太空服内的氧气一会儿是冰的，一会儿又热得不行。我的手脚一阵阵刺痛，我嘴里骂着，却深信它们不会麻木。*这算什么？不就是太空跳跃吗？根本是小菜一碟。袋鼠，你不是刚刚才摧毁了一座核反应堆吗？*

赫什将运输船开到距离德嘉·索雷斯号不到 500 米的地方。布鲁特拉格示意我可以跳了。

可我的腿动不了了。

“少校？”布鲁特拉格问，“有问题吗？”

“还在检查太空服。”我终于能屈膝了，“安全第一。”

“可以跳了。”布鲁特拉格说，“准备好了就跳。”

他话中显然有种不耐烦。我直接就跳出去了，离开脚手架，飞出货舱进入外太空，根本没时间多想，也没晕过去。

我还没来得及去细看右手边的火星，X-4战斗机就投放了热焰弹，遮住了星球。巨大的德嘉·索雷斯号在这时冲过来撞上了我。

我右侧的太空服剐蹭着船壳，随后我便立即把钩爪扎进船壳，三倍的重力加速度牵制住了我。等我找回方向，推进器又点火了，把我转到一边。我的半边脸颊整个贴在头盔上。一刹那阳光刺眼，旋转矢量又发生了变化，游船离我而去。

还好钩爪很牢，这我十二分肯定。旋转又变成反方向，九万吨的游船再次狠狠地向我撞来。

“该死的!”我漫无目的地大吼。

“站稳了。”我听到杰西卡说。

“靴子的磁力开关就在你掌心面板里。”奥利弗的声音传来。

“我在弄!”

这感觉比训练时难受多了。我踩到船壳上，踩稳后再把靴底固定好。我把立脚点检查了三次，保证自己站稳了，才松开钩爪，站起来。

“我站起来了。”我说。

“气闸舱在两点钟方向，”奥利弗说，“还有三米远。”

“一步一步来，”杰西卡说，“慢点儿，这样更顺——”

“顺了就能快，好的好的，我明白了。”

既然站起来了，要克服变化的加速度就容易了。通过平视显示器，我找到了气闸舱的位置，步履蹒跚地慢慢走过去，旋转每变化一次，我就迈一步，也不管胃里翻江倒海。

似乎过了好久好久，我终于到达气闸舱口。宇航员在船壳上留下了手动装置，我拍了一下，打开外舱门。

“到达气闸舱。”我说，“准备进入。”

“记住，用肩膀缓冲，两手放身边。”杰西卡说。

“进去就没信号了。”奥利弗说，“距离抵达‘零号航路点’还有——”

“我不想知道。”我弯腰脱下靴子，进入气闸舱，“我们另一边见。完毕。”

我砸了一下控制面板，启动气闸舱。外舱门重重关上。几秒钟后，内舱门打开，我摇摇晃晃地走进维修通道，等太空服和 X-4 的作战通信器同步。

过了一会儿，头盔显示，左手边的墙上有一段发光的红色条纹，那是作战用智能微尘，宇航员喷了一些，以便在信号已屏蔽的巨型德嘉·索雷斯号上提供无线通信中继。我循着这些高科技面包屑，顺着走道跌跌撞撞地继续前行。

“罗杰斯少校呼叫 X-4 小队。”我说，“宇航员林奇半途受伤，我来顶上他的位置。我带了另一个等离子光束炮的点火线圈。你们情况如何？”

“欢迎入队，少校。”卡普尔的声音传来，夹杂着船体重新翻转时发出的刺耳金属尖啸声。我透过靴子都能感受到震动，真不舒服。“恐怕你来晚了。我们已经攻入主轮机室，现在游船的控制权又回到了船员手里。”

“谁负责？”我问了个非问不可的问题。找到埃莉了吗？

“大概是轮机长吧。”

“菲舍尔？”

“是个女的，不知道叫什么。你想跟她通话吗？”

我一下子说不出话来。“想，当然想。卡普尔，快接通！”

我停下脚步，简直乐晕了。无线电吱吱作响。

“我是轮机长加维兰。”没听过比这更美的声音，“不管你是谁，我们都没空——”

“埃莉，是我，伊万。”我说，“你没事吧？”

接着是一段静电干扰，有那么一刹那，我怕自己又失去了她，“伊万？我以为——安蒂说你下船了。”

“我这不回来了嘛。你还好吧？为什么不去医务室？那时你还在流血——”

“没时间。你在哪儿？”

“我快过来了。”我刚要迈步，船体正好一阵旋转，把我甩向另一面墙。这已经不新鲜了。“X-4拿下沃奇林了？”

“什么?”

“就是劫船犯。他被拘禁了吗?”我暗暗希望回答是没有,他企图顽抗,然后被一枪爆头。

“他逃走了。”

不是吧?我没听错?“什么意思?‘逃走了’?”

“我是说,在X-4击穿舱壁的时候,他就跑了。”

“好吧,那我要去哪里搜?”

“先别管他。”埃莉说,“还有更棘手的事。你可能发觉了,我们还不能控制反推力系统。”

我的恶心和头疼都变本加厉。我顿了顿,用肩膀抵住舱壁。“那就逮住沃奇林,让他收拾自己的烂摊子。”

“我知道他都干了什么!”埃莉说,“我一直盯着他。他让离子井的点火电池过载,引发电磁脉冲,摧毁了主轮机室里所有的电子设备。之前他还把大量驱动电浆弄进了这个舱段的每一个电缆室,不让我们加载新软件。我们正在动用备份硬件重装航行控制系统。”

太可笑了。我都想笑了。“所以你们拆了计算机核心的部件,准备拖着它们在这个疯狂的旋转屋里搬来搬去?”

“没错。我们正需要你的帮助。你在哪儿?”

“乐意效劳。”我从太空服上解下光束炮组件,丢到地板上,弄出很大的声音,到走廊深处也听得到,“让我找个该死的标志先。”

“你进的是哪个气闸舱?”埃莉问。

“黄色的。”我哭笑不得。是笑是哭又能有什么差别?

“伊万——”

我关掉了无线电。

我应该开心才对。埃莉还活着，她知道怎样修整飞船，X-4也在协助她。我们就快度过危机了。

然而我还是没达到目的。坏蛋还没得到教训。

本来也不那么要紧，但其实很要紧。要是不捉拿恶棍，不让他们付出代价，我这样做又有什么意义？让沃奇林和萨克莱达跑了，下个月再来一次，我干吗还要拯救这艘船?

我他妈什么时候才能往某人天杀的脖子上揍一拳?

我往前迈了两步，面向一个丁字路口，然后停步。我转向舱壁，低下头，反复用头盔砸墙。

“不公平。”我自言自语，“不公平。太不公平了。”

埃米莉·沃奇林和船员晓都死了。阿兰·沃奇林要负罪潜逃了。而我没多久就要吐在太空服里了。

我最后一次把头盔砸在墙上。

太他妈不公平了。

这时，我听见别处传来了颇有节奏的撞击声，不是我发出来的。我回过身，扭头四顾，只见另一个穿太空服的人影冲进了路口。

那人滑步急停。我踉跄后退。透过头盔，我能看到他的脸。他穿着游船上的标准服装，戴着透明面罩。我认出了他的眼睛。就是这双眼睛。我为什么能认出来呢？为什么不是别的地方？

他奶奶的，不是吧。

我眨眨左眼，进入辐射扫描模式。他胸部的中央泛着紫光。不会错。

“阿兰·沃奇林。”我放声道。

他自然听不见我的话，但能认出我身上的X-4太空服。我还没来得及端起佩在护胸上的突击步枪，他就朝我扑来。

沃奇林把我往后一撞，我们在飞船再次扭转时飞了出去，迎头撞向天花板，随即翻了下去。他想扯下我的太空服上的枪，我把脚收到两人之间，把他踹开。他滚回了岔口。

“劫船犯在这儿！”我喊出声来，随后才想起无线电已经关了。我解下突击步枪，一阵摸索。这型号我不认识。

船又动了。沃奇林猛地扑过来，利用船体的旋转将我们撞到走廊上。我们沿着走廊滑过去，他抬起手，抄起一根金属棒就往我头盔上砸。面罩裂开，我的平视显示器一下子暗了。

我胡乱吼了几句，一条胳膊被紧紧扣在胸前，根本摸不到枪的扳机。沃奇林砸啊砸，我的面罩吱嘎作响，出现了蛛网裂痕。

他到底在干什么？区区一根棒子，怎么可能砸得碎头盔？他晓得的呀。

然后我才发觉，他在遮住我的视线。或者他想要这么做。管他呢。

但他不知道我眼睛的构造。

船再一次转动。我的背重重地撞在墙上，或是地上。我眨眨眼，进入扫描模式。沃奇林变成了彩色点构成的轮廓。

他又举起棒子，在它砸向我的头盔之前，我抓住了那条胳膊，免得他再砸我头盔。

“够了，浑蛋。”真希望能看清他现在的表情。

船又转了。我把他的胳膊推向我们被甩出去的方向。等我们撞到墙上后，他闷哼了一声，我感到他手里什么东西断了。他的金属棒脱手了。

我挥起右臂，利用突击步枪的长度把他顶开，再用左手用力一拉头盔的紧急解锁装置。沃奇林和头盔双双滑落，当着我的面砸到墙上。沃奇林在旋转重启前抓住把手，头盔则滚进了走廊深处。

不戴头盔，感觉周围更吵了，空气也更难闻。在游船的下层，巴松自助餐厅的食物肯定无处不在，这半个小时里绝对有很多乘客把吃下去的东西给吐了出来。

总算看清阿兰·沃奇林了。我也摸到了枪的保险。

我把靴子定在地上，用武器瞄准沃奇林。

没人会质疑我射杀这人的原因。周围没有目击者。就算有人看到 X-4 的宇航员在对恐怖分子开枪，又能怎么样？只是在干活而已。呼啦。他妈的。

可我为什么还不开枪？

我走上前，用枪对准沃奇林的头。他在大喊大叫，满脸涨红，形容扭曲。我听不见他在头盔里吼什么。他用左手抓着墙上的把手，右胳膊已经瘫软，垂在身侧。

很好，就要这家伙吃吃苦头。我要让他生不如死。

然而这不是我没开枪的理由。

他是危险的杀人犯，但不是自己单干的。这不是他的主意。

他只是个卒子。卒子可不能杀。

只能看准时机逮住过路兵，然后才能将军。

我向他靠近。有那么一会儿，沃奇林忽然不吼了。他面露困惑，嘴巴翕动。我没去管他，而是看着他胸前的控制板上的生命维持系统的读数。

氧气供应还剩六小时。足够了。

我往右一转，扣动扳机，将一串子弹射入沃奇林旁边的舱壁。他完全中计了，身体一缩，放开了把手，飘浮在半空中，上不着天，下不着地。

我想象出一枚粗重的黑棋，直接在沃奇林身后打开口袋，没有加光栅。

我把口袋开到走廊的高度，让视界接触天花板和地板。

沃奇林被吸入虚空，他的表情真是大快人心。

我俯下身，空气迅速流入口袋，微风吹来，我感到汗津津的后脖颈上很是凉快。穿太空服的沃奇林不停翻腾，越变越小，最后成了无垠黑色深空中的一个小点。

“欢迎来到袋鼠服务站。”我说，“别玩得太开心哦。”

我关上口袋。

我口干舌燥，脑子晕乎乎的，眼角的视线开始模糊。这个门洞确实比平时开得大，似乎不是个好主意，因为之前我已经开过两次孔径为15米的门洞，还多费了好多劲。

我正想坐下来，X-4太空服就跃入了眼帘。有个宇航员踹开另一边的墙壁，迅速靠近我。真是佩服，这船还在狂转哪。穿太空服的人停在了半米开外的地方。

透过头盔，我瞧见了卡普尔的脸。我笑着挥手。她嘴巴在动。我关掉无线电后，他们不会在担心我吧？太感人了。

“等一下。”我说，马上转身呕吐，之后便失去了知觉。

43

我在 X－4 飞船的医务室里醒来，被绑在一张床上，周围是闪烁的亮光和轻微的嘟嘟声。我的左臂上套着一个静脉点滴袖带。让我很吃惊的是，虽然我头疼欲裂，却没有感到那种世界级的恶心。这真要感谢静脉点滴输送进我的血液里的药物。

我抬起右臂想要挠一挠鼻子，却差儿点一拳打到嘴里。眼下是失重状态。我们还在轨道上吗？

左边的一道闪光引起了我的注意。我扭过头，发现一个打开的抽屉的侧面装了一台平板电脑，正在静音播放新闻。画面上出现了熟悉的德嘉·索雷斯号，一大群飞船盖住了货运舱段，引擎冒出灼热的白光。叠映在屏幕下方的头条显示："直播：火星舰队将无法航行的游船带离撞击轨道。"

这不对啊。时间戳刚过"零号航路点"没几分钟，不可能那么快就修好引擎的操控装置，关闭反推力系统，让火星飞船到位，同时把我转移到X－4飞船上。我在做梦吗？

我捏了自己一下，痛死了。好吧，没在做梦。

平板电脑的屏幕突然一暗，半秒钟后又开始播放相同的视频画面了。原来是循环放映的录像。

奥利弗，难道就不能像个正常人那样留张纸条给我吗？我笑出了眼泪，泪水飘起来，被通风系统吸走了。

医务室门开了，杰西卡飘到我床边。

“恭喜，”她说，“你没把任何人搞死。”

这话在她嘴里，可算是至高无上的赞扬。“我晕了多久？”

“40分钟左右。”她拿起奥利弗的平板电脑，暂停视频，轻敲我脑边的医疗监护仪背面的设备，“德嘉·索雷斯号的安保队长有话要传给你。是叫贾米森吗？”

“杰米森。”

“好。她说船员们开了‘一小瓶红酒’庆祝飞船恢复安全。”杰西卡侧头看我，“不会是那个吧？”

我斗胆一笑，“是。她传送了纳米机器人。但愿你的新程序能运行。”

“你给我列了一个名单，我会标记并追踪他们的医疗记录。”

“你怎么能让保罗同意啊？”

她轻触平板屏幕，“不说真话呗。”

有道理。“和局里联系过了吗？”

她点点头，“鞭笞者正在清理我们的房子。”

审查。不敢相信我以前从没想过两者之间的关联。“这不是巧合吧？我们同时还被调查了？”

“不是。萨克莱达擅离职守，审查员就撤了。鞭笞者和国务院将调查追踪回情报局，但萨克莱达已经从安德鲁斯空军基地征用了一支战斗机大队，没等行动处拦截就冲出了轨道。”

“什么，你说战斗机大队？”

“十二架。它们就在月球轨道外进入了一个秘密通道。”外太空部队在太阳系内建造了好几个大型开放式能源吸收结构。这些“通道”可以通过远程引导与飞船相遇，并隐藏其行踪。飞船在离开通道前部署隐形遮罩，以免受到侦测，除非再度发动引擎。“有情报说他们要前往小行星带。”

无人区。“所以你说他在‘清理我们的房子’——”

“得先做些拆除工作。”

“我有件东西应该能帮得上忙。”我说，“严格来说，是有个人。”

杰西卡皱眉道：“你在说什么啊？”

“我有一个星际包裹，要赶在五小时内送达。”

她摇摇头，“火星眼下可不会打开着陆台欢迎地球飞船。”

我抓住她的小臂说：“我逮到劫船犯了。”

“你逮到——”杰西卡睁大眼睛，“你是说他被关在口袋里了？”

“他的太空服能维持 6 小时的氧气供应。”

“我们还以为你把他扔出了气闸舱。”

“这样更简单些。”

她点点头，表情深不可测。“5 小时。”

“嗯。”

她用手撑了一下墙壁，飞出了医务室。我还没来得及叫她把平板电脑留下，门就“嗞嗞”地关上了。我的肩部电话已经被毁掉了，现在只有飞船的内部通信可用，我没太多消遣。

门又“哐”的一声开了，两名宇航员进入医务室。前面的是早先没有完成太空跳跃的林奇，后面的是卡普尔。她把林奇推到我旁边的一张床上。

“林奇，我再说最后一次。”卡普尔用束缚带扣住林奇的肩膀和臀部，并把一个静脉点滴袖带套在他的胳膊上。林奇皱了皱眉。“你受伤了。上校说，在抵达基地之前，你都得好好待着。”

“我可以帮——”

“你他妈给我睡觉。”卡普尔说。林奇无可奈何地看了我一眼。

“宇航员先生，换作是我，我会听她的。”我说。

“可我要——”他渐渐没了声音，眼皮一合，四肢瘫了下来。我望向卡普尔，她正敲击着一个医疗控制台。

“天啊，镇静剂太棒了。”她转头对我说，“少校，你要来点儿有助于睡眠的东西吗?”

“不用了，谢谢。”但愿之前没有吐在她身上。

“好吧。”她看了看林奇的束缚带，然后转身离开了。

在安静的环境下，我很快就觉得无聊了。林奇还在打呼噜。我正寻思着要不要解开静脉点滴袖带，出去找些吃的，这时门又开了。

埃莉来了。

我一时不知该说些什么。她飘进医务室，抓住一个把手，离我足有一米远。她左边三分之一的额头包着绷带，右边下巴肿起来了，左臂绑着吊带。

可她还是那么美。

“安蒂说我不该来的。”埃莉说。

我见识过比这还烂的招呼方式，“她说过理由吗?”

“她说我有好多问题你都没法回答。”

我点点头，“虫洞设备的技术参数我确实不能透露。那是机密。我也不能说我为谁卖命。这更加机密。”

“那有什么能透露的吗?”

“我们都是好人。”我说。

“嗯，这点我知道。”

她盯着我直看。我脸上有什么不对吗?“对不起。”

“因为你们都是好人?”

“不是。我不是说——”我的另一项超能力是，总能说出最蠢的话，“很抱歉我搅黄了你从维修通道脱身的机会。”

埃莉摇摇头，“当时你想夺回主轮机室吧？我也是。”

“到……”我感到嘴里很干，“到底怎么回事？”

“我现在不想谈。”

“对不起。”

“别对不起啦。”她说。

“再来一次就好。”我低头看地，“对不起，我没能救你。”

她放声大笑，片刻后与我对视，眼睛里满含着宽容。“伊万，我不需要，也不想被人救。我能管好自己。”

“听着，”我说，“今后我们可能无法再相见了。我只想确保这最后的谈话不会太尴尬。”做得相当不错，袋鼠。“我只想让你明白，我在度假。”

她眯眼看着我说：“德嘉·索雷斯号的乘客不都是这样吗？没什么新鲜的，伊万。”

我真的受不了了。“我不叫伊万。”

“我想也是。”

“我没在工作。”我说，“懂吗？我时时刻刻都要保护自己的身份。我手上压根儿没有任务。”我按捺住冲动，没有打开左眼的平视显示器去解读她的情绪状态，“埃莉，我没有利用你。”

“那你偷了离心机，又怎么说？”

我及时打住，差点儿又要道歉。“这也是机密。很遗憾，我，呃，没法再说了。不过别担心，我会还给你的。没弄坏。”

她笑了。

“笑什么?”我问。

“我想亲你。”她说。

不等我反应，埃莉就飘了过来，吻上我的唇。我们两人中肯定有一人的吻技很高超，要么就得归功于静脉注射的药物具有强烈催情效果。我不禁闭上眼，一手搂紧埃莉的腰。

没准儿我真该多度假的。

美好时光总是过得太快，埃莉脱开身，我睁开双眼。那抹笑容我永远都看不腻。

“那么，”她问，“你究竟叫什么?”

致谢

有人说："艺术是孤独之人为孤独之人所作。"然而，没有许多人的帮助，我的这本小说便不会完成。

感谢我的文学经纪人萨姆·摩根，他认真回答了我大量的小白问题；感谢伽卜沃奇文学经纪公司所有成员，为"袋鼠"找到了一个好归宿。

感谢我的编辑皮特·沃尔弗顿，出版界最坚定、勇敢的朋友；感谢托马斯·邓恩出版社的编辑团队，将我的文稿变成一本真正的小说，图书封面很棒。若小说存在疏漏，是我一人之责。

感谢珍妮特·"询问鲨鱼"·里德，我遇见的最好的文学代理，始终对"袋鼠"信心满满。

感谢我的父母，开启了我的生命，打开了我的生活；感谢我的姐姐，总为我的下一餐操心。

感谢所有通过"可行天堂"写作训练班、西部号角写作班、美国科幻奇幻协会、法典、雨林作者村，以及"全民写小说月"认识的所有优秀写作者，帮助我朝着目标前进。特别感谢：查理·简·安德斯、詹妮弗·布罗杰克、托拜厄斯·波克尔、约翰·克劳利、后藤广美、卡米尔·格里普、贾森·格利、兰迪·亨德森、克莱尔·汉弗莱、凯基·约翰逊、詹姆斯·帕特里克·凯利、马科·克鲁斯、玛丽·罗宾奈特·科瓦尔、方达·李、厄休拉·勒古恩、伊恩·麦克唐纳、约翰·斯卡尔齐，以及艾莉森·威尔格斯，为我指引方向。

感谢我的读者，尤其是：克里斯·卡尔森、斯蒂芬妮·沙雷特、纳迪娅·杜克、香侬·费伊、迈克尔·赫恩肖、斯蒂夫·科普卡、茱莉娅·雷诺兹、迪安·索莱，以及彼得·苏西，用敏锐的洞察力审视我的小说。

感谢弗利·布莱恩为我拍摄了照片。

感谢科比·安德森和拉里·霍斯肯帮助我设置谜题。（你或许会问："什么谜题?"请仔细观察封面上的宇航服，可访问网站 www. waypointkangaroo. com 验证答案。）

最后，感谢你，亲爱的读者，与我共同经历这趟旅程。是的，袋鼠会回归的。不，我不会告诉你他的真实姓名的。现在还不行。